## "中国现当代名家散文典藏"编辑委员会

主　任：阎晶明

副主任：丁　帆

委　员（以姓氏笔画为序）：

　　　　止　庵　孔令燕　何　平　何向阳

　　　　李红强　张　莉　周立民　施战军

　　　　贺绍俊　臧永清

# 周大新散文

人民文学出版社

图书在版编目（CIP）数据

周大新散文/周大新著．—北京：人民文学出版社，2022（2023.2重印）
（中国现当代名家散文典藏）
ISBN 978-7-02-016830-9

Ⅰ.①周… Ⅱ.①周… Ⅲ.①散文集—中国—当代 Ⅳ.①I267

中国版本图书馆 CIP 数据核字（2022）第 044207 号

责任编辑　付如初　马林霄萝
装帧设计　陶　雷
责任校对　李晓静
责任印制　宋佳月

出版发行　人民文学出版社
社　　址　北京市朝内大街 166 号
邮政编码　100705

印　　刷　河北环京美印刷有限公司
经　　销　全国新华书店等

字　　数　265 千字
开　　本　880 毫米×1230 毫米　1/32
印　　张　12.375　插页 4
印　　数　5001—8000
版　　次　2022 年 5 月北京第 1 版
印　　次　2023 年 2 月第 2 次印刷

书　　号　978-7-02-016830-9
定　　价　42.00 元

如有印装质量问题，请与本社图书销售中心调换。电话：010-65233595

作者像

在雅典

在人民大会堂参加建军节招待会

在德国

# 出版缘起

中国现代文学开启自一百多年前的一场文学革命。从此，与社会现实密切相关，普通大众可以接受、可以欣赏、可以从中得到思想启蒙和艺术享受的新文学，就如雨后春笋般生长，涌现出一篇又一篇、一部又一部影响当时、传之久远的经典作品。自"五四"新文学以来的中国现当代文学发展进程中，散文无疑是耀人眼目的明星。

散文既能直抒胸臆，又能描摹万物，因此被视为自由多样的文体；散文语言贴近日常，最易触动人们的情感，可以直接地陶冶人们的心灵。这也是经典散文被誉为美文、拥有广泛读者、历经岁月更迭仍让人捧读的原因。百余年来的中国现当代散文创作云蒸霞蔚，已莽莽如浩瀚的文学森林，人们若贸然闯入这片森林之中，时有乱花迷眼、茫然难辨之困扰。为了让广大喜爱散文的读者能够更迅捷地读到中国现当代散文的经典性作品，我们精心编选了这套"中国现当代名家散文典藏"丛书。本丛书编选过程中，我们邀请了文学界的专家学者组成编委会，在认真商讨的基础上，汇集、编选了20世纪以来中国现当代散文史上的名家、名作。目的就是方便广大读者感受散文经典的艺术魅力，有利于集中欣赏、比较阅读、收藏，以及进行相关研究。

在研究、讨论过程中，编委会形成了经典性的编选宗旨。卷帙浩繁的现当代散文作品中，以经典作家、经典作品的筛选为编选原则，是为读者提供阅读便利的需要，也是为百余年散文创作所做的某种回顾和总结。我们深知，任何一部文学经典都并非一蹴而就，也非任由某个权威命名而成，文学经典是经过时间的淘洗，经受了社会和读者等各个方面的考验，自然形成的。这个淘洗和考验的过程就是一部文学作品被经典化的过程。经典，是经典化过程的结晶。中国现代文学是中国当代文学的前身，当代文学是活在我们身边的文学，这是一件非常有趣的事，因为这样一来，我们也许就能亲眼看到一部文学作品是如何诞生的，又是如何引起社会的热议、得到不断深入阐释的，我们对一部当代散文的喜爱，往往也是在这一过程中不断地得以强化。经典便是在这样不断被阅读、被热议、被阐释的过程中得到人们的广泛肯定从而成为大家公认的经典。当我们要编选一套现当代散文经典的丛书时，就应该考虑到当代文学的这一特点，要意识到当代文学的经典并不是凝固不变的，它仍处在不断丰富和不断成熟的经典化过程之中。这就确定了我们的基本编辑思路，即我们自觉地将"中国现当代名家散文典藏"的编选和出版，视为参与到现当代散文的经典化过程的一次积极行动。经典化，为我们的编选打通了一条通往经典性的最佳通道。我们从经典化的角度来审视现当代散文，就要更强调发展和辩证的眼光，更需要发现和辨析那些正在茁壮生长中的新现象和新作品；这也提醒我们，在经典标准的确认上不能墨守成规。我们既要关注作为文学史的经典，同时又要更看重历经岁月变幻始终在广大读者中拥有良好口碑的作品。我们认为，读者是经典化过程中不可忽视的参与者，因此也希望这次"中国现当代名家散文典藏"的编选和出版，能够为广大读者参与到现当代散文经典化进程中来提供一次良好的机会。

经典化的编选思路,自然决定了这套丛书有另一特征:开放性。中国现当代文学作为活在我们身边的文学,这就意味着它是一种具有旺盛生命力的,仍在茁壮生长的文学。回望过去的一百余年,现当代散文已经产生了不少的经典性作品;凝视当下的现实,仍有许多正行走在经典化道路上的优秀作品;放眼未来,我们相信,将会有更多的经典脱颖而出。我们这套散文典藏丛书不光要"回望",而且还要有"凝视"和"放眼",也就是说,我们不光要推出已有定论的经典性作品,而且还要把那些正行走在经典化道路上的,以及刚刚萌芽即将脱颖而出的优秀作品也纳入丛书的视野,因此我们必须采取开放性的编选方针。我们不是一次性地编选数十本书就宣布大功告成了,我们还要在此基础上继续延伸下去,把在经典化进程中逐渐成熟了的作家和作品吸纳进来,作为系列丛书、长期工作、"长河"计划而接连不断地出版下去。

本丛书编辑过程中,坚持优中选优原则,同时也充分尊重作家意愿和相关版权要求。在编辑"中国现当代名家散文典藏"过程中,由于版权限制等因素,使得一些名家名作还没有如期纳入丛书当中,我们也将努力创造条件,争取将更多的优秀散文佳作奉献给读者,以呈现中国现当代散文创作的整体成就和总体风貌。

感谢广大作家的支持,感谢广大读者的厚爱。

人民文学出版社
"中国现当代名家散文典藏"编辑委员会

# 目 录

*1* 导读

## 活在乡间

*3* 村边水塘

*6* 再爱田园

*9* 死死生生

*13* 地上有草

*18* 一剂药

*22* 昨日琴声

*25* 最后一季豌豆

*29* 一盏茶

*32* 羊奶豆

*34* 背弃田野

*37* 回望来路

*40* 在乡间

*43* 在构林

*47* 乡下老人

| | |
|---|---|
| 52 | 夏夜听书 |
| 55 | 吃甘蔗 |
| 57 | 农家美味 |
| 59 | 面条的前世今生 |
| 64 | 乡村世界 |
| 70 | 说秋收 |
| 73 | 粮篓与粮仓 |
| 76 | 圆形盆地 |
| 83 | 长在中原十八年 |

## 步入军营

| | |
|---|---|
| 91 | 第一次上哨 |
| 94 | 没有绣花的手帕 |
| 97 | 亲爱的军营 |
| 101 | 电与新战法 |
| 103 | 边塞传说 |
| 106 | 酒在军中 |
| 109 | 当兵上战场 |
| 118 | 川籍班长 |
| 121 | 奖赏欺骗 |
| 128 | 去看战场 |
| 135 | 回眸"罗马和平" |

141　将帅们
149　但愿和平能长久
153　闲话照片
156　当年野营在山东
159　记住往日的战争
162　留影泰安
164　滇南战地见闻
172　面对"假设"之答
180　随时准备出征

## 来到城市

187　我爱烟台
191　英雄山
193　走进广场
195　冰之炫
199　话说知府衙门
206　凉州城漫步
208　砖
210　大众桥
212　旁观者
216　又见青瓷
221　快活"青创会"

| 224 | 鲁院的周末 |
| 227 | 南阳美玉 |
| 232 | 西安求学忆 |
| 236 | 在奥迪A4的家里 |
| 239 | 遥想文王演周易 |
| 242 | 揣度孔明 |
| 248 | 曹操的头颅 |
| 253 | 想起范仲淹 |

## 游走国外

| 259 | 走进耶路撒冷老城 |
| 262 | 在拿破仑退却的道路上 |
| 266 | 在苏格拉底被囚处 |
| 270 | 享受生活 |
| 273 | 喜欢雅西 |
| 276 | 又见"美丽" |
| 279 | 天下湖多性不同 |
| 283 | 走近佩雷斯 |

## 钻进书中

| 289 | 读《复活》 |
| 292 | 卡尔维诺的启示 |

| | |
|---|---|
| 297 | 你能拒绝诱惑? |
| 300 | 感谢丹纳 |
| 302 | 关于《墙上的斑点》 |
| 304 | 奇妙的《发条橙》 |
| 307 | 骨架美了也诱人 |
| 310 | 人生尽头的盘点 |
| 313 | 《没有被征服的女人》的魅力 |
| 317 | 看《海》 |
| 319 | 摆脱飘荡状况的努力 |
| 322 | "人世"定义 |
| 325 | 难忘陀氏《罪与罚》 |
| 328 | 站在欧亚两洲的连接处 |
| 331 | 最好的安慰 |
| 334 | 奇妙的想象 |
| 337 | 情爱新品种 |
| 339 | 阿里萨之爱 |
| 342 | 认识娜塔莎 |
| 345 | 爱琴海边的相识 |

# 导 读

专事于小说创作的作家，大都会在小说之外写作一些散文作品。这是因为在文学的虚构与想象之外，作家还会有许多有关现实和人生的真切感触和实在感受，难以运用小说的方式予以尽述，需要用如散文这样的非虚构的方式加以表达和抒发。著名小说家周大新在小说之外，写作了不少散文作品，缘由也正在这里。

这本《周大新散文》，收入了周大新不同时期所写作的散文作品80多篇，根据写作的主要内容来看，这些作品大致可分为四个大类：家园寄情、军旅书怀、旅游纪行、读书记感。这些以次编来的作品，虽然描写对象有所不同，所述内容各各有别，但却内含了一条主线，凸显了一个重点，那就是依照作者的青春成长和人生足迹，诉说儿时往事，叙说军营生活，记录旅游见闻，记述阅读感受。

在诉说儿时往事的这部分作品里，作者以童年时代的往事记述和参军之后回家探亲的感受，讲述了在自己的早年成长中，家人、家乡所给予的种种有形的抚育与无形的滋养，包括生活与情感的、物质与精神的诸多方面。周大新在18岁上参军入伍，一直在部队从普通士兵做到了文化干事和文职军官，漫长的军旅生活多在济南军区所处的山东地界，记述军旅生活的这部分作品真实记录了自己到部队之后的学习与演练,成长与进步,以及对军营所在的山东大地的种种感念。有关旅游远足的散文和阅读作品的随笔,大致是周大新成为作家之后,在国内外游览风景名胜的印象素描,阅读一些文学作品的心得体会。看得出来,作者周大新所在意的,是中外风景名胜中所留存的引人寻味的古风古韵,抒发的是借景生情的人文情怀。而他的文学作品的阅读选择与读后感受,或者是经典作品的重温,或者是名家新作的新读,都是口碑甚好也影响甚大的名家名作。认真地阅读这些作品的周大新,此时已功成名就,但他仍以经常性的阅读来开阔自己的艺术境界,在向名家名作的致敬之中不断吸收新的营养,他在文学追求的道路上不断学习,不懈努力的可贵精神,于此也可见一斑。

在周大新的散文作品中,给我感受最为深刻,我以为也最为重要的,是他的以儿时的记忆和探家的感受所记述的家乡往事,所描述的家风亲情,所描绘的风土人情,在他的笔下,家乡的天与地、家里的人与事,一切都那么的温馨,那么的美好。旷野里,茂密草丛,如同"天然的牧场",不仅能经常"锄草"、"割草",还能在"草丛中玩耍"。田地里,四季不断变换,庄稼春种秋收,还有自己最喜欢的"豌豆"、"羊奶豆"。在这里,自己不仅"认识庄稼,熟习农活",而且还时常跟着大人在村头树下"听大鼓书"、"河南坠子",开始了自己"最初的文学启蒙"。当然,还有到了上学年龄后,在河湾小学的"有忧有虑的生活","背着一个用花布缝成的书包和几个杂面馍"构林镇上高小。写母亲的《乡下老人》，给人们描画了一个从年轻时候起就"背着孩子下地劳动"的一生的母亲，儿孙满堂之后"依然闲不下来"，在城里住不惯，到哪里都在"不停地劳作活动"。她确实是一位平常又不寻常的"乡下老人"。作者记忆里最为深刻的，还是妈妈最为拿手的就地取材的农家美味：蒸槐花，炸南瓜花，蒸马氏菜，烙油馍，煮羊肉萝卜汤。正如作者所感叹的，母亲的美味，"培养了人们的饮食爱好"。有人说过，孩童时的吃食与学话时的方言，也即儿时养成的口味与口音，很难予以改变并会与人终生相伴。这属于确凿无疑的至理名言，周大新在这两个方面应该最为典型。爱吃面食和不改南阳口音，是他从未改变也不可能改变的两大显著标记，已为文坛内外的人们众所周知。这一切都明白无误地告诉人们，周大新是属于河南的，是来自南阳的。

在属于河南南阳邓州的周村，度过了18个春秋的周大新，不仅在此完成了自己从童年到成年的发育和成长，而且家乡的一切都深深烙印在他的心底，并对他的爱好与习性，情感与情操，给予了厚实的积淀和深刻的影响，正是站立于这样无比坚实的生活基石之上，使周大新写作出了早期的"豫西南有个小盆地"的系列小说，以足实的乡土气和鲜明的辨识度，登上了文坛并引人瞩目。可以说，他的农村题材小说，家乡的生活经历与人生体验，是无形的支撑，重要的依托。他非农村题材小说，在独到的生活发现和艺术把握中，也以质朴的生活见长，平民的美学取胜，葆有坚实的底气，足实的生气，原因也正在这里。这一切，都可追溯到他最初的乡土生活起点，归功于他所拥有的田园人生体验。

令我感触深刻又颇以为是的，还有周大新在一些散文作品里，在表达怀念之情，感恩之意的同时，不时释发出来的一些反思的意蕴与省思的意趣。比如，当他回家探亲时，得悉因为行情不太好等原因，人们将不再种植豌豆，自己吃到的竟然是"最后一季豌豆"，不免顿生遗憾；回家之后看到家乡的水塘，比之过去"日渐减少"，有的已经"完全干涸"，为之惊异更感到焦虑；尤其是在《再爱田园》等作品里，写到人们以各种理由纷纷逃离田园的现象，在分析了四种主要原因之后，又对自己事实上也以"当兵的方法""逃离"了家园深感内疚和自愧。"归根结底，田园是我们中国人灵魂的栖息地之一。我们应该重建和田园的亲密关系，我们没有理由不爱她。"这样的恳切话语，是说给我们大家的，也是说给他自己的。这些都自然而然地引动着人们跟着他一起去正视田园的现实，忧思田园的未来，衷心认同和高度赞成他"再爱田园"的庄严倡议。包括我在内的许多进了城的文学人，都是出生于农民家庭的农家子弟，我们为着追求个人的远大理想远离了农村和田园，但我们可以"身不能至，心向往之"，用自己所擅长的方式，为田园的复兴，农村的振兴做力所能及的事情，这也是精神还乡所必须的。在这一方面，周大新是清醒的、自觉的，他的曾经荣获第七届茅盾文学奖的长篇小说《湖光山色》，以及这些情深意长的满含乡土气息的散文作品，都是生动而充分的例证。

  小说是作家营构生活的艺术结晶，散文是作家主体世界的真实投影，因此，就真实而深入地了解作家其人其文来说，散文作品具有其不可替代的重要意义。对于这本周大新散文，亦可作如是观。

白　烨

2022 年 4 月 4 日于北京朝内

# 活在乡间

# 村边水塘

我们那个位于中原西南部的村子周围，无大江大河流过也无波光潋滟的湖泊，有的只是许多天然的水塘。这些水塘像一面面不大的镜子镶嵌在村子的四周，倒映着蓝天白云、竹篱茅舍和青砖瓦屋，滋养着村中一代又一代人。

这些水塘的形状各异，有圆有方有狭长，也有不规则的多边形。面积大小不一：大的，水面面积有一千余平方米；小的，只有几丈见方。水的深浅也各个不同：深的，有一丈多；浅的，不过几尺许。水塘的岸上都植有柳树、杨树，塘里或有苇或有荷或有菱角，不少的塘里还放养有鲢鱼、鲤鱼。

每天的清晨，歇息了一夜的水塘就开始笑迎客人。小伙子们会拿了牙具到塘边洗漱；姑娘们会拿了木梳蹲在塘边对着如镜的水面梳理长发；被关了一夜的鸭子和鹅，开始嘎嘎叫着奔到塘岸，欢快地扑进水中开始一天中的首次畅游。

当太阳移至头顶之后，水塘则差不多成了女人们的世界。各家的女人吃罢午饭之后，大都一手拎着棒槌一手抱着洗衣盆，袅娜着走到塘边，在青色的洗衣石旁蹲下，一边捶洗着衣服一边漫无边际地聊天，说到热闹处，成群的笑声在水面上回旋，会惊吓得那些在苇丛里打盹的鸭子都飞上了岸。

黄昏来临时分，在地里干了一天活儿的牛们开始由各家的孩子牵着，慢腾腾地踱到塘边饮水。间或，牵牛的孩子和饮水的牛会一同被塘水中倒映的晚霞迷住，凝了眸长久地盯着水面不动。也许是因为塘水的甘甜也许是因为干活时出汗太多，牛们饮水时总是把嘴深深地扎进水里，长长的一气痛饮之后，有时还会快活地抬头长哞一声。这时辰，一些奶奶、婶婶们也会来到塘边，催促那些仍赖在水中玩耍的鹅、鸭回家进笼。牛的长哞和鹅鸭们的叫声汇聚在一起，像歌一样好听。

春末夏初是水塘的容貌最漂亮的时候。这时节，塘里的苇子会嫩叶婆娑，荷花会开得五彩缤纷，塘边的柳树枝条低垂，草鱼们会高兴于水温的升高，不时跃出水面斜斜地一飞。偶有微风起时，一塘清水会荡起好看的涟漪；逢到细雨飘时，水面上和荷叶上会溅起万千珍珠似的水滴。到了夜晚人静之后，蛙声会此起彼伏响成一片，声播数里。

三伏天是水塘里最热闹的时辰。孩子们会脱光了衣服跳进水塘里洗浴；喜抓鱼的男人们会拿上罩鱼的家什跳进塘里罩鱼；会摸藕的少年们会顺着荷叶秆扎进水中摸出白生生的嫩藕；老汉们会坐在塘边，一边吧嗒着旱烟袋一边把双脚惬意地伸进水里。每年的这个时候，水塘里总是被欢乐的笑声填得满满的。

水塘在人们年复一年的笑声里竟也慢慢发生着变化。最显著的变化是水在日渐减少。早先那些年漫到塘岸的水如今都不知流到了哪里，人们只见塘中的水位在一天一天地下降变低。有些小的水塘竟完全地干涸了。近一两年塘水消失得更快，前不久我回到故乡，见几乎所有的水塘都露出了底。最大的那个水塘虽然还有一点点水，但水已变黑发臭。水塘里已没有了蛙鸣荷香，没有了鱼跃人笑。只剩几茎苇子在风中摇晃，发出类似呜咽的声响。我记得我当时在塘边呆愣了许久。

不过几十年时间，我从少年走到了中年；而水塘，也从盛年走到了暮年，进入了垂死状态。

变化竟是如此快呵！

村里的老人们望着干涸的水塘叹息：八成是管水的神灵发了怒了……

而我却在猜测：下一个走进暮年就要消失的，将会是乡间的什么景致？树林、绿地、清新的空气还是翩飞的鸟群……

## 再爱田园

在中国漫长的农业文明时代，人和田园的关系非常亲密，人爱田园爱得如胶似漆。也因了这爱，为田园的归属曾发生过无数的争吵、械斗和战争，产生过很多含着泪水和鲜血的故事。曾经，三十亩地一头牛，老婆孩子热炕头，是中国男人最理想的人生追求。

但渐渐地，中国人对田园的爱意在变淡。

这种变化的起点说不太清，可在二十世纪五十年代的人民公社化以后，这种变化越发明显起来。最初，人们只是不再关心田园里的收成，收多收少与己无关；后来，是像男人不再心疼自己女人一样的不再疼她，任其贫瘠荒芜；再后来，开始对她厌恶甚至有了恨意；最后，像那些对妻子不忠的男人一样对她开始了背弃和逃离。

我们那一代，逃离田园的方法是去当兵。

接下来，有些人是想法子让工厂招工。

后来，是考大学。

再后来，是进城打工、做生意。随着城市化的步伐加快，人们逃离田园的速度也更快了。总之，想尽一切办法逃离田园，再也不和她相伴过日子。

不爱之后，就分手。实在无法分手的，便常常叹气：唉，咱命苦，只能困在这田地里。在整个中国，已没有几个人真心实意地想种地。

细究人们不爱田园的原因，可能有以下几点：

其一，在田园里劳作最苦。要受风刮日晒雨淋，要弯腰屈腿缩

在故乡

肩，要一身土一身灰，还怕天旱、水淹、冰雹砸，要对老天爷小心翼翼。

其二，在田园里劳作回报太低。改革开放前，干一天挣的工分也就值几分钱；改革开放实行分田到户后，一亩地一年也就挣几百元千把块，连进城当个保洁工也比种田强。

其三，在田园里劳作太乏味。听不到音乐，看不到电影和歌舞，喝不到咖啡和干红葡萄酒，没有城里的那份热闹。

其四，在田园里劳作最被人看不起。种田人是中国最低等的人，谁都可以看不起他们，谁都可以嘲讽取笑他们。

但不管有多少原因，人都不应该不爱田园。因为，是田园养育了我们，供给我们每天吃的东西，没有田园，人类到目前为止还活不下去。

也因为，田园里埋葬着我们先辈的骨殖，留存着太多的有关人和地的大道理。

还因为，田园能纾解我们心里的紧张和阴郁。面对春天绿油油的庄稼地，我们会丢下烦恼，心旷神怡；看着黄澄澄的秋季田野，我们会荣辱皆忘，欢呼雀跃。现在北京城里的一些白领金领小姐和小伙，去郊区花钱租一小块地种植庄稼，或租几棵果树养育，目的就是纾解他们在高楼大厦里积郁起来的不快心绪。

归根结底，田园是我们中国人灵魂的栖息地之一。我们应该重建和田园的亲密关系，我们没有理由不爱她。

可在城市化的今天，要让人爱田园更不容易。首先需要政治家提高人在田园劳作的回报率，要让一个勤快农民每年的收入和城市里一个熟练工人每年的收入不相上下。其次需要科学家把田园劳作的舒适度大幅度提高，要实现更高程度的农业机械化，要把对老天爷的依赖程度继续降低。再次需要法学家把田园打扮得更加高贵，谁想糟蹋田园，必须像糟蹋女人那样付出极高的代价。接下来就需要我们作家的出场，作家可以通过自己的作品呼唤人们对田园再生爱意，可以用自己的笔让田园再添妩媚。我们中原作家大多来自农家，对田园有充分的了解，写这个不会太费力。

我们要敢于在作品里展示田园的魅力并赞美她，对那些破坏田园的人要敢于谴责，不要认为这是在呼吁向农耕经济倒退。

要敢于去揭露大工业的丑陋之处，让人们对污染严重的一些工业项目的上马保持一份警惕，不要认为这是在反对工业化。

不要对城市里的龌龊也去献媚，要敢于对城市的无序扩展表示反对，不要认为这是在逆潮流而动反对城市化。

我坚信，在这个经济全球化的时代，再爱田园是世界各国各民族都面临和关心的问题，目前世界上城市化程度高的国家，已开始意识到对田园保护的意义。这类作品写好了，应该能走出国界，赢得世界上更多读者的注意。

上帝也会嘉奖我们！

# 死死生生

今年春节回故乡探亲，离着村子还有很远，就看见了那片墓园——那个中间立着几株松树和柏树的村人公墓。分明地，觉得它比自己当初离家时大了许多，心里不觉一沉：又有人被送进了那里歇息？果然，进了村头一眼就看见瞎爷爷家的院门上没有贴红纸春联，贴的是一副黄纸联：有心思亲亲不在，无心过年年又来。这么说，瞎爷爷是不在了，那个长年提一根烟袋、拉一头绵羊的独眼老人已经走了；那个常常独自坐在门前吃饭喝酒的老汉从此离开了我们。我再也听不见他殷勤让我喝酒的声音：小子，过来抿一口！再也看不到他牵了羊在田野漫步的悠闲样子了。瞎爷，我们真是阴阳两界分了。

进了家和母亲聊起来才知道，当初送我去当兵的绪子叔也已去世了。绪子叔当年是生产大队的支部副书记，正是在他的支持下，我才得以当了兵。倘若不当兵，我如今仍会在村里种地，我不会像现在这样住在北京城里，更不可能有时间整日坐在屋里读书写字。我心里永远感激绪子叔帮我走出了人生关键的一步。我记得我入伍离家的前一天，曾想带一份礼物去向绪子叔表示心中的谢意，可家里当时又实在拿不出钱去买贵重东西，最后没办法，我只好用两个鸡蛋去换了一盒两毛钱的"白河桥"香烟。绪子叔看见那盒香烟后，叹口气说，你们家的家底我知道，你不该再去胡花钱，到队伍上好好干吧，争取能当上一个军官……绪子叔，我如今能为你买好烟抽了，你却已经走了。

邻居告诉我，村里和我同辈的那个身体异常强壮的二哥，也因为得病去世了。这消息令我很吃惊，二哥大我也就十来岁，我们当年一起在麦场上摔跤玩闹的情景还历历在目，可他竟也已去了彼界。我至今还记得，他当兵复员回村是在一个黄昏，他回来时领了一个非常漂亮的媳妇，那位二嫂站在黄昏时的光线里，一双美目四下里顾盼，我当时非常惊奇：女人竟可以长得这样美丽！我在心里为二哥高兴，不过同时也对他生了一点妒忌。我还记得，二哥复员后在村上当了保管员，每当分粮分菜分柴时，他总要多少给我家一点照顾，他那样做自然不合村上的规定，可对于处于极端贫穷中的我的家庭十分宝贵，曾令当年刚懂世事的我感觉到了人间的温暖。二哥，你为何要走得这样急切？你有儿有女，现在的年龄正是享福的时候，为什么要去睡到公墓里？

更使我意外的是，晚我一辈，按辈分向我叫爹的一个近门媳妇荍芩，竟也死了。荍芩在我们村里的晚辈媳妇中，是长得最好的一个，身条、脸盘、眼睛，都让人看着特别顺眼。一说话就带着笑意，让看到她的人都能感觉到她的善良和温顺。她生有一儿一女，两个孩子模样都长得很周正，人们平时都夸她儿女双全是有福气的人。她还特别勤快，无论是家里活儿还是地里活儿，她都做得麻利而有套路。我曾和妻子说起过，荍芩要是生活在城市，穿上时髦的衣服，做做头发，戴上首饰，那肯定是一个人见人爱的美人，会把许多演员比得没了颜色。没想到恰恰就是她，会在三十二岁的年纪上告别这个世界。母亲说起荍芩的死因，连连叹息。原来这荍芩虽身在农村，心气却很高，一心想让儿子能通过上学走出农村，到外边去干番事业，没想到这儿子偏偏贪玩，书一点也读不进去，早早辍学在家里。荍芩早婚，十七岁生下儿子，眼见已经十几岁的儿子没有任何向上的愿望，她绝望了。在一次对儿子的劝说遭顶撞之后，她愤而拿上农药去田野服了毒。那是令全村人震惊的一刻，所有的女人都为她流下了眼泪。茯芩，你拿生命和还没有完全懂事的儿子赌气，不是在犯傻呀?!

　　我算了算，在我参军离家的三十年间，我们这个村子，死了五十多个人。新增五十多座坟墓，那片公墓当然要变大了。我是在一个朝阳初升的早晨走进公墓的，那一座座坟墓没有让我感到害怕，只让我感到了一丝怅惘：那些我所熟悉的活生生的生命，就这样变成了一堆无知无觉的土？人挣扎一生落此结果是不是有点太残酷？上帝如此安排人的归宿依据的是什么道理？我望着一点一点升高的朝阳，忽然意识到，什么事情都是有升有落，如果太阳只升不落，那会是一个什么结局？如果人是一种只生不死的动物，那地球将怎样安排如此多的生命？

　　从墓地里出来，正是大人们下地干活孩子们上学的时辰。我走上大路，迎面碰上了一群背着书包的小学生，孩子们好奇地打量着我，他们不认识我，我自然也不认识他们，问起他们父母的名字，我也大多不认识。是呀，他们父母生下来的时候，我已经离开了家。一位已下地干活的本家叔这时由地里走过来，向我一一介绍那些孩子都是谁家的孙子孙女，我努力在那些孩子的脸上辨认他们爷爷奶奶的面影。啊，生命就是这样一代一代地延续着。本家叔告诉我，我当年出去当兵时，村里有一百四十多口人，现在，全村有三百六七十个人。三十年时间，死去了五十多人，净增了二百多人，生的远远超过了死的。也因此，村子才显出一派兴旺景象。

　　近午时分，村子里响起了唢呐声，邻居婶子告诉我，是村东头青山的儿子娶媳妇。我说，村子里又要添一个人了。婶子笑着更正我的话：不是添一个人，至少要添两个人，到明年的这个时候，就又要有孩子出生了。我走上村中的大路，从远处看着那长长的迎亲队伍，听着那热闹的喧嚷声，被墓地引发的那份不快不知不觉消失，心里也渐渐高兴起来。正午的村子笼罩在婚礼所带来的喜庆气氛中，连牛叫、狗吠听上去也分外亲切。

　　临离家那天的黎明时分，忽然有人拍门叫母亲，我听到开门关门的声音后又沉沉睡去。起床后正看见母亲手里捏着红鸡蛋满面笑纹地走进院里，问起才知道，邻家的媳妇要生产，怕出意外，才把曾当过接生婆的母亲叫了过去。生的是儿子还是女儿？我问。母亲高兴地答：一个胖小子！

　　我那天拎了包离家时，邻家的那个婴儿正在哭闹，响亮的婴啼和着村中清晨时分的各种声音，让人心神为之一振。我那刻望着村外的那片公墓在心里说：死去的各位乡亲，你们安心歇息，不管你们当初的死因是啥，都心平气和吧，有生有死才是世界，生生死死才是人间。反正我们有后人，村子的将来就交由他们去操持吧。

## 地上有草

地上有草。

你可能知道这个事实，却很少去想它的意义。

有草的地方，其实就是好地方。

我的家乡，便是一个盛产草的地方。

我们那儿土层很厚，雨水又多，所以村边、宅前、河坡、塘畔、田埂、地里甚至院中和院墙头上，一到春天，便都是绿生生的草了。而且草的种类繁多，什么葛麻草、蒿草、茅草、黄背草、刺脚芽草、毛眼睛草、龙须草、狗尾巴草等，应有尽有。母亲在我很小时就教我辨认草的种类，可那繁多的草名我实在记不清楚。据说，因为我们那儿是气候的过渡带，南方和北方的草都可以在那儿生长，所以啥样的草都可以在我们那儿找到标本。

我小时候，我们村子的南边是一片一望无际的草场，那里草深过人，是一个天然的放牧场所。里边有狼，有獾，有兔，有野猪，胆小的人一般不敢独自走进去。后来，国家在那里办了一个黄牛良种繁育场，少时的我，每当看见一些骑马的人赶着成群的黄牛在那片草场上放牧时，就会和伙伴们大着胆子跑进草场，去看马、看牛，顺便看草。那真是一个美丽的草的世界，各种各样的草缠绕纠结拥拥挤挤，风一吹过，只见万千的草梢一齐俯身摇头，如水里的波浪一样直荡远方。草场里还有一股好闻的味道，近似于刚摘下来的梨子的味儿，让人闻着特别舒服。

听母亲说，我长到半岁的时候，因为天热，便经常被脱得精光放到门前的草地上玩。母亲说我在草地上爬得很欢实，常在手上抓了些草叶往嘴里塞，就像小鱼儿到了水里。母亲说，她每次要把我往屋里抱时，我总是扭着身子表示不乐意，偶尔还会大放悲声。

长到三四岁的时候，逢母亲下地锄草，我便跟到地里，学母亲的样儿把她锄掉的草捡起来，拿回家摊在门前，预备晒干了烧火做饭。

五六岁的时候，便牵了小羊到村边的河埂上让它吃草，这是母亲分派给我的任务。这活儿我倒乐意干，看着小羊不停地把草芽用舌头卷进嘴里，直到把肚子吃得圆鼓鼓的，我心里就有一种莫名的快活。

上小学之后，一到放暑假，家里给我的任务便是割草交给生产队喂牛，以此挣些工分分口粮。每天吃罢早饭，我就手里拎一个装草的筐子，筐子里放一把磨得锃亮的镰刀，跑到村外的河堤、田埂上找草旺的地方，找到了就蹲下去割，直到把筐子装满，而后扛在肩上往家走。

到了三年自然灾害时期，我又和母亲一起，去把一些青草的芽儿掐下来放在锅里煮了吃，把一些草的根挖出来，晒干捣碎熬成糊糊吃。那期间不少饥饿的日子，就是这样在草的帮助下度过的。

我至今还记得和儿时的玩伴们在蒿草丛里捉迷藏的情景。几个人分成两帮，一帮到村边那一人深的蒿草丛里藏起身子，另一帮人负责去把人找出来，找不出，就要认罚。把自己的身子缩在草丛里，在头顶上再放一把青草，眼见得伙伴从面前过却没有发现自己，那份快活儿真是没法去说。

草，给我留下了多少难忘的记忆。

可能就是因为这些经历，我对草怀了很深的感情。不论什么时候看见草,都会有一种温暖和亲切的东西从心里涌出来,都想伸手去触摸它们;如果是看见一块草地,就总想在上边坐一会儿。有一年我在欧洲的喀尔巴阡山里穿行,看见山坡上全铺着绿毯一样的青草,高兴地对着山坡高喊了几声,那一刻,真是心旷神怡,让人直想变成鸟儿飞起来,去看遍这山中所有的绿草地。

也是因了这些经历,在我的内心里,总觉得草似人,它也是有生命的活物。它初春绽出细芽时,犹如人的幼年,怕被践踏,需要保护;春末长成身个时,犹如人的青年时期,绿嫩可人;秋天茎粗叶宽时,犹如人的壮年时期,可傲然顶风。也正因有这种想法,我不愿看见草的枯萎。每当秋风转凉,草叶变黄时,我心里都会有一丝怅然生出来。虽然知道它们的根还活着,可又总觉得那是一代草走向了它们生命的终点。倘是看见有谁在这时点火去烧枯干了的草,心里便对他生出一丝气恨来:为何要这样绝情?为何要这样对待垂死的生命?

大约就是因为这些经历,使我心里总认为,人是离不开草的。1986年,我去了一趟西北,当我所坐的汽车在戈壁滩上穿行时,车窗外满目的荒凉让我更坚定地认为,人和草休戚与共,只要草从一个地方撤出了,那么人,是早晚也必须从那个地方撤走的。

人与草生死相依。

细想想,草作为一种物,给人提供的用途实在不少。它可以让人拿去喂牛、喂羊、喂猪、喂马、喂驴,喂一切人们需要喂养的动物,间接地为延续人的生命服务;它的一部分还可直接变成人的食物和药物,比如一些野菜和中药材,其实就是草族中的成员;它还可以让人晒干了裹在身上取暖或烧火做饭,甚至连它被焚后的灰,还可以让人拿去肥田。我们可以掐指算一算,有哪一种草会没有一点用处？用处最少的草，也可以用来晒干了烧火做饭。

草作为一种触发剂，能让人脑中掌管愉悦的部分很快兴奋起来。不管什么人，只要一走上绿草地，精神便会立即为之一振。我们经常可以看到孩子们在草地上欢蹦乱跳，看见一些青年男女在草地上打闹嬉戏，看见成年人在草地上含笑踱步，那其实都是草的功劳，是草，让人们快活了起来。据说美国一些医生把在绿草地上散步，作为治疗抑郁症患者的方法之一。

草作为一种生命形态，给人的启示也很多。它的顽强——即使头顶压了砖头，也要想办法从砖缝里探出头来；它的坚强——即使把头割了，身子也能坚强地挺立在那儿；它的甘于平凡——长在再偏僻的地方也毫无怨言；它的勇敢——暴风骤雨冰雹袭来都能毫无怯意地去面对。我们人，其实是可以从草身上学到一些东西的。我记得母亲很早就向我叮嘱过：人活一世，草活三季，长短虽不同，可经历是一样的。母亲的意思，大概就是要我像草那样，凡事要看开，遇事能坦然面对。

可人给草的是什么呢？

常是漠视和蔑视。人们很少给草以尊重，无论大人孩子，都可以无视它的存在，随时都可以踏在它的头上身上。

多是折磨和杀戮。用镰刀割，用铁铲捅，用铡刀切，用火来烧，甚至把根也挖出来。

这不公平！

有一年，我有幸去了一趟以色列。当我和我的同伴驱车在以色列的国土上奔走时，我有一个惊奇的发现，草，在这里得到了最好的尊重和照顾。所有长草的地方，都得到了保护。不长草的地方，当地的犹太人也要想办法种上草。以色列的国土上很多地方都裸露着石头，土很少，他们为了使草能在这里生长，从很远的地方取来土在石头上铺好，而后再种草。不论是城市还是乡村，凡是空地，都长着修剪得整整齐齐的草。他们对草的这种重视，让我再一次感到，犹太人聪明，他们知道，善待草，其实就是善待人自己。

这几年，在中国的很多城市里，也开始看见种草的人，看见修剪得颇为整齐的草坪。在内蒙古的草原上，也有了专门保护草的人。对于野草，只要它长的地方不妨碍人的正常生活，也都不再坚决拔除了。一个夏季的傍晚，我在北京街头看见一个不大的孩子，对正站在草坪里照相的一对男女说：请爱惜草坪！我当时听了很高兴，有了这一代人，今后草们在中国的生存环境可能会好多了。

一个温暖的春天的晚上，一幅画面悄然在我的梦中展现——我奉命坐在一架直升机上观看我们的国家，天哪，除了农田、道路、河流、湖泊、房屋之外，我们的国土上全是草和树，到处都是一片碧绿。我高兴地在飞机上跳了一下，这一跳使我脱离了梦境，脱离了那幻想出的画面。我怅然地躺在床上，心想，这要不是梦多好！那一刻，我想起了我国西北那些面积巨大的沙漠和戈壁，那些地方，什么时候才能长出碧绿的草来？在中国，有草的地方很多，可地上没草的地方确实也还有不少。

《圣经》上的"创世记"第一章说，上帝是在第三天造出了草的。上帝说：地要发生青草，于是青草就出现了。上帝造物用了六天时间，第三天就造出了草，足见草的重要。上帝的旨意是地上要有草，可有些地方偏偏没有草，这件事要是追究起来，谁该负责？

上帝的惩罚一向可怕。

我们还是小心为好！

# 一 剂 药

六婶只养了一个儿子，起名叫巅峰。六叔嫌这名字别扭，想换一个，可六婶不许。六婶说：咱们的儿子这辈子一定要登上人世的巅峰，不能像咱俩这样活得窝窝囊囊，一辈子在家里种田。六叔有些不高兴，种田就窝囊了？再说，啥叫人世的巅峰？

六婶初中毕业，心劲很高，凡事都有自己的主意。六婶说：人世的巅峰就是当上大官，只要咱儿子当上了大官，你说咱有多荣耀，谁还敢看不起咱们？在咱们中国，做啥也没有当官好！六叔叹口气：你呀，光想些虚的、空的。

六婶知道，要想让儿子日后当上大官，必须让他上学，让他考上大学。所以从上小学起，她就亲自过问儿子的学习，检查他的作业，额外给他布置课外习题，辅导儿子去做一些难题。每逢儿子想要去玩时，她就给他讲"人须苦中苦"的道理，给他讲做官的好处和要做官必先读书的例子。儿子上到初中时，六婶的知识不够辅导儿子学习了，她就在儿子做作业时搬个凳子坐在他身边纳鞋底，监看着儿子。身为一个农村妇女，六婶这样做很不容易，村里的人都说，有六婶这教子方法，巅峰今后肯定会有一番造就，说不定真能当上大官。六婶也骄傲地说：我的儿子天然是一块当官的料，你们只管等着看吧！有好开玩笑的年轻人就同六婶开玩笑说：万一巅峰以后当不了官怎么办？六婶生气了，六婶说：他要当不了官我就去死！

巅峰从小就爱画些小猫小狗，上中学以后，学画的兴趣越加浓厚，一有时间就拿上画笔去画。六婶见后很是生气，教训儿子说：你听说有几个画画的人当上了大官？赶紧给我认真读书。巅峰嘴里应着，实际上并没丢了练画，到高考时，就偷偷报考了省上的画院。待六婶知道儿子考了画院的消息时，画院的入学通知已经来了，六婶气得大声哭骂：好一个不争气的小子，你是存心要违我的心意呀！……

　　巅峰画院毕业后留校任教，业余时间全心投入创作。六婶去画院看他，见他浑身沾着颜料在纸上涂抹，叹口气说：干这个能比当官好？巅峰笑笑说：人各有志，我喜欢这个。我的画已参加过很多展览，我争取早日画出令你感到自豪的作品。六婶不想听这个，郁郁地回了村里。巅峰这一行与当官自然无缘，几年过去，仍是个教师和画家，什么官也没当上。相反，村里与他同龄的几个小伙，当初在中学的学习并没有他好，现在都相继当上了官。有一个当了乡长，有一个当了县里的副县长，上学时遇到难题常找巅峰抄答案的平顶还当了地区里的处长，还有一个当了省上团委的部长，最差的一个，也当了村支书。六婶每一听到别家儿子当官的消息，就要生自己儿子一次气。有一年秋天，村里新建的小学举行剪彩仪式，发通知让在外工作的本村人都回来参加，人家当了官的几个人，都坐了公家的轿车，呜呜地开回来，村里人都客气地迎上去招呼。独有巅峰是从镇上的公共汽车站一步一步走回来的，而且走到村口也没人去迎。六婶心里那个气哟，她看见儿子挎着个包走到门口，也没有站起来说话，只大声对六叔喊：他爹，你给我准备一瓶农药，我是无脸活了！……

　　更令六婶生气的是，剪彩仪式开始时，村上安排所有当官的都上前拿了一把剪子剪彩，那当处长的平顶还站在正中的位置上，独留巅峰坐在小学师生们中间。六婶觉得儿子受到了冷待,就等于自己受到了冷待,一气之下转身离开了仪式举办现场,要往家里走。也是合该出事,也来看热闹的平顶他妈这时拦住六婶说:他婶子呀,你看看你们巅峰,怎么连一个小官也没混上哪?你当初怎么没给他说说哟!六婶被这句话刺得身子一个摇晃,顿觉所有的尊严都被扯走了,从此以后再也无脸在村里做人了。她跟跟跄跄地向家里走,到家就去平日丈夫放农药的地方,那儿果然还有一瓶农药,她拿起就喝,边喝边朝卧房里走,她想,死就死到床上,别让人搬来搬去的。

躺到床上,想到马上就要告别这个世界之后,她忽然有些后悔:这样去死是不是值得?自己死了,丈夫以后谁来照顾?儿子会怎样伤心?儿子并没有做错什么,他只是没有当上官而已,不让他参与剪彩是那些人的错,我凭啥要把气撒到儿子身上?儿子的婚事还没说成,我怎能现在就走?而且她忽然想起,家里的两张存折和一些现金都是她保管的,她还没有告诉丈夫它们的藏处,自己死后他们找不到可怎么过日子?不,不能死!想到这儿,她急忙呼救:来人哪——

六叔听见喊声,从院子外边跑进来,还没有开口问,一见床边扔着个农药瓶子,立时明白了是怎么回事,吓得急忙上前抱起妻子就往镇上的诊所里跑。

让人觉得意外的是,大夫给六婶检查以后说:一切正常。问六婶自己的感觉,她也说没有什么难受的感觉。六叔正在诧异,巅峰来了,巅峰走到六婶身边,轻轻叹口气低声说:妈,幸亏我做了准备,要不然,真要出大事了。六婶从儿子的声音里听出了点什么,抓住儿子的手问:你做了啥准备?巅峰说:我进村因为没人像迎当官的那样迎接我，你就气得喊着要喝农药，我知道今天的仪式得按官场的规矩办，害怕你受不了接下来的刺激，所以预先做了准备，把家里的那瓶真农药藏了起来，另画了一张农药的商标贴在一个装葡萄糖水的空瓶子上，我在瓶子里灌的是我平日爱喝的咖啡。说着就从口袋里掏出了六婶扔到床前的那个瓶子。

好个小子！六叔笑了，你画的那农药商标跟真的一样，连我也吓蒙了！

六婶怔在那里，拿过儿子手上的瓶子默默地看着。巅峰这时又说：妈，你要是因为我没当官而喝药自尽，你说我这辈子还怎么活下去？我虽然不当官，可照样能挣来钱养活你和我爹。说着从挎包里掏出一幅画的照片：你们看，我这幅画最近获了国家大奖，法国一个收藏家答应出五万美元买它。

六婶这时舒一口气，一边下床向外走一边说：没想到我的儿子还这样细心地记挂着我，罢，从今往后我不寻死了，回去继续过咱们不当官的日子。

巅峰第二天早上要走，六叔推出家里的自行车去送儿子。这当儿，有两辆警车开进了村子，其中一辆警车的司机下车问六婶哪儿是平顶的家，六婶指完路后又来了气，对巅峰说：你看看人家，要走时还有警车来接，哪像你。巅峰笑笑，坐上他爹的自行车后座走了。

也就一袋烟的工夫，忽听平顶家传出他妈的一声哭喊，跟着就见平顶被两个警察推到了警车上，手上还戴了手铐。六婶大惊，忙问邻居是怎么回事，邻居悄声告诉六婶，平顶贪污了。

六婶看着警车开走后，回屋找出了儿子做的那个"农药瓶"，她看见瓶底还有些咖啡水，就打开瓶盖，仰头喝了一点，在嘴里慢慢品味……

## 昨日琴声

最初让我对二胡这种民间乐器产生兴趣的，是一个瞎子。好像是一个正午，九岁或者十岁的我正在屋里吃饭，忽听门外响起了一种很好听的声音，我闻声端了饭碗出门去看。原来是一个瞎子靠在俺家的门前在拉一种琴，拉出的声音十分好听。我惊奇地看着他手的动作，母亲这时已端了一碗糊汤面条出来对瞎子说：大叔，先吃吧。那瞎子闻言，停了拉琴，从自己背着的一个布兜里掏出一只碗，让母亲把面条倒进去，之后，他便蹲下吃面条了。我原以为他吃完还要再拉那琴的，不料他吃完就向另一家走去，这让一直等在那儿的我很不高兴，我朝着他的背影说：嗨，为啥不拉了？母亲闻声又急忙出来把我扯进了屋里。母亲低声对我说：不要耽误他，他要趁这响午饭时去尽可能多地讨点吃的东西。我这才明白，他拉琴是为了讨饭吃。那琴的声音实在好听，我接下来便一直跟在他的身后，看他不断在其他人家门前拉琴讨饭。他大约是听出我一直在跟着他，他在吃饱之后临出村时对我说：小弟弟，你既是爱听这二胡琴声，我就给你拉一段吧。说罢，在村头的一棵树下坐定，就拉开了。我自然听不懂他拉的是什么曲子，但被他的琴声完全征服，一个人蹲在他面前长久托腮不动。那是少时的我第一次被音乐迷住，那是我此生所听的第一场音乐会。

瞎子那天临走时拍拍我的头问：小弟弟，你从我这弦子里听没听出我在对你说话？

我摇摇头一脸茫然。

他叹一口气，默然走了。

就是从这天过后，我记住了二胡这种乐器，也对拉二胡生出了兴趣。我那时的想法是，如果我会拉这种胡琴，我就会让我的伙伴们感到惊奇，而且也有了一个去除心烦的法子。

几年之后，我进入了初中。我所在的中学有在节庆日演文艺节目以便师生同乐的传统，老师常鼓励我们学乐器，我便毫不犹豫地报名学拉二胡了。当老师把学校的一把二胡交到我手上时，我满是新奇和高兴。

最初的学习当然是困难重重，我要学识简谱，要弄懂怎样调弦，要熟悉琴上高中低音的位置，要练习运弓，要懂得如何在琴筒上滴松香。我一开始拉出的声音完全像杀鸡，连我自己都觉得刺耳无比。一些同学听到后总要捂上耳朵急忙逃避。我当然着急过、气馁过，被一些同学讽刺过，但我最终坚持下来了。我常在内心里进行自我激励：一个眼瞎的人都能拉出那么好听的琴声，你为何就做不到？练，一定要练出个名堂！

就是凭着这股不服输的劲头和持续的操练，琴弦和琴弓在我的手中渐渐听话，一些好听的乐句慢慢流出。终于有一天，当我再拉琴时，有同学会自动站下来听上一阵，并朝我飞来一个惊奇的眼神。我知道，我已经在向成功靠近了。

尽管我在学校里到最后也没有获得上舞台拉琴的机会，可我自己能听出，我的琴声已差不多可以用动听来形容了。重要的是，在我学会了拉二胡之后，我有了一个抒发心绪的新途径。每当我高兴的时候，我就拉欢快的曲子，让乐曲把我心里的欢乐尽情表现出来；当我烦闷的时候，我就拉那些忧郁的曲子，让乐曲把心里的不快倾吐净尽。这以后，我开始接触《良宵》这支著名的二胡独奏曲。

我那时不知道它是谁作的曲子，也不完全理解它要表达的东西，可我喜欢学着拉它，每当曲子在琴弓下展开时，我都能看见月光、树影、水波，能听见虫鸣、风声和人的细语，能闻到花香和青草的芬芳，能觉出一个小伙和一个姑娘在眼前舞蹈……

我真正上舞台拉琴是在离开中学之后，这时，我已从军到了部队上。逢我所在的连队开晚会，我偶尔会操琴和其他战友一起上台拉上一曲。每当战友们的掌声响起时，我常常会想起我的中学时代，想起最初学琴的日子，会在心里生出一种类似庆幸的东西，庆幸自己在中学阶段没有浪费旺盛的精力，学了这个额外的技艺。

大约在提升为军官之后，伴随着事务的增多，我又渐渐疏远了胡琴。尤其是在我找到了新的倾诉方式——写作之后，便再也没摸过胡琴。如今，已是几十年过去，我与胡琴差不多又成了互不相识的路人。眼下，只有一个与胡琴有关的爱好还在保存着，那就是爱听二胡独奏曲。不管我身处什么地方，只要一听到有二胡独奏的曲调传来，我都会立刻停下步子侧耳去听，心就会激动起来并很快沉浸在琴声里。

人一生的许多行为都产生于另一些人的影响，我爱胡琴是因为听了那个瞎子的琴声。那个瞎了眼睛的爷爷可能想不到，他的琴声改变了一个男孩在中学时的追求，并进而影响了他的脾性形成——我是很久以后才明白，我脾性里的那种沉郁成分，和二胡琴声里的那种沉郁味儿，很相近。

## 最后一季豌豆

在诸种庄稼中，我最喜欢豌豆。

小时候，每到豌豆苗长有筷子高时，娘总要让我拎个小篮，去豌豆地里掐一点豌豆叶回来，放在面条锅里，当菜。一大锅面条，有这一把豌豆叶，就显出一股青鲜之气，格外好吃。我们兄妹几个逢着吃这豌豆叶面条，都要呼噜呼噜吞个肚子滚圆。

到了豌豆开花的时候，便是我们这些乡间孩子最快活的赏花日子。在诸种庄稼中，只有豌豆开起花来最好看。小麦花花朵太小，绿豆花颜色单调，玉米花香味太淡，唯有豌豆花又大又艳香味又好闻。豌豆花大部分是红色，也有紫色和白色相掺其间。红色中又分深红、浅红、粉红多种，一根豌豆蔓上常有几种颜色的花，一眼望去，真是五彩缤纷。因在豆蔓上长的高度不等，豌豆花常分几层，看去如楼阁相叠；又因豆蔓横爬在地的长度不同且互相纠结，花便分一簇一簇，瞧上去似花球相连。豌豆开花常常是在一个早晨陡然大放，一地的花朵猛然出现在人们眼前，浓浓的香味在空气中弥漫，由不得人们不深深地呼吸，快活地揉着胸腹。我们这些平日无缘赏花、根本见不到大片玫瑰和月季的农家孩子，常被这大片的豌豆花激动得嗷嗷乱喊，总要绕着豌豆地四周的田埂边跑边叫：嗬，看那片！哟，看这片！哦，这一朵！呀，那一朵……

豌豆角长出后，我们便要千方百计去偷摘来解馋。豆粒没长成豆角还扁还嫩时，我们便把豆角整个地塞到嘴里嚼，直嚼得满嘴青甜，绿汁直滴。待豆粒凸起还不老不硬时，我们便把豆荚小心地打开，凑到牙上用齿尖一捋，把那些青嫩的豆粒全捋进口中，又香又甜地吞咽。豆角将熟未熟时，大人们也常摘些到家，在锅里带荚一煮，让我们剥荚吃豆，这时候的豆粒已是十分筋道分外香了。待把豌豆收割下来拉到晒场上一打，我们便又可以吃到喷喷香的豌豆糕了。娘做的豌豆糕最好吃，她总把豌豆磨碎成面，用细箩过了，而后拌了香油、花椒、茴香、盐、蛋清和酵子等，搅成糊状，摊在笼屉上放锅里蒸，蒸出后用刀切成方块，让我们用筷夹了吃。豌豆糕的那种鲜味和香气让人吃了还想吃，每次差不多总要撑得我捂了肚子连叫哎哟。

经石磙碾轧打净豆粒之后的干豌豆秧，除了可烧锅之外，还特别柔软好玩，我们常在豆秧上打闹翻滚游戏。遇到家里来客床不够睡时，娘便在地上铺厚厚一层豌豆秧，让我盖了被在上边睡。每当我躺在那柔软的透着香气的豌豆秧上时，我总想起奶奶给我讲的那个神话故事：……老天爷为了使自己造出的人在世上能活下来，便叫自己的几个儿女各变成一种可供人吃的庄稼，性情不好的长子变成了小麦，身上有芒；身高体胖的次子变成了苞谷，棒子特大；性情温顺身子柔软的女儿变成了豌豆，所以豌豆全身没有一点坚硬刺人之处，而且通体溢着香气……

因了这些，我对豌豆怀了特别的喜爱之情。

去年初夏我回故乡探亲，当时正是豌豆长角的时节，上午到家，下午便去了自家种的那亩豌豆地里。到地头一见那久别了的青绿色的豆秧，我立时高兴地蹲下去抚摸着它们，同时扭头问弟弟："自己的责任田，为何不多种点豌豆？"不想弟弟沉了声答："就这一亩我都不想种了，这是最后一季！""为什么？"我一惊。"你看看，还有哪家在种豌豆？"他抬手朝四野一抡。我搭眼朝周围的田里望去,可不,到处种的都是麦子,自家的豌豆田是唯一的一块。"咋都不种了?"我很惊异。

"这是低产庄稼,又怕大风,化肥又贵,种了根本赚不到钱!"弟弟瓮声说道,"加上如今人们的口味变了,都只愿吃麦面,不愿吃粗粮,收了豌豆卖给谁?"

我"哦"了一声,很觉意外,不过细想之后又觉这话有理。种豌豆既是代价高,农村人自然是不敢吃的;城里人又很少吃粗粮,整日不过是把白面变了花样做食物,有的甚至只吃精粉,种了豌豆卖给谁?

"怕是豌豆也要走大麦、荞麦、赤色豆的路了。"娘在一旁叹了一句。我听后心里一震,早先这地方每年都种的大麦、荞麦、赤色豆,这些年已基本上绝迹。我记事到现在,不过几十年时间,就有三种庄稼完了,难道我十分喜爱的豌豆,也要步它们的后尘?

"明年咱也不种了!"弟弟又决然地说。

我不好再劝弟弟,眼看赚不了钱,继续种下去又有何益?也许,人类就是这样在对庄稼的比较和抛弃中前进。祖先们当初大约是太饿了,选定的庄稼种类太多。如今,现代人要在实践中不断进行比较和选择。把好吃的、高产的、容易种的保留下去,把粗糙的、低产的、不易种的抛弃掉。然而这种抛弃是否对人类自己都有益?

"豌豆这东西有时可做中药引子,"娘在一旁幽幽地说,"日后都不种了,用时去哪里找?"

我没再开口,我忽然想起近些年来不断发现的一些新的疾病,那些疾病中有的是不是因为人们把不该抛弃的庄稼抛弃后引起的?但愿不是,但愿我们的祖先也得过那些病,只是因为科学不发达而没有发现它们。

我长久地站在豌豆地头，望着那些青凌凌的生机勃勃的豌豆秧，在心里思忖：它们就要在这块土地上消失了，也许几百年之后住在这里的人们，就不会知道他们的祖先曾经种过吃过豌豆，那时的孩子，更不会享受到我们童年时摘豌豆角解馋的乐趣……

# 一 盏 茶

那家开在大街上的茶馆之所以吸引着我,不是因为茶,那时的我对茶是什么滋味尚不清楚,对喝茶有啥好处更不明白。我之所以常常走近它,是因为它里边有唱坠子书的。唱河南坠子的是一男一女,男的有五十来岁的样子,眼有些眚蒙,但偶尔应腔时声音却响得震耳;女的年轻些,脸长得很耐看,尤其是嗓子脆生。那男的把弦子拉得极是抑扬动听,女的唱起来吐字很清且十分悦耳。常常是弦子一响,满茶馆的茶客便都静了下来,只听那女的脆脆地叫上一声:列位听官,昨日唱到樊梨花夜深思郎,咱们今日接唱樊梨花天明进到后花厅……

我一有机会总是趴在门框上探了头去听。这当然不过瘾,一是有些唱句听不太清,影响我记住故事的情节;二是茶馆伙计来来回回地给茶客的茶盏续水,不时截断我的视线,使得我看不清楚那女的表情和手势。因此,我一直想找机会溜进茶馆,以便听个仔细看个痛快。但这并不容易,茶馆老板对不喝茶只听唱的人极其反感,尤其是对我们这些穷学生,他决不让一个蹭听的人混进茶馆里。胖胖的他总是站在门口,盯着往里进的人,谁进门,必得先交一毛茶钱。我哪里有钱去喝茶?即使口袋里有钱,也是供上学用的,怎舍得交给他?

一天,正当我站在门口探头去听时,街上忽然有人喊老板出去有事,没有了把门的人,我心中一喜。那日唱的好像是一出武戏,戏里边的双方正打得热闹,我急切地想听个明白,于是就不管三七二十一地溜进了茶馆。我听得很过瘾,且目不转睛地看着那女的边唱边做各样手势。我渐渐进入了戏中角色的喜怒哀乐之中,当一个角色因为胜利哈哈大笑时,我竟也出声地呵呵笑了。我的笑引起了茶客们的侧目,也跟着引起了重又站在门口的老板的注意。只见他手拎一条擦汗的毛巾大步朝我走过来,我自然开始慌张,有心想跑,无奈茶馆的回旋空间太小,我没法逃脱,只好等他走近我并拎住了我的耳朵。我被拎到了一个墙角。老板凶凶地看住我并用手指点着我的鼻尖压低了声音喝问:你说咋办?

我低头搓着衣角,没有回答。我真的不知道咋办才好。

两个办法,头一个是你去给我挑十担水!

我望了望茶馆炉前的水桶和扁担,它们不是我这身个能挑起来的。我嗫嚅着说:我挑不动。

挑不动了就老老实实给我出一毛茶钱!

我把身上的两个口袋翻过来让他看:全是空的。

那就用你的书包换!

我急忙抱紧了自己的书包:一毛钱就能换我的书包?

反正你今天不给钱就别想出老子的茶馆门,你这个小赖皮!

有一些茶客开始嬉笑着回头看我。

满脸屈辱的我最后只好从书包里摸出了一支新铅笔:我这铅笔是用一毛钱买的,给你!

他接过去认真地看了一阵,才点点头说:好吧。

我流着眼泪看着他转过身去,这时我突然意识到,就这样结束此事有点不公平,我叫住他说:给我送一盅茶来!

他回头有些发怔地看着我。

我既是付了茶钱,你就应该给我上茶!

他没再说话，只是扭头去给我沏了一盅茶，端来重重地放到了我面前的桌上。我挺了挺身子，在凳子上坐下，我原本是想像别的茶客那样一脸平静地边听坠子书边喝茶的，可当我端起茶盅去吹漂在水面上的茶叶时，我的眼泪流得有些急了。那是我第一次正正经经地喝茶，可我并没有喝出什么滋味，更不知道是用什么茶叶泡的。不断线的眼泪使我没能把那盅头泡茶喝完便跑出了茶馆，连我最喜欢听的坠子书也没去听了……

# 羊奶豆

在我的故乡豫西南邓州地界的田野里，长有一种中间大两头尖的野果子，形状像极了羊肚子上垂吊的羊奶子，所以乡下人就给它取名叫羊奶豆。

羊奶豆又脆又甜，中间的肚子里蓄满了一股白色的类似羊奶的东西，咬破时连那些白色的奶汁一起吸下肚，会是一种极美的享受。因此，它也就成了我们乡下孩子最爱吃的野果。在田野里采摘羊奶豆，是我幼时和少时很重要的一项乐趣。

那时，我们几个光屁股孩子一起，常在田埂、田垄间寻寻觅觅，有谁发现了一棵羊奶豆，会大喊一声：这儿有！大伙于是就都奔过去。羊奶豆秧有点像野甜瓜秧，一结果就不是一个。大伙奔过去后，会从秧上摘下所有的羊奶豆，而后均分，够一人一个的，就每人吃一个；不够一人一个的，就每人咬一口。一天，我们正吃羊奶豆时被神经上曾有过毛病的二奶看见，二奶说：小东西们，你们知道你们是在吃啥子么？你们是在吃田地的奶汁。我们一齐摇头，我们说我们吃的是羊奶豆。二奶眼一斜，叫：你们懂个屁，这羊奶豆就是田地的奶头，人吃它就像羊羔子们噙住母亲肚子上的奶头吸奶一样！……我们听得惊惊怔怔半信半疑。

二十多年后的一个日子里，旅居异地的我又回到了故乡，当我在田野漫步时我倏然又想起了羊奶豆，我非常想再尝尝幼时常吃的这种东西。几个邻居的小孩听我问起羊奶豆，自告奋勇地要去田里为我采摘。然而那天的收获实在可怜，几个孩子在田里跑了半晌，只摘到四五个很小很小的羊奶豆。不过就这已经使我很高兴，我捧着那些羊奶豆向村子里走，在村口，又碰见了神经上曾有过毛病的二奶，二奶老得拄上了拐杖，不过视力还好，一下子就看清了我手上拿的是什么。二奶说：你娃子在城里吃好东西吃腻了，又来吃这种野果子了。我笑笑问：二奶，这羊奶豆怎么都变小了？二奶叹一口气，说：这羊奶豆兴许还会变得更小的，人们总给田里喂些你们城里人造的速效肥和毒药，田地的奶汁还会有多旺？奶汁不旺，这些奶头还会不瘪么？……

　　二奶的话依旧使我疑疑惑惑。那天离开二奶后我的心情突然坏起来，我没有再去吃那些不大的羊奶豆，而把它们分给了几个孩子。当孩子们去咬嚼、嘴边溢出了白色的汁液时，我分明地觉得他们是在嚍着一个个又瘪又小的奶头……

# 背弃田野

对于田野，我知道我不该背弃。

我童年的大部分时光，是在田野里度过的。那时，母亲去田野里干活，总要把我背上。母亲告诉我，最初，我只会在田头上爬，爬得浑身是土；稍大一点，我能在田埂上趔趄着走，常常摔倒在犁沟里；到后来，我就可以自由自在地在田野里跑了，直到我长成一个又黑又胖的小子。

是在田野里，我熟识了小麦、大麦、荞麦、绿豆、黄豆、黑豆等农作物；是在田野里，我知道了犁、耙、播、种、收的种庄稼程序；是在田野里，我懂得了保墒、干旱、套种、板结这些农业术语。田野，是帮我认识这个世界的第一位老师。

四季的田野都给过我恩泽。

春天的田野像一个穿青着翠的姑娘，使得我常常扑到她的身上。草是青的，树是青的，菜是青的，庄稼是青的，青得让人心里舒展、快活。少时的我常在春天的田野里玩闹，在田头的草地上同伙伴们赛跑、摔跤，在堤畔沟堰上寻找白的、红的野花，在草茎、菜梗上去捉黄的、黑的蝴蝶，再就是抹着鼻涕疯笑。

夏天的田野像一个热闹的舞台，引得我总想挤到前边去瞧。青蛙在跳，蝈蝈在叫，蟋蟀翻着筋斗，蚯蚓伸着懒腰，炸梨鸟在飞，叫天子在笑。我和伙伴们赤条条跳进田头的水渠、河沟里，还会惊得鱼跃。一拃长的草鱼，会在你的腿间窜来碰去，有时干脆会撞上你的小鸡鸡，弄得我们又痒又酥忍不住笑弯了腰。

秋天的田野像一个端着大盘喷香吃食的妈妈,我曾从她的盘子里取过许多吃食。饿了,扒红薯吃,拔萝卜吃,烧起一堆火烤苞谷穗吃;渴了,摘野甜瓜吃,找羊奶豆吃,折高粱里边的甜秆当甘蔗吃,反正一切都是现成的。儿时的秋天,我们一伙孩子,常常在田野里吃得腆着肚子往家里晃。

冬天的田野像一个广场,无遮无拦十分空阔,这便是逮兔子的好时候。尤其是落雪之后,我跟在拿着猎枪的大人们的身边,在平展展的旷野上搜索前进,曾收获了多少欢笑和快乐呵。

但我还是决定背弃田野!

促使我做出决定的最初原因,是二十世纪六十年代初的那场饥饿。当我捂着空瘪难受的肚子在田野寻找野菜而不得时,我对田野产生了真正的愤恨:这个懒蛋,你为什么就不能多产点粮食多长点野菜?虽然后来我明白了,造成饥饿的主要责任不在田野身上,但我和她的感情已经疏离,对田野的爱已经消失。这之后是我中学毕业的回乡劳动,当我走进田野,看见赤膊劳作的农人和农人们身上那晶亮滚圆的汗粒,看见农人们侍弄庄稼出苗、拔节、开花、成熟的那份烦琐和疲累,看见农人们被风、霜、旱、涝、雹捏碎丰收希望之后的那份伤心和苦痛,我害怕了。

于是,本来应该忠心侍奉田野的我,违了最初的誓言,通过当兵走进了城市,背弃了曾给过我恩泽的田野,不再关心田野里的事情,包括她的受淹和干渴。

走进城市之后我才知道,背弃田野的并不止我一个。更多的曾经受恩于田野的人,也在对田野进行背弃甚至进行着折磨。这种背弃和折磨的表现之一便是无限度地切割她的身体缩小她的面积。不断地在田野里增加村子的数量,不断地在田野里建设新的工厂,城镇边缘不断向田野里推移，使得田野的面积持续地减少，有些地方已经听得见田野因为这种切割而起的哭声。

其次便是向她抛掷垃圾。城市的垃圾开始向田野里倒，火车上的垃圾向田野里抛，工厂的污水向田野里流，一些剧毒农药在向田野里洒，城市上空空气中的有害物质在向田野里落。田野的裙裾上已染了一片又一片污迹。

再就是肆意改变她的容貌。这儿本来是一片绿树，偏要砍掉；那儿原是一片草地，偏要垦殖；此处本是产麦子的宝地，改种水稻；彼处原有一条小河，令其改道。使得田野的天然美在一点一点消失。

背弃会招来惩罚。

我现在常常猜测：田野将会怎样惩罚我这个背弃者？最可能的惩罚是，当我走完生命的途程转而求她收留我时，她会抓来一把含满垃圾和化学毒药的土粒埋住我。

我为自己的这个猜测打个寒噤。

对那些背弃折磨她的大批人她将怎样惩罚？

是让她原来涌流着的奶水日渐减少而制造饥饿？是在她的乳汁中悄悄掺上毒素进行慢性毒杀？是彻底给人类断奶从而让她自己也回复到洪荒状态？

无从知道。

## 回望来路

人走路差不多都有回头一望的时候，很少有人走路双眼一直向前从不回首。这种回首一望的习惯大约是人为了记住自己的来路以便日后回撤，是一种自我保护的需要。

作为一个走进山东省城济南的城里人，我也常常回望自己的来路。我发现我的来路蜿蜒曲折，许多拐弯的地方须要用心记住。

我走进济南前在山东泰安当一名连级军官。新华社驻济南军区记者站的一位记者刚好在我的部队里代职，他觉得我是一个写机关公文的料子，遂把我调到了济南。没有他，也许我仍在泰安当一名军官，也许我已经转业，反正不能像今天这样坐在济南的家里写作。这一次拐弯让我明白，一个人可以对另一个人的命运产生巨大的影响。

我做军官之前在山东肥城当兵。士兵和军官之间隔着一条很宽的沟，跃过这条沟是我的愿望，可惜没有这种飞身一跃的时机。后来机会总算让我等到了，上级一位首长要来听战士讲解柳宗元的《封建论》，我被指定做这次讲解，我竭尽全力做了准备。我那天讲得很成功，那位姓王的首长听罢就表态：这样的兵应该提拔起来！于是不久后我当了排长，告别了士兵生活。这段经历使我懂得：人一生不要错过任何一个可以改变你命运的机会。

当兵之前我在河南邓县三中读书。我在三中差不多读完了初中，度过了"文化大革命"的最初岁月，又断续地读了两年制的高中。那时高中毕业后没有大学可上，只有回乡种地一种可能。作为农民的儿子我深知种田人的全部辛苦，所以我决定逃跑——逃离家乡。那个时代逃离家乡的最佳办法是当兵，于是我就去接兵站报了名。当火车载着我向山东飞驰时，我开始庆幸：用逃离之法有时也可以拒绝命运原先的安排。

读书之前我在构林周庄度过我的童年。周庄是被两条大渠夹持着的平原上的一个村庄，当时只有百多户人家。这个不大的村落是我生命的第一个栖息地。我的童年虽然时有饥饿来干扰，但照样有五彩缤纷的乐趣。我和我的伙伴们下塘用双手摸鱼，在夏天的中午借树丛的掩护去瓜园里偷吃黄瓜和甜瓜，在翠绿的草地上玩踢鞋楼的游戏……这种痛快的玩耍没有持续多久，我六岁多就被父母送进了学校，开始了有忧有虑的生活。人早投入有忧虑的生活会早生皱纹但也可以早一天成熟，我没有因此抱怨父母。

周庄是我的诞生地，但不是我们周姓人祖宗的居住地。我们村庄的周姓人和附近的老户周村的周姓人一样，全都是从山西洪洞县大槐树下迁移而来的。据说我们的祖爷和祖奶所以在迁徙的途中在邓县这个地方停下了脚步，是因为我们的祖爷有一天吃罢饭后随手把筷子往地上一插，几天后那筷子竟发出了青芽，于是祖爷认为这是一块可以养育后代的地方而决心留了下来。我很感谢历史上那次巨大的人口迁移，要不然我今天也可能生活在水贵如油的黄土高原，不断地去承受缺水之苦。这使我更清楚地感受到：祖先们对生活的任何一种选择都可能给后代带来影响。而我们也是后人们的祖先，我们今天要做什么不做什么都该考虑到我们的后代。

山西的洪洞县只是我们周姓祖先在农耕文化时期的居住地，原始的周姓部落的聚居地据说是在濒临黄河的今天已经绝迹的一处森林里。那时候，周姓部落的人靠群猎谋生，人们常拿着石质武器去猎获动物。他们在离开部落营地前去打猎的途中，不时要回首望望来路，以便返回时顺利找到营地。我今天这种回望来路的做法，大约就来源于祖先们的这种习惯。

我们如今居住在城里的穿红着绿衣饰整洁的城市人，倘若都能朝自己的来路望望，可能就会发现自己和这世界上的许多人原来都来自同一个地方，就可能对邻人对乡下人对他人生出一种新的感情：理解、同情和宽容……

# 在 乡 间

我来到这个世界上时，二十世纪已经过去了五十二年；在中国的土地上持续了多年的战争也终于平息下来。这个世纪送给我童年的礼物，除了社会的安定之外，还有贫穷和艰难。所以我很小就学会了割草、拾柴、放羊和剜菜。这诸种活儿给幼小的我带来过苦累，也带来过很多的乐趣，我对田野、对草地、对树林、对大自然的深爱之情就是从那时建立的。

我六岁半开始进乡村小学读书。我就读的那所小学叫河湾小学，河湾小学的校舍被一条名叫柳丰的弯弯的小河环抱着，半床清澈河水的浅唱伴着我和同学们整日的读书声。那时疟疾还在乡间肆行，我记得我常常被疟疾击倒，盖几床被子睡在阳光下的山墙旁还依然抖个不停。"打摆子"过后我常常无力行走，但受尽了不识字之苦的父母总鼓励我坚持上学，病后的我有时被父亲背送到学校，有时则是让也在小学读书的一个远房姑姑背着我到校。那位远房姑姑长我七八岁，她上学晚，年龄大力气也大，我至今还记得把双手环在她的脖子里把头搁放在她肩上的那种摇摇晃晃的舒服之感。愧疚的是当我成年之后，我很少再去看望这位嫁在邻村的远房姑姑。

家境的窘迫使我知道我必须把书读好，不然就会愧对父母。我的语文和算术成绩一直不错，我当过班里的学习委员。我的一些作业本都是学校奖励的，这些小小的奖励不仅多少减去了我家庭的一点负担，而且给了我能学习好的自信和勇气。我把那些印有"奖品"二字的作业本保存到当兵之前。

在故乡

我是一个胆小的孩子，我不知道是什么原因造成了我的这一脾性。我害怕看打架的场面，一旦看见有人捋袖要打架，我总是赶紧避远。有时因为做什么游戏惹怒了别的同学，每当他们开口辱骂或是伸拳要打时，我总是吓得要哭。我小时候虽然也胖但力气不大，我想我的懦弱可能与气力不大有点关系。当然，我的内心里也很要强，每当受了别人欺负的时候，我总在心里说：咱们等到考试时再说吧，我的考试成绩一定要压过你！

我小时候的肤色很黑，即使今天也不白。娘说我小时候在水塘里洗了澡再经阳光一晒，浑身黑亮黑亮。村里的几位远房爷爷常叫我"黑胖"。每当我吃饱了饭把黑亮的肚子腆起时，那些爷爷见了不是用手指弹我的肚子就是用烟袋锅敲我的肚子。我小时候很能吃，晌午饭吃三碗面条，下塘洗了澡上来还能再喝一碗。几碗面条把我的肚子撑得好高，走起路来总是一晃一晃。我小时候一直被"饿"这个家伙死死缠着，白馍面条、胡辣汤、饺子、"锅出溜"这些饭食一直诱惑着我。我那时常心存一个愿望：如果我日后学成当了官，一定要好好吃几顿白馍！

我的爷爷和外婆在我出生前都已过世，奶奶和外爷是在我读小学时先后死的。对奶奶和外爷的面相我已记不清楚，但他们给我做好吃的东西的事儿还留在我的记忆里。我记得奶奶总把特意为我保存的白馍掰碎泡进开水碗里，而后在碗里撒点盐倒一滴香油让我吃，这种叫"馍花"的加餐已经永久地留到了我的脑子中。外爷虽是个男子汉，但他做"锅出溜"的手艺很好，我认为他做的"锅出溜"是我此生吃过的最好吃的东西。

因为我是长子，父母对我很是溺爱，打我的次数不多，但也有过。我记得较清的一次是父亲用脚踢我，是当着众人踢的而且踢得很疼，那次为了反抗也为了报复，我在家里那张方桌的桌掌上拴了一截麻绳，而后对娘申明我要上吊而死，娘又气又好笑地用剪子把那截麻绳剪了。

　　我十岁半那年结束了初小的学习并考上了高级完小。高级完小在离家六里的构林镇上。我是在秋天的一个艳阳高照的上午背着一个用花布缝成的书包和几个杂面馍去构林高小报名的。从此，我的又一段生活开始了。

# 在 构 林

构林是一个不大的镇子,位于宛襄公路的中段。古时候它是一个驿站,在很长的冷兵器时代,拥有寨河和寨墙的它曾是这条通道上的一个关口,所以它又称构林关。

我在构林镇读完了高小、初中和高中。在我求学的这段日子里,构林镇萧条得可怜。两条不长的街呈十字形摊开,街上的店铺十分稀少,我记得有一个百货店、两个土产杂品店、两个饭馆、一家照相馆、一个邮电所和一个粮管所,还有一个很少开门的戏院。但就这样一个世界也令我十分新奇,它比我住的村庄和我们那个河湾小学,要大得多,也热闹得多了。

我们的学校在镇南边,高小在西,中学在东,两校只隔了一条并无多少水的小河。我读高小时不住校,每天早上天不亮就起床,喊上同村的同学一起往六里外的学校走。每天下午放学后,再步行回家。中午带点干粮和捣碎的咸辣椒在学校里吃。干粮就是娘用最好的红薯干碾成面后给我烙的饼,那种饼很黑,凉了以后好硬,好在学校的教师食堂有一个工友专门负责给学生用笼屉把干粮再蒸热,还负责供应开水。每天上午的第二节课结束以后,带干粮的同学们就把自己带的干粮送到伙房放进笼屉里去,为了防止弄混,同学们要么是把自己的饼子装在一个小布袋放到笼屉上蒸,要么是用一根刻有姓名的筷子把饼子串成一串放到笼屉上。我常常采用的是后者。就是这种吃法败坏了我对饼的胃口,使我此后再看见饼,不管它是用什么面做的,心里就难受就无吃它的兴致。

在高小的两年里，给我印象最深的教师是教我语文的两位班主任，一位叫范荣群，一位叫郑恒奇。两位教师都经常鼓励说我的作文写得好，在作文评讲的时候，还常对班里的同学们念念我的作文，五一节、国庆节学校出特刊，两位教师总把我的作文荐到特刊上发表——就是用墨笔抄在大白纸上贴到墙上。这些小小的表扬和看重，满足了我的荣誉心也刺激了我学习语文的兴趣。我除了完成规定的语文作业以外，还抽空写一些作文，这些作文的内容我已经记不起了，但它们大概是我最早的散文写作练习。也就是从这个时候起，我开始读课外书——小说，我读得最早的小说是《高玉宝》，这本自传体小说曾让我着迷了好长一段日子。

升入初中之后我开始住校。娘给我缝了一床大被子，爹用麦秸给我织了一个铺床的稿荐外加一领高粱秸席，我就这样睡进了那个容纳四十个男生的大寝室。冬天的寝室里放一个大木尿桶，半夜里我常被哗哗的撒尿声惊醒，所幸我那时正是贪睡的年纪，这响声并不妨碍我很快又沉入梦乡。

住校后的吃饭成了大问题，三顿饭都吃干粮显然不行，但三顿饭都在学校食堂买着吃家里又拿不出这部分钱。爹娘先是让我在学校附近一家亲戚家吃，后来又让我自己单独做。爹给我买了一口小锅，在学校旁边的一个村子里找了一个熟人，让我在他家的灶屋里用几块土坯把锅支起来，爹每隔两三天给我送来一点柴火、一点娘预先擀好的面条、一点苞谷糁和洗净的红薯。我的做饭手艺就是在这段日子锻炼成的。但我实在不愿自己动手做饭，一则是懒一则是自己做的饭太不好吃。后来总算有了一个办法：学校近处一个孤独的老汉愿意为我们这些吃不起学生食堂的远乡孩子做饭，不收任何钱，条件是管他吃饭，每个学生家里每个月多送四斤面来。于是我们一共十二个远乡同学凑在一起吃饭。这段搭伙吃饭的日子留给我最深的记忆是唯恐自己吃不饱。老人每顿把饭一做好,我们十二个人就围了上去,争着去先盛饭,唯恐别人吃得多自己吃得少。饭盛到碗里以后,大家谁也不说话,只一个劲呼呼地喝,十二个人吞起面条来真像刮风一样,为了抢在别人前头多吃一碗,有时嘴里都烫出了泡。

我们这所中学里有一个藏书几万册的图书馆,还有一个不错的阅览室。这两处地方加浓了我对写作和文学的兴趣。我常到学校的阅览室里去看各种各样的文学杂志,我最爱读的是《奔流》。我有一个借书证,我用它从图书馆里借来了《一千零一夜》《青春之歌》《战火中的青春》《长城烟尘》《红岩》《林海雪原》《敌后武工队》《红旗谱》等一大批小说,这些小说把我领进了一个个新奇的世界。我对作家的敬佩就是在这时候生出的,"我要能写一本书那该多好"的企望就是在这当儿像豆芽一样从心里拱了出来。

不幸的是"文化大革命"开始了,这场"革命"把我那个刚刚出芽的愿望一下子砸断,大批的作家被划为黑五类让我感到了当作家的可怕。这场"革命"给我的唯一好处是让我外出串联了两次:一次是坐车,我到了武汉,到了株洲,到了南京,到了郑州;一次是步行,沿襄樊、荆门、荆州、沙市、公安、益阳、湘阴这条路走到了韶山。后来又到了长沙和上海。这两次串联让我大开了眼界,让我知道了外面的世界原来很大。

学校完全"停课闹革命"之后,我曾经回家干了一段时间的农活。在干农活的单调时光里,我读了浩然的长篇小说《艳阳天》,这是在当时唯一可以找到的小说。这部小说的思想和艺术价值不管今天怎么评价,但在当时它确实深深地吸引了我,萧长春这个书中的人物是那样鲜活地站在我的面前,他使我再一次感到了小说这个东西的奇妙。原来被砸断的那个想写一本书的嫩芽,又一点一点地从心里挺了起来。

复课闹"革命"之后我被贫下中农推荐上了高中。但这时我的家已经更穷,每星期去学校时能拿到五毛钱都属不易,穷困使我迫切地想离开农村。况且这时的高中已经学不到什么东西,我们常常被派下去学农,我曾到拖拉机站,跟随开拖拉机的师傅们下乡学开东方红链轨式拖拉机犁地。我渐渐看明白,这辈子要想不当农民,靠上学读书是不行了,必须另想法子。恰好,1970年12月,山东的一个部队来小镇招兵,我报名后,因身高一米七八可当篮球队员而被顺利批准。12月下旬的一个早晨,我们这些新兵坐上了汽车,我的军旅生涯随着汽车在寒风中的启动而开始了。

这段小镇上的求学生活和对文学的最初向往,为我今后以操作文字写小说为生打下了最早的基石……

# 乡下老人

母亲已近八十岁,长住乡下老家。

老家所在的那个村子,位于南阳盆地南沿的丘陵地段上。村里除了房舍、水塘,就是高高低低的树木;村边便是沟渠和田畴。母亲喜欢这个世界,不愿意离开。

让她来城里住,总是住不了几天,就坚决要回去。母亲的理由是,我命薄,享不惯城里的福。如果坚持让她在城里住,她便总是要生病,而一回到乡下,她的病常常就好了。母亲这样解释这种现象:我是乡下人的命。

母亲不识字,对她遭遇到的一切事情,都用"命中该有"来解释。这种解释方法有一个好处,那就是面对变故时能够平静待之。

她十几岁时就遭遇了一次很大的变故,她的母亲也就是我的外婆突然病逝。面对这变故她当然要哭,可哭了几天之后,她还是抹抹眼泪起身去挑起了外婆留下的家务担子,照料妹妹也就是我的姨妈,洗衣、做饭、缝补,帮助父亲也就是我的外公照料庄稼。对这份过早降临的劳累,她没有抱怨。只有两个女儿的外公担心女儿们将来出嫁后会造成绝户,想抱养一个儿子,身为长女的她当然知道这会给她肩上的家务担子增加分量,但她还是坚决地支持了外公。当那个抱养的很小的舅舅来家之后,母亲给了他无微不至的关照。

母亲嫁到我们周家也并没有过上好日子。曾经有点富裕的我们周家,那时已经破落,家里除了几间破房子再无他物。她又开始了新的操劳。据说我出生后母亲常要把我背到身上下地干活。我记忆里关于母亲的最早的画面有三个：一个是母亲在锄地，我跟在她的身后在田垄里逮蚂蚱；一个是母亲在摘棉花，我躺在她采摘下的棉花上看天空；再一个是母亲在擀面条，我端着小木碗站在她的腿边叫肚里饿。在这些零碎的记忆片段里，母亲总在忙碌。长大以后，母亲的忙碌更给我留下了深刻印象，她的一天通常是这样过的：早晨，她先起床生火做饭，然后把饭温在锅里，再下地干活去挣工分；全家人从地里回来吃过早饭，她要刷洗锅碗瓢盆，要喂猪喂羊喂鸡喂狗，之后，又要下地干活；中午回来，她坐在树荫下稍喘一口气，就又要下灶屋做饭；下午，她仍要到田地里去干活；傍晚收工后，她通常还要在回村的路上要么拾点柴草，要么掐点野菜；她的歇息时间通常是安排在做好晚饭之后，其他家人开始端碗吃饭时，她则坐下歇息，我常听见她长吁一口气，坐在一把小木椅上缓缓摇着扇子驱赶身上的汗水，那大概是她最舒服的时候；待大家都吃完了饭，她才端起碗去吃，剩多就多吃，剩少就少吃。逢到下雨下雪的日子，照说母亲可以歇息歇息，但她照样要忙，要给我们缝衣做鞋，要磨面，要把苞谷棒上的苞米粒抠下来，要纺线，要用麦秆儿扎筐子，要用高粱的细秆做锅盖，活路多得她永远也做不完。但她从没有怀着不满去忙碌，她总是心甘情愿地去干这一切。我很少听母亲说她累，更少听见她抱怨日子苦。她认为这一切都是她命中应该干的。她常说：我不忙这一家人怎么办？人不干活那去做啥？

母亲虽不识字，但却是村里的接生婆婆。村里的好多孩子，都是她用双手接来这个世界的。哪家的媳妇到了要生的时候，男的一来叫她，她便立马停下手中的活儿，拿一把剪子笑容满面地去了。

我知道她没有关于这方面的科学知识，因此总为她担着一份心，怕她接生接出问题，不过还好，一直没出什么事，凡她接的孩子，大都平安地降生了。每次接完生，主人家会给母亲两个煮熟的红鸡蛋，那一是表示喜庆，二是表示慰劳，母亲总是满脸喜色地把鸡蛋拿来给我们吃了。母亲对生命怀着一份天生的善意，就连家里养的鸡鹅牛羊猪，她都不许我们打的；哪一种家禽、家畜病了，她都很着急，忙着为它们治病；倘是其中有不治而亡的，她便很伤心；她从不看宰家禽家畜的场面，逢着家里要宰鸡杀鹅，她总躲得远远的。

母亲信神，而且信的神灵很多。每年的大年三十晚上，她要在院中摆上一个小桌，在桌上摆了馍馍和供果，点上香，以敬天神；逢年过节，她要在灶屋的锅台上摆了供品，以敬灶神；我们兄妹倘是有了病，她就在佛祖的塑像前磕头烧香，祈求佛祖保佑我们平安；若是家里出了大祸事，她一定要到武当山金顶去给祖师爷跪拜烧香。有一年我们家出了很大的祸事，我在外边奔波着企望事情能得到公正解决，母亲则冒着大雪，挎着装了供品、香表的篮子向武当山走去。武当山离我们家有一百多里路，要坐车到山下才能往上爬，平日里年轻人从山下爬到金顶都累得要命，可母亲硬是在纷飞的大雪里爬了上去拜求了祖师爷。事后想想我都害怕，万一她在那陡峭的石阶路上滑倒了可怎么办？家里那件祸事过去之后，母亲每年还都要去武当山还愿以向祖师爷表示谢意。我曾劝她不要再跑了，在家事上一向看重我的意见的母亲，唯独在这事上十分执拗，坚持着要把"愿"还完。

母亲对我们兄妹管束很松，她常说，人该长成什么样子就长成什么样子，对我们很是放任。母亲绝少打骂我们，遇到我们做了什么错事惹她生了气,她也至多是把巴掌高高扬起恐吓一下,并不把那巴掌真打到我们身上。她最常告诫我们的是三件事。第一,不说"过天话"。意思是不说那些比天还高的大话,要说一是一,说二是二,说了就要做到,别让人觉得你没信用。第二,别看不起比自己穷的人。母亲说,人穷了本已够可怜,你再看不起人家,不更伤了人家的心?母亲还说,你今儿个日子好过,难保你日后就不受穷,人前边的路都是黑的,谁也不知道自己前边会遇到啥灾啥难,人与人的穷富也可能很快就会颠倒过来。母亲在这方面为我们做出了榜样,不管穿得多么破烂身上多么脏的讨饭的人,到了我们家都会得到母亲的善待,家里再困难,她都不会让人家空手离开。第三,不要浪费东西。母亲说,这世上没有能经得起浪费挥霍的人家,家里有金山银山,也不能浪费。她特别心疼粮食,绝不许我们把吃剩下的东西扔掉,每当我们要扔掉什么吃食时,她都要说,你要扔的这点吃食,在一九六〇年就能救活一个人哩。有时锅里剩了饭,她总要我们把裤带松松,尽力把剩饭吃下去。她说,只要吃到肚里,就不算浪费。

　　母亲没有什么金钱意识,她从不管钱。家里的那点钱,一向由父亲来管。偶尔有人来家门上收购什么,给几毛钱在她手上,她也是立马交给父亲。家里要买布买油买盐,都是父亲去办。她从没有为钱的事和父亲和儿女们生气。她的生活标准很低,吃饱穿暖就行了。有一年她和父亲来北京,一个朋友请我们吃饭,上的菜她都没见过,她悄悄跟我说:吃饱肚子就行了,花这么多钱吃这么好干啥?家里过去穷,一般买不起猪肉羊肉,过年时买一次肉,母亲每顿只切一点,做好后,她把肉片都挑在我们碗里,坐在那儿看着我们兄妹吃,我们让她吃,她总是说:吃到你们肚里也就等于吃我肚里了。

母亲平日的活动范围，就在我们村子四周，也因此，她特别渴望了解外边的世界。她了解外边世界的主要渠道，就是看电视。我有了孩子之后，她到城里来照看孙子，最让她感到高兴的是，能天天看电视。几乎每天，她都要抱着孙子坐在电视机前看，以至于我都担心会损坏她的眼睛，但看着她那副兴致盎然的样子，又不忍心打断她。母亲看电视很少选择频道，什么频道的节目她都能看得津津有味，常常是我那尚不懂事的儿子随便按一个频道，奶孙俩就认真地看了起来。

以母亲今天的年纪，我们都不希望她再忙碌，我们都有能力养活她了，只愿她好好歇息。可她依然闲不下来，要下地摘棉花、摘绿豆、掰苞谷，要照应家里养的猪羊鸡鸭。也许正是因为她不停地劳作活动，她的身体到今天还很硬朗，还没有什么大病，还能不歇气地从村里走到六里外的镇子上。我们都希望她能活过百岁，能使家里四世同堂。母亲笑着说，只要你们不嫌我拖累你们，我就尽力活，直到人家来叫我走的那一天。

每当我和妻儿回家要走时，母亲总是站在村口，目送着我们向远处走，直到看不见我们的身影再回屋。我不论走到哪里，都能感觉到她目光的注视。我知道，母亲脚下的那块故土，永远是我们可以停靠歇息的码头；有母亲目光的牵引，我们就不会在喧闹繁华的地方迷失，我们会找到返回家园的路径。

## 夏夜听书

少时,夏夜里最有趣的事儿,莫过于听大鼓书。

农人们收完麦种罢秋之后,夜晚天热一时睡不着,便要请附近的鼓书艺人来说段书热闹。说书人一来,大伙儿拿把蒲扇拎个小凳往月亮下一坐,静听说书人说一段或喜或悲的古时故事,也算一种享受。

在我们那一带村子中,最有名的大鼓书艺人要数秀成。秀成姓冯,那时有四十来岁,口才极好,鼓的敲法也与寻常艺人不同,逢他来说书,村中很少有人不去听的。

村中夏夜说书通常都在老碾盘旁的大空场上,那个长满葛麻草的空场足够坐几百人。哪天晚上秀成要来说书,一般都有前兆,这前兆就是村上有人拎一个口袋,挨家挨户收苞谷。每家人不管人口多少,一律用吃饭的碗舀一碗苞谷粒出来倒进那个口袋,这收起来的苞谷是给秀成的酬劳。村上不管平日多么抠门的人家,舀这碗苞谷时都很痛快,因为这碗苞谷立马就会换回一阵享受哩。

我们这些孩子,一见有人收苞谷,就知道晚上秀成要来说书了,于是就催娘早做晚饭,而且在天还不黑时就搬了家中的凳子去老碾盘前占位置,那位置当然是离秀成放鼓的地方越近越好。我那年月去占位置时,除了搬凳子之外,还总要抱一领苇席铺在凳子前的草地上。我爱坐在苇席上听书,听累了的时候,就把头枕在娘的腿上或半倚在娘的身上听。

占罢位置之后,我们就奔回去急急地吃晚饭。唯有这些晚上,各家的大人不需喊孩子回家吃饭，因为都已早早地围在了锅台前。呼噜噜吞完娘给盛上的面条或稀粥，手上捏个馍就又往老碾盘前跑。

先到的全是我们这些孩子。大伙儿互相品评着谁占的位置好，也有人学秀成的腔调说上几句，惹得大家一齐疯笑。大人们这时也打着饱嗝三三两两地来了，一阵"吃了没？""吃了！"的寒暄过后，就各个在自家孩子所占的位置上坐下。有些光棍汉没人给他们占位置，他们就拎着小凳往前挤，于是就引来抗议，可他们照样嬉皮笑脸地往空隙里插，有的还朝按辈数可以开玩笑的女人身上捏一把，引来一阵笑骂。

当人们黑压压坐齐时，秀成便由村干部们陪着向空场上走来。秀成抱着他那面圆鼓，其余的鼓架、鼓槌、书桌、茶壶、椅子，则由村干部们拿着。这时人们都静下来，默看秀成摆放他的说书家什。一待摆放齐毕，秀成喝一口水，清一下嗓子，啪地用惊堂木在小桌上一拍，双手抱拳四下里一揖说道：列位听官，今夜里由不才秀成为诸位说个段子解解闷儿，说得好不求鼓掌，说得坏则求宽谅，今晚书说瓦岗寨——他说到这儿拉一个长腔，接着就操起鼓槌敲了起来。人们就在这鼓声中惬意地倾起了耳朵；有时，月亮也在鼓声中探出头来，看这一场子聚精会神的听客。

秀成说的鼓书内容大致可分两类：一类是武打的，如"赤壁大战""杨家将""林冲上山"等；一类是言情的，如"西厢记""樊梨花""守寒窑""闹洞房"等。这两类我都爱听。他所说的许多故事和人物都深深印在了我的脑子里，至今我还能背出他形容一个侠士腾空飞檐情状的词语：只见他两膀一耸，双脚一拧，使一个聚气吹灯、旱地拔葱的姿势，只听"嗖"的一声，如蝙蝠过耳、燕子掠空，唰一下站在了房脊上……

秀成用他那张巧嘴和那柄鼓槌，把我带进了一个又一个神奇的故事中。我常常忘了月亮，忘了星星，忘了夜风，完全沉浸在他所渲染的砍杀搏斗里，沉浸在他所讲述的悲欢离合中。

当然，有时实在是困极了，我会在不知不觉中睡熟在席子上，让娘在散场时摇摇晃晃地抱回家里。如果是这样，第二天，我就一定要找大人问明我没听上的那一段书，以让故事完整起来。

这样的夏夜已经过去许久了。

今天，我不知道那位叫秀成的鼓书艺人是不是还活着，我多想让他知道，是他说的那些鼓书，对我做了最初的文学启蒙。

那些响着秀成的鼓声的夏夜，和乡下人渴求精神享受的情景，将永远留在我的记忆中……

# 吃 甘 蔗

虽然我们邓州地界不产甘蔗,可我吃甘蔗的历史却很悠久,大约从我的牙能咬动甘蔗时就开始了。甘蔗的主要来源是那些走村串户的小贩,他们肩上扛一捆甘蔗,离村边还有老远就高喊:甘蔗甜——我们这些孩子闻声,先是一齐围上去,望着那些甘蔗流一阵口水,而后便各个回家缠磨自己的母亲去买。母亲们被缠磨不过,一边骂着:吃,吃,是只晓得吃的货!一边去罐子里摸鸡蛋或去箱子里摸纸票。我记得那年月娘只要给我买了甘蔗,我总是吃得很慢,主要是想延长甜的时间;而且每次都是从甘蔗梢吃起,把甘蔗上最甜的部位——根部留在最后,为的是越吃越甜。

少时的我本能地追逐着甜,认为甘蔗是世界上最好的东西。

那年月,逢父亲上街赶集,我最盼望的是他能从镇街上买一根甘蔗回来。快到父亲从街上回家的时刻,我总要跑到村边去眼巴巴地望着。若是看见父亲手中未拿甘蔗,我会失望地先跑回屋里;倘是看见父亲手中拿着甘蔗,我会欢快至极地迎上前去。从父亲手中接过甘蔗,我常常并不急着吃,而是拿着它先去村中转上一圈,向伙伴们做一番炫耀。

我那时也最盼我们村子或邻近的村子里唱戏,因为一唱戏,卖甘蔗的小贩就会云集而来,我被父母牵着手在戏场上转悠,就很容易提出买一根甘蔗的要求;而且倘在戏场上碰见亲戚,他们也总要买一根甘蔗作为送给我的礼物。

我那时在心里暗暗发誓,有朝一日我有了钱,我一定要过过吃甘蔗的瘾，饱饱地吃一顿。后来我当兵提了干部发了薪金，真是实现了这个愿望。我专门去街上买了四根甘蔗，蹲在城边僻静处全部吃了下去，那天我吃得连打饱嗝，连舌头都发疼了。

这之后我的收入在不断增加，买甘蔗的钱是大大地有了，但我对吃甘蔗的兴致却越来越小。妻子知道我有吃甘蔗的爱好，有一年春节，她特意上街买了一大捆甘蔗，可我吃了半根就不想再吃了，后来又断断续续地吃了两根，竟渐渐完全忘记吃了。几个月后妻子收拾贮藏室时发现了它们，它们已经干得如柴火一样。

那天，当妻子抱着那捆变干了的甘蔗去往垃圾堆上扔时，我呆坐了许久。我忆起在久远的过去我对甘蔗的那份亲密，我为自己如今对甘蔗变得如此薄情而感到惊疑。我在想，也许随着人的年纪的增加，随着人的阅历的增多，人都会抛弃过去曾经一心追求的东西……

## 农家美味

我们豫西南乡下农家，日子虽然过得紧巴，但在饭菜上却独有特色，有许多是城里人根本吃不到的美味。我至今只要一想起母亲过去常给我做的那些饭食，嘴里还总要流些口水出来。

蒸槐花是母亲最拿手的一种菜。逢到槐花开的时节，娘总要拎个小筐，到门前的几棵槐树上掐些槐花下来。母亲说槐树上的花摘掉一些对树的生长发育并无妨碍。母亲把摘下的花去掉花梗，在清水里漂洗之后，拌上白面，撒上盐和各种作料，而后放到锅上蒸。在蒸的过程中，厨房甚至整个院子，都飘溢着一股浓浓的槐花香味。蒸熟之后，母亲再浇一点蒜汁一拌，盛到碗里就可以吃了。蒸槐花吃到嘴里有一股青鲜之气和独有的香味，吃下后人特别精神，传说年轻姑娘们连吃几次，连身上出的汗都是香的。

炸南瓜花是夏秋之间母亲爱做的又一种菜。我们家每年房前屋后种许多南瓜，南瓜开花时，往往开得很密，如果听任每朵花都去成瓜，那势必会分散瓜秧上的养分，结果使得每个瓜都长不大。这就需要像间庄稼苗一样掐掉一些花，这些掐下的花扔掉可惜，母亲便将它先用清水冲净，而后放在油锅里嫩嫩地一炸，出来撒些盐末儿在上边，吃起来那香味是双重的，一种是食油的香味，一种是花的香味；而且南瓜花炸出来还是一朵一朵，保持了花的原样，看上去真是令人赏心悦目。

蒸马氏菜是秋天母亲常做的又一种菜。马氏菜是野菜，田埂和庄稼地里到处都是，我不知它的学名叫啥，它的茎是圆形，极脆，一碰就断，叶很小。这种菜又称"晒不死"，你把它拔掉，在阳光下再怎样曝晒，只要一遇雨，它立刻就又活了。母亲下地干活时，总要抽空拔一些回来，先用水洗净，然后拌上面捏成条蒸，蒸出来用刀切成方块形，再拌上蒜汁，就可以吃了。这种蒸马氏菜入口也是一种青鲜之气，可以当饭吃，吃上一碗两碗都行。

烙油馍是母亲在来客时才做的一种吃食。这种东西介于饼和馍之间。做法是把白面和好，用擀面杖把面团压成饼状，在上边抹上一层香油、盐末、葱丝和茴香粉，而后再把面折起揉起一团；接下来再擀成饼状，再抹一层香油、盐末、葱丝和茴香粉，而后再折在一起，揉成团，如此反复多次。最后擀成直径一尺大小的圆饼，去锅上用文火烙熟。这种饼两面焦黄，内里有许多层，表皮吃上去又焦又酥，内里吃上去又柔又香又软，真是妙不可言。

羊肉萝卜汤是母亲在大年三十中午必做的一种过年饭。做法是先把羊肉剁成小块，和羊骨头、羊杂碎、羊血及一些羊油一起放进锅中煮，待差不多煮熟时，再把白萝卜切成麻将牌那样大小的块，加上作料和盐放进锅里熬，萝卜熟了之后就可以停火。这种汤连肉带萝卜一齐吃，喷香，能吃得人周身大汗，据说还可暖胃、壮阳、治关节疼。

人们的饮食爱好大都是自己母亲培养起来的。我的饮食爱好也是这样，母亲用这些来自田野和宅前屋后不起眼的东西做成的吃食，我一直视为最好吃的东西。如今我生活在城里，有时也应邀赴一些挺高档的宴会，每当我看见桌上的那些大鱼大肉山珍海味时，我就想起了母亲做的那些上不了菜谱、饭谱的吃食。我想，我日后如果有钱开餐馆，一定开一个"农家美味馆"，让城里人也尝尝我们乡下人常吃的东西，说不定吃这种东西反倒会长寿哩。

## 面条的前世今生

面条是我们河南人的主要食品。一般人家每天都至少要吃一顿面条。我小的时候，村子里衡量人富不富裕，有一个标准，是看他一天能吃几顿面条，凡一天能吃上两顿面条的，都可被称为富人。我母亲就常羡慕地指着别人家的院门对我说：你看看人家多富，一天都能吃两顿面条！

河南人对面条的迷恋达到了别人很难理解的程度。像我，如果连续几天不让我吃面条，就会急得抓耳挠腮。我在西安上军校时，军校食堂很少做面条，我就在吃过午饭或晚饭后，再悄悄出校门到外边的小饭馆里掏钱吃一碗面条。有一年去俄罗斯访问，连续几天吃不到面条，把我弄得好难受，于是就邀一个河南籍的朋友一起，在一个晚饭后四处去找吃面条的地方，跑了圣彼得堡好几条街道，才找到一个华侨开的面馆，一问价钱，合人民币四十五元一碗。再贵也要吃，我一下子吃了两碗，这才舒服地回到了所住的宾馆。在我们那里流传着这样一则笑话，说是有一个婴儿，在妈妈肚子里看见妈妈天天吃面条，知道了面条好吃，妈妈生他那天，遇到了难产，妈妈被折磨得哭喊连天，可就是生不下来，这时候奶奶急了，在一旁抱怨儿媳说：面条都做好了，还不再使点劲?！这话让婴儿听到了，以为是叫他吃面条哩，肩膀一缩，哧溜一下就钻出了妈妈的肚子……

其实在中国，爱吃面条的可不止河南人，我知道陕西人、山西人、甘肃人、青海人等黄河流域及其以北地域的人，也都喜欢吃面条。南方人多把面条作为一种辅食，其实南方的米粉、米线和河粉，也是面条的种类。差不多可以说，在中国，很少有完全没吃过面条的人。也是因此，各地都有自己的面条品牌，像河南的烩面，陕西的油泼面，山西的刀削面，兰州的拉面，上海的阳春面，杭州的葱油拌面，镇江的锅盖面，济南的打卤面，北京的炸酱面，四川的担担面，武汉的热干面，香港的虾子面，台湾的担仔面，新疆的拉条子等。据不完全统计，现在中国习惯吃面条的人约有八亿，从二十世纪八十年代开始，工业化的方便面快速发展，到2004年，方便面生产已达四百八十亿份，产值二百九十亿元人民币。如今，中国的面条已有五百多个种类。

吃面条的也不止咱们中国人，意大利人吃意大利面和通心粉，目前，全球意大利面条的年产量已达一千万吨。日本人吃日本拉面，朝鲜人吃朝鲜冷面。顺便说明一下，意大利和今天欧洲人吃的面条，是由威尼斯商人马可·波罗从中国传过去的；日本拉面是由"遣唐使"从中国传过去的。

人为什么会吃面条？这得从人类发现发明食物的历史说起。我们知道，人类发现火之前，主要是生吃食物；发现了火之后，最初只知道把采摘的植物的果实和猎获的动物的肉煮熟、烤熟了吃，对植物的果实是粒食，还不知道把植物的果实粉碎了吃；粉碎果实是在石磨出现之后，春秋末期，公输般创制了石磨，麦子、谷物的粉食才成为可能。有了面粉和米粉之后，怎么把其做得好吃，又在考验着人们的智慧，这时，有的人只是把面粉、米粉炒炒吃，叫吃炒面；有的聪明人把面粉、米粉加水和成团，再捏成片放汤中煮，叫吃汤饼，实际上是吃面片；还有的手巧的人，把面团搓成长条放进

在故乡

汤里煮，这样还叫吃汤饼，实际上就是吃面条。

吃汤饼也就是吃面条，是从东汉开始的，但一直到了宋代，面条才正式被称作面条。《东京梦华录》里记载，汴京的面条已有好多种了。古籍中第一次出现关于挂面的记载，是元朝忽思慧的《饮膳正要》。这样说来，面条的发明权应属于中国人。

但关于面条的起源国，前些年在世界上却争论不断。意大利人说是他们发明的，阿拉伯人说是他们发明的。我们中国人拿出关于面条的文字记载让他们看，意大利人拿出他们关于面条的壁画照片让我们看。还好，2002年10月中旬，中国社会科学院研究员叶茂林带领工作人员在青海省民和县喇家新石器遗址上，发现了一个倒扣着的碗，揭开碗，在碗形泥土的顶端，也就是原碗的底部位置上，躺着一团鲜黄色的线状物，外表形似我们今天吃的拉面，经鉴定，这是小米粉做的面条。喇家毁于一场地震，这碗来不及吃下的面条被密封在地下，直到四千年后才重见天日。这碗面条，为中国人赢得了面条发明者的殊荣。此后，英国《自然》杂志发表了题为《中国新石器晚期的小米面条》的论文，到此，关于面条发明权的争论才算得以终结。

面条这种食品不仅做起来简便，营养丰富，而且有一些种类，还被演绎成故事，赋予了人文含义。比如，长寿面。传说汉武帝时，有一天议完朝政，君臣开始闲谈长寿之事，有人说脸长可以长寿，有人说人中长可以长寿，有人说耳垂长可以长寿，君臣们的议论传到民间，逐渐变样，把脸换成了面，说成面长可以长寿，于是人们为图吉祥，为求长寿，就渐渐形成了在生日这天吃面的风俗，而且这天的面条要擀得切得越长越好，以面长寓意寿长。

又比如陕西岐山的臊子面。传说有一个父母双亡的穷书生,由哥嫂抚养,嫂子不仅面条做得好,而且打的卤好,为了让小叔子读好书求功名,嫂子为他打的卤中有肉有菜,齿间留香,后来小叔子果然成了举人,嫂子做的这种面就被誉为"嫂子面"。其他人听说了"嫂子面"的做法后,为了让自己的孩子考取功名,也仿制这种面,但孩子却屡屡落榜,弄得又羞又愧,所以这面便又称"臊子面"。

再如三鲜伊面,传说伊尹的母亲常年卧病,伊尹特意用鸡蛋和面,揉擀切条之后,先蒸熟,后油煎,这样即使他不在家,母亲也能很方便地吃面,而且久放不腐。吃面时浇的汤是用鸡、猪骨头和海鲜炖制而成的。伊尹母亲在儿子的悉心照料下身体康复,所以这种面又叫"孝子面"。三鲜伊面的做法和今天的方便面的做法很相似。

面条这种吃食的演化历史给了我们三点启示。其一,一个民族的主要吃食都不是在短时间内偶然出现的,而是这个民族在长期的生存过程中逐渐创造出来的,有无数人参与其中。我们今天在享受每一种祖先传下来的美食时,要对前人充满感恩之心。其二,一种吃食所普及地域的广度,是和创造者的经济文化影响力相关的。我们中华民族创造的面条所以能传至意大利和日本、朝鲜,扩展至欧洲和阿拉伯世界,是因为我们民族的经济文化影响力曾经很大,我们中华民族曾为很多国家的人所仰视。美国的麦当劳快餐今天能在全世界开连锁店,也是这个原因。其三,一种吃食一种吃法一旦在某一地域形成习惯和传统,它会对该地域人的生理和心理产生很大影响,它会和人们对该地域的爱和对该地域人的爱交互在一起,成为乡情、民族情的一种重要成分,成为地域文化和民族文化的内容。面条很容易把河南人聚拢在一起,中餐很容易把中国人聚集在一起。

愿大家都爱吃面条!

愿我们中国人今后能创造出更多的美食!

# 乡村世界

## ——在北京东城区图书馆的演讲

一

什么是乡村世界？如果下个定义的话，应该是：拥有土地，有种植和养殖责任，在自然村落里居住，不享有国家财政支付的工资，自己管理自己的人们所组成的社会。城镇边缘以外的地方，都属于乡村世界。它和行政区划无关。乡村是和城市有很多不同特点的另一个世界。它和城市的不同点是：

在政治制度上，它采用的是直接选举制，领导者由直接选举而成——城市里的领导者更多是由上级指定的——领导者的权力受到村民委员会的制约。

在生产上，它是以家庭为单位来组织的；而城市里的工业生产则是由工厂和公司来组织的。其生产收入受天气影响巨大。收入水平就总体上说，明显低于城市，而且差距很大。

在人际关系的维系上，乡村世界中人与人更多的是靠血缘、亲情关系联系起来，家族、宗族在乡村生活中起着重要的作用；而城市里的人则是靠单位、靠所从事的事业联系起来，家族、宗族对人际关系的维系几乎不起任何作用。

在人与土地的关系上，乡村世界中人与土地的关系非常密切，土地归属上的任何一点变化都会引起轩然大波；而在城市里，人们对土地的归属权几乎毫不关心，只有在办房产证时才过问一下。

在人的观念上，乡村中因和外界的联系受限，人的平均文化水平偏低，人的观念变化缓慢，传统的、守旧的东西相对多些；而在城市里，资讯发达，时尚潮流涌动，人的观念更新迅速，追新求异成为城市人的生活常态。

总之，乡村和城市差不多是两个不同的世界，住在城市里的人要想真正了解和理解乡村世界并不容易。

## 二

乡村是城市存在和发展的坚强后盾，二者是联系紧密、不可分割的两个世界。从人类居住地的变迁史来看，乡村是人类最早的聚居地，城市是在乡村的基础上出现的新型聚居区，这就决定了这两个世界的联系十分紧密。这种紧密联系表现在：

城市人口的补充和扩大，依赖于乡村。中国目前的城市人口中，有相当一部分是从农村里来的，若是向上追溯三代，会发现有更多的城里居民原来都是农村人。

城市人的食物，主要由乡村来供给。生产的分工，决定了两者的生产品必须互相补充。城市一般负责工业品的生产，粮食和蔬菜及其他食物则都由农村负责供给。

城市发展所需要的许多资源，需要由乡村提供。比如土地资源和水资源，离了乡村去哪里找？尤其在中国工业化的进程中，农民勒紧腰带给予了很大支持。没有乡村世界的贡献，人在城市里的生存就会非常困难。所以，我们今天生活在城市里的人面对乡村，永远不要有优越感，永远不要怀有歧视之意，相反，要对乡村世界怀有一份感恩之心。

# 三

经过改革开放三十多年的建设,尽管有了一批新农村建设的典型,但整个中国农村的现状并不容乐观。主要表现在:

乡村农民的人均收入与城市相差太多。以中原农村为例,一个种有十亩地庄稼的家庭,夏季按每亩七百斤的产量算,总产七千斤,一斤小麦按一块钱算,也才七千块钱;秋季玉米也按七千块的收入,加起来才一万四千元。有十亩地的家庭一般是五口人,平均一个人一年的收入还不到三千元。这还是勤快的农民,还是在风调雨顺的年景,若气候不好,连这点收入也不能保证。

乡村农民的文化素养与城市相差很大。这些年,文化素养好的年轻人都到城市谋生了。伴随着城市化的进程,大批的农村青壮年流向城市,很多乡村只剩下了老人、孩子。留守的孩子既享受不到父母的爱,也很难安心读书。乡村现在不但少有大学生,高中生也很少。高中生要么考上学走了,要么外出打工了。乡村有文化素养的人很少了。

乡村的基本生活条件与城市有很大差距。在乡村,基本上没有管道煤气和水冲厕所,看病艰难,商业网点少。

乡村的交通状况与城市相差太大。镇与自然村之间、自然村与自然村之间的路非常难走。在我的家乡,三公里的平路,在不堵车的情况下,开轿车得走一个小时。而城市里道路纵横交错,公交车、地铁、高铁,什么都有。

乡村的文化娱乐设施与城市相差太远。乡村中娱乐设施稀有,人们的娱乐主要是看电视;而城市里,到处都是影院、剧院、体育场，各种演出很多，人们的娱乐项目很多。

乡村的环境污染也已十分严重。如今，因为乡镇小型企业所造成的水和土地的污染在加剧，加上农村烧煤烧秸秆所造成的空气污染，农民们面对的已不是过去山清水秀田美的环境了。

生活在乡村的大部分年轻人都有逃离乡村的愿望。

## 四

改变乡村世界的现状是一个紧迫任务，因为：

中国不可能没有乡村世界。不管中国社会怎么变化和发展，乡村世界都不可能消失。中国城市化的程度再高，也不可能把所有的乡村人都吸纳到城镇里去。我们的国家和民族也不可能不要农田，不要田园风光。所以，把乡村建设好，使乡村世界变得更适宜人居住，是我们的一个重要任务。

中国乡村的落后状况极可能酿成灾难性事件的发生。在很多乡村，农民很低的生活水平和很差的生活状况会令我们生活在城市里的人感到吃惊。农民在城乡的巨大反差面前，心理会产生严重的不平衡，很可能激发出其破坏的欲望。

没有农村的繁荣和农业的发展，城市的现代化步伐必会被拖慢。单是粮食、食油和蔬菜的短缺，就会在城市里造成巨大的恐慌。

## 五

城市在帮助改变乡村世界现状方面可以有所作为。我们生活在城市里的人完全可以给乡村农民以多种帮助。

不变着法子去侵占农民的土地，尤其是耕地。不能否认，近些年，城市的房地产商人为了赚钱，或是利用权力的力量，或是利用金钱的力量，占了不少农村的土地，有些还是耕地。失地的农民虽然暂时拿到了一些补偿，但不足以长久维持生活。土地是农民的命根子，只要有地，再大的灾荒都可以对付过去。而农民一旦没了土地，就会盲目流动，其破坏性就会显现出来。

不有意压低农产品价格，打击农民种植和养殖的积极性。工业品涨价，农民默默忍受，他们很少有话语权；农产品稍一涨价，城里人就大声惊呼起来，国家就赶忙制止。由于历史的原因，农产品的价格和工业品的价格差距本来就大，导致种粮成本升高，又不让农产品涨价，只靠种粮的农民就很难富裕起来，因此乡村土地撂荒的现象经常发生。为改变这种情况，城市可以有所作为。城市里生产农业机械的工厂和其他面向农民的工业品生产者，应尽可能地薄利销售，这会帮助农民降低种粮成本。同时，应允许农产品适当涨价，从而激发他们的种养积极性。

切实提高农村教师的工资待遇，把农村教育质量搞好。乡村学校因条件差，对优秀教师的吸引力不高，师资力量薄弱，导致教育质量偏低。人的素质不高必会进一步制约农村的发展，我们城市的教育部门，应该想办法给乡村教育以支持，应该定期派出教师和教授到乡村的学校里讲课支教。应该让农村的教师工资略高于城市。

有意扩大镇子的规模，把大量农民吸引到镇子里，而不是让他们都拥到大城市里去。中国的城市化应走出自己的路子，应大力扩展和建设镇子。把镇子的生活基础设施建设好，使大批农民不远离故土就能享受到城里人的生活。

优待已经进城打工的农民，逐渐让他们落户安居，不再受分居之苦，尽快减少留守儿童。让进城打工的农民能把他们的孩子带进城里读书并享受亲情。

从舆论上支持和引导乡村世界正在进行的各种变革。目前，乡村世界正进行广泛的变革，从乡村政治层面到乡村经济发展层面，从乡村文化建设层面到法制执行层面，这种变革的最终目的，是让中国乡村的发展水平赶上城市，从而使乡村世界也变得魅力十足。城市应该利用舆论阵地和自己的远见与智慧，支持、引导这种变革，从而使乡村世界的面貌发生彻底的变化。

# 说 秋 收

## 一

　　秋天，是自然界最慷慨的季节；秋粮，是田野回馈给农民最美好的礼物；秋收，是大地母亲向儿女们发放奖品的时刻。秋收开始时，人们对丰收满怀希冀；秋收结束后，人们对土地充满感激。秋收充实的，是我们的粮囤；秋收强化的，是我们劳动的信心；秋收巩固的，是我们共和国大厦的根基。

## 二

　　小时候挎个竹筐随母亲去田里掰玉米棒子，是最高兴的时候。看见一个又一个长长的玉米棒子被自己掰进筐里，装到板车上拉回村，心里很有成就感。玉米熟了的时候，有些鸟会飞来寻食，在湛蓝的天上盘旋且发出响亮的叫声，好像在为我们的劳动做着伴奏。有时掰着掰着，会突然把原本藏在玉米地里的野兔子惊起。在野兔逃跑的时候，我会立刻扔下装玉米的筐子，撒腿去追，尽管每一次都追不上，但在气喘吁吁中还是觉得欢喜无比。地里有个别发育晚的玉米秆，是青的且很甜，只要看见这种玉米秆，母亲总会把它掰断给我，让我当甘蔗吃。啃着玉米秆，会觉得心里好甜好快乐……

## 三

秋粮的丰收,从来都不是无条件的。种子、土地、气候的关系里充满奥秘,劳动工具与方法的改进永无止境,没有对农业科技知识的把握,丰收就只能是一种希冀。农民和农业科技专家才是最亲密的兄弟。当我们品尝秋粮的芳香时,别忘了向农民鞠躬;当我们庆贺丰收时,别忘了向农业科技专家致敬。

## 四

年轻时我家乡的红薯种植面积很大,秋收时我干得最多的活儿是用钉耙去刨红薯。一亩地能刨出几千斤红薯,一堆一堆的,太让人自豪了。红薯的丰收和农业科技人员的劳动也紧紧相连。我记得当时农业专家们培育出了一种新的红薯品种,叫553号。553号红薯的芯是红色的,不仅高产,而且脆甜,可以生吃。我当时特别爱去刨这种红薯,因为可以边刨边吃,随时填饱肚子。有一年秋收刨553号红薯时,我生吃得太多了,结果把肚子撑得很疼,疼得我不断地呻吟。母亲见状哭笑不得,只好拉着我在地里不停地走,好让我赶紧把吃下去的553号红薯消化掉……

## 五

秋收,也是劳动强度最大的农活之一。埋在地下的果实、长在地上的庄稼,哪一样秋粮人不动手都不会自动归仓。弓腰、屈腿、伸颈，农人的每一个秋收动作都不轻松；大风、阴雨、浓雾，每一种恶劣天气农民都得承受。在急喘中抹去成串的汗珠，是秋收农民的常见动作。大自然就是要以此教会人类懂得珍惜粮食。

## 六

当年在家乡参加秋收时，我最不愿干的活儿是摘绿豆。要说这个活儿也不是很重，双手不停地把绿豆秧上已经变黑成熟了的豆角摘下来，放进竹筐里就行。可干这个活儿的弯腰动作特别令人难受。当然，你也可以不弯腰，蹲在地上摘，但那样摘的速度就太慢，半天摘下的绿豆就很少。绿豆一旦熟了，你晚摘半天，就会有不少豆角因成熟过度而裂开，使豆粒掉进土里。这就要求你最好是弯腰摘。可弯一个小时腰还能勉强忍受，要是一连弯几个小时，那简直是太痛苦了。我记得摘半天绿豆下来，我的腰弯得都不会直起来了。干完活儿为了治这种腰疼，我常常在田里仰躺下来，把腰放在田埂上，把臀部和头放在田埂下，使下弯的腰再反弹回来……

## 粮篓与粮仓

我的故乡邓州,在南阳城的西南方,和湖北的襄樊地区接壤。那个地方,没有名山大川,不出金银和稀有矿产,有的只是土地——起伏很小的一望无际的农田。史书上记载,这里盛产小麦、玉米、绿豆、芝麻、红薯。照说它也该产粮食,那么平坦肥沃的土地,不长庄稼不产粮食不是偷懒?可自打我记事直到1970年我十八岁从军离开,这里的庄稼一直长得不好,粮食产量很低,分到老百姓家里的粮食很少。那个时候,乡下农家盛粮的用具,就是用麦草扎的篓子,高度和直径就在二尺左右。劳力多、挣工分多、分粮稍多的人家,用几个篓子盛粮;人口少的人家,一个篓子就够了。这一点盛在小篓子的粮食,怎么可能够整天在地里劳作的农民吃一年?那时,吃饱饭一直是乡下农民盼望的大事。我记得,最好的年景,一个成人一年也就能分百十斤麦子,通常,多是五六十斤。再就是一点玉米和一些红薯。那些年月,全家人只有大年初一才能吃上一次白馍,而且是每人一个;十天半月才敢吃一顿糊汤面条——汤碗里的面条屈指可数。如今我还记得,那时逢了娘要蒸馍,不知道家里细粮少的我,总要闹着让娘给蒸白馍,娘有时被我闹得没法,只好在一笼黑馍——红薯面馍里单另给我捏一个白馍。我看见后转而不再哭闹,望眼欲穿地站在锅灶前等,一直待娘把白馍递到我手上我才飞奔出门,手里拿着白馍,心里的那份高兴和快活简直无法言说。白馍拿到手里常常舍不得大口吃下去,先是闻着那特有的香味,然后才一小口一小口地吃,吃下去反而更饿——它唤起了我更大的食欲。那时，红薯是农人们的主要吃食，早晨红薯稀饭，中午蒸红薯，晚上清水里煮红薯片再少放一点盐。生产队里又不准种菜，说种菜是搞资本主义，一天三顿吃红薯，直吃得腻味透顶。村里人常常看着不大的粮篓感叹，啥时候能天天吃白面馍喝白面条就心满意足了。当时以为这只是一种渺茫的希望，没想到一进八十年代，这希望竟真实现了。

那是二十世纪八十年代初的一个春天，已经当上了军官的我回乡探亲，因为知道家里白面稀缺，我特意把平时节省的粮票都带在身上，预备回家去粮店买点白面给全家人改善生活。临上火车前，我又干脆买了十斤白面装在提包里。进了家门，家里人一看我从提包里拎出了一包白面，就都笑了，说：如今这东西不缺了。娘拉我进里屋，指着一溜十来个粮篓说：看见了吧，那里边盛的全是麦子。我吃惊了，叫：这么多？爹接口道：如今田地分到各家各户，都尽心尽力地种着，亩产比过去高出许多，除了交公粮，剩下的全归自己，所以不缺吃的了。我当时手摸着篓里的麦子，长舒了一口气：我的亲人们终于可以吃饱肚子了！

在部队上工作的我，因为家里人不再缺吃的而变得心情宽舒多了，日子就在这种宽舒的心境里飞快地流逝着。去年冬天，我又一次回到了家乡，这次回家的一个重要发现是看到村人们几乎家家都拿出一间房子做粮仓，过去那种用草篓盛粮放在睡屋里的情景已很少见了。这种家用粮仓，地板都是用水泥抹的，能防老鼠；有通风口，可防粮食霉烂；门窗上有保护装置，能够防盗；远离柴草，可以防火。走进粮仓，可见仓房的中间，多是一个大囤，或是用高粱秆席圈成的苋子，用来盛放小麦；靠四周墙根，摆着一溜躺柜或麻袋，用来盛放玉米、绿豆、谷子等杂粮和薯干。走进这种家用粮仓，你会在闻到粮食香味的同时，立刻感受到农家日子的那种殷实，会让你在心里生出一种吃食无忧的放心的感觉。

由于粮仓里有了粮食，农人们的饭食也讲究了许多，如今，白馍和白面条已是家常便饭，饺子也不再是奢侈的饭食，只要想吃，立刻就可以做。一些年轻人白面吃多了，反倒又想吃红薯了，红薯竟又成了稀罕物。一向俭省从不挑剔饭食的我的父母，来我这儿小住时，也提出不想吃白面条，只想吃点大米。父母向我感叹道：如今在咱们邓州乡下，吃饭的事儿是再不用忧心了。

看来，故乡的那片土地，是真的担负起了养育栖息在它身边的儿女的责任。

但愿我的故乡人能因而更爱故土并细心地对它进行侍奉。我相信，那片土地也会更加慷慨大度，使我的父老乡亲们能变得越加富裕！

## 圆形盆地

我认为人类在世上的所有活动都可以最后归结为两类：制造欢乐和制造痛苦。你只要追踪一下由人类活动所产生的每一件物质产品和精神产品的最终效用，你就不会要求我去证明这个结论而只会赞同。

既然人类有制造欢乐和制造痛苦两种本领，既然世上充满着人为的欢乐也充满着人为的痛苦，那么以人和人世为研究对象的文学，仿佛就不应只面对人为的欢乐！

我于是想写写人为的痛苦。

我于是便写《豫西南有个小盆地》这个小说系列。

在遥远的那个地质年代里，当伏牛山、桐柏山渐渐隆起，把中原西南部的这块土地变成一个盆地时，大自然还不知它要在这个盆地里养育多少人。后来是原本栖居在黄河岸边的一些部落的南迁，当他们中的一些人发现这个盆地宜于生存停下迁徙的脚步时便成了盆地人的祖先。接下来是世代繁衍直到今天，盆地已拥有了上千万的子孙。

我在这拥有上千万人的盆地里东游西逛。我见过许多的死人和活人，我同好些个男人和女人交谈，我到过乡村、小镇、县城、州府，我进过茅屋、瓦房、洋楼、礼堂，我爬过山、涉过河、翻过丘。我发现在这个盆地里人们制造痛苦的方法又多又巧。好多地方规定了一些莫名其妙的戒律，谁要是违反了戒律，谁就会时时处处觉到痛苦。比如唱戏的人死时不准埋入祖坟，这条戒律不仅使那些吹拉弹唱的男女活着时天天为自己死后的归宿忧虑痛苦，而且使他们的家人在他们死后的灵屋安置上陷入左右为难的痛苦境地。又如堂哥、亲哥不准和弟媳说笑，这戒律极易违反，兄媳常在一块干活、生活，有时不知不觉就会开起玩笑说起笑话，而只要双方一意识到是在说笑，便都惊慌失措，觉得是违了祖上规矩，就怕别人耻笑，就会内心不安，就会疑神疑鬼，平静安宁的心境便遭破坏，痛苦便开始跟着这一男一女。诸如此类的规矩戒律不计其数。也有的地方则是不时挑起一些足以伤心、伤人的争吵、械斗，参加者不论是胜方或是败方，便都可以痛苦一段日子。争吵、械斗的原因可能很小很小，或是因为一个鸡蛋一穗苞谷，或是因为一句闲话一个眼神，或是因为一个男人一个女人；但争吵、械斗的规模却可以很大很大，一人对一人，一家对一家，一族对一族，一村对一村。祖先们可以被搬出来随便辱骂，锅碗瓢盆可以搬出来随便抛砸，牙齿、眼睛、鼻子可以随便打掉、打瞎、打塌。然后双方便都痛苦一段时间。再有一些地方的人则是不断挖掘陷阱。那陷阱或是挖在别人的仕途平坦处，或是挖在别人的事业高坡上，或是挖在别人家庭生活的转弯处。陷阱口一律用松枝柏枝，用花言巧语，用友谊友爱进行遮掩，遮掩好后挖掘者便软语温言告诉你尽管放心走，大胆走，不必有顾虑，于是就有人接二连三地摔进陷阱，摔折了腿，闪坏了腰，吓破了胆，又哭又叫又喊，轻者痛苦一月，重者痛苦一年，极重者痛苦一生。在制造痛苦的手段上各村各镇各城都有一些高招，要全部弄清既不可能也没必要。

我的《豫西南有个小盆地》并不是仅仅要展览这些制造痛苦的方法和手段。

盆地里既然有人用各种各样的招数制造各种各样的痛苦，也就有各种各样的人得去把这些痛苦吞到肚里。人们接受痛苦与享受欢乐的后果到底不同，于是盆地里就出现了五花八门的现象：有的人有房有产有儿有女却忧郁烦躁寝食不安；有的家囤满人但却哭声不断，泪拌饭吃，度日如年；有的村良田百顷连年丰产却鸡飞狗跳，骂声连连，举村不安；还有的人家庭温暖反得含泪抛家，远走他乡，流浪漂泊，把一腔诅咒带在心上；也有的人进了佛门入了道观走向教堂，从此断了凡心，去苦修正果；还有的人神经失常、精神崩溃，终日哈哈大笑，常年手舞足蹈，再不去面对痛苦蹙紧双眉苦熬岁月；也有的人则干脆跳河跳塘跳井服毒悬梁吸煤气，双目一闭，想从此去另一个世界享受欢乐。

我的《豫西南有个小盆地》并不想仅仅暴露痛苦带来的这些恶果。

人并不无缘无故地制造痛苦。干旱、洪水、地震、飓风，大自然给人制造的痛苦已经够多；生、老、病、死，生命过程本身的痛苦也已经不少。人所以还要在这些之上再制造一些痛苦，实在是因为这对人也是一种需要。

人的某些心理要得到满足，必须以制造痛苦为前提。比如说复仇心理，无论是村仇、族仇、家仇还是个人仇，只要想复，其唯一的办法就是给对方制造痛苦。仇越大，复仇者为对方制造的痛苦就越深；为对方制造的痛苦越深，复仇者获得的心理满足也越大。又比如嫉妒心理，不论是嫉妒别人所处的地位，嫉妒别人所拥有的财产，还是嫉妒别人所获得的爱情，要想平息这种嫉妒，就需要给嫉妒的对象制造痛苦。再比如征服心理，一个人要想使另一个人降服于自己，听从自己驱遣，一批人要想使另一批人老实就范，听命于自己，主要的办法也是给对方制造痛苦。暴力的和非暴力的手段并用，直到对方觉得再不降服就范，痛苦就更难忍受从而高举起双手时，征服者才停止制造痛苦的行动。再比如悔恨心理，一个人要是悔恨自己曾经做过的事，他的最好办法也是不断地给自己制造痛苦，只有当他现在给自己制造的痛苦与当初所获得的快乐在质上和量上等值以后，他的悔恨心才能慢慢消失。

我的《豫西南有个小盆地》并不想仅仅追溯出人类制造痛苦的原因。

只要地球不毁掉，人这个生物就还要在地球上生存。眼下，南阳盆地的人口还在一天一天增加。只要有人，就有复仇心、嫉妒心、征服心、悔恨心等等的存在。人的这些心理的存在，就表明制造痛苦的根源没有消失。于是，要想人不制造痛苦，就只有消灭人。人不可能被消灭，因此痛苦就不可能根绝。谁要是企图有一个无痛苦的人世，谁就是在白日做梦。你只要是人，你只要活在人的世界上，面对痛苦时你就不要抱怨，甭想逃避！你应该心平气和平静对待！

我的《豫西南有个小盆地》并不是仅仅要告诉人们对痛苦应取

这种态度。

我翻开南阳盆地过去的历史，我在那些变黄变淡的字迹中发现，历史上盆地人面对的痛苦要比今天更多更大更深更甚。曾经有一个时期，土匪们在这里制造的痛苦更出奇更可怕更残忍。那时一些人可以活埋另一些人，可以砍另一些人的头，可以挖另一些人的心，可以剥另一些人的皮，可以烹另一些人的肝，可以夺另一些人的妻，可以占另一些人的地，可以烧另一些人的房。那时的痛苦的重量不知要比今天重多少倍。我于是又联想起战争中人们对俘虏的态度，起初，原始部落之间打仗，捉到俘虏便尽数杀死；渐渐，人们把捉到的俘虏变为奴隶，饶他一条性命；后来，建立战俘营，进行有利于己方的教育，并迫使其做苦力或归顺自己；再后来，有了交换俘虏的措施，俘虏们可以回家与自己的亲人团聚。我因此便开始相信，人类虽然依旧在制造痛苦，但所造的痛苦的分量和质量却都在日渐减轻。可不可以设想到将来，随着社会制度的日益完善，随着物质财富的不断增加，随着社会精神文明程度的提高，随着人的素质的增强，人类只制造一些微乎其微的痛苦？

我的《豫西南有个小盆地》并不想仅仅指出这个前景。

我在盆地一个偏僻的角落，听到这样一个故事：一个高中毕业的姑娘做了新娘，和丈夫为戴不戴乳罩发生了争执，丈夫嫌新娘戴了乳罩奶子更高更招惹男人眼睛便当众抬手打了她一个耳光，万没料到，当晚她就服毒自尽，留下遗言一句：我不愿忍受这种侮辱！她的婆婆抱着儿媳的尸体边哭边诉：你的气性为何这样大呀？想当初你公公打我,哪次是只打一个耳光完事?回回都是揪着我的头发拖到街上,又是拳打又是脚踢,有时还把我吊在梁上,可我不是都忍过来了嘛!……

我由此而联想到城市里患失眠症的人越来越多,而病因多是各种各样的痛苦。我于是推测:人类的神经在变得越来越敏感,而且承受痛苦的能力在日渐降低。这样,尽管人类制造的痛苦的分量和质量在不断减轻,但因为人承受痛苦的能力也在日益降低,痛苦对于人们的压力却仍和先前一样。

这个推测能不能成立?

我的《豫西南有个小盆地》并不仅仅想去证实这个推测。

我在盆地里观察到一种现象:只要有一些人在人为的痛苦中浸泡,附近就肯定有另一些人在快活地发笑;只要一个人在痛苦,那他在这之前或在这之后就肯定有欢乐的时候。我于是觉得,人世上的欢乐和痛苦实际上相等,它是悬在人类头上两个巨大的自动控制流量的水库,两个水库的流泻量永远在追求平衡,痛苦向这里流,欢乐即向那里去;欢乐在这个时候流过了,痛苦以后就要补上来。因此我想,人们得到了欢乐不要忘乎所以,人们接受了痛苦也不必寻死觅活,要相信二者早晚还要互换。不必乐煞,也不必苦煞,你在高兴欢乐时,就要准备迎接痛苦;你在痛苦中挣扎时,也要准备迎接欢乐。

既然痛苦和欢乐紧紧相连,那我只要写出了痛苦也就写出了欢乐。痛苦的文字的背面,肯定就印着欢乐。人们只要正视现在的痛苦,就能预见将到的欢乐。只写欢乐反会让人生出一种恐惧,因为欢乐过后就是痛苦;写出痛苦才会让人感到无忧,因为痛苦过后就是欢乐。痛苦——欢乐——痛苦——欢乐……这是一条巨大的圆形链条,先从哪一段说起都应该允许。有人愿先说欢乐,有人愿先说痛苦,无论从哪一段说起,说的其实都是这个链条中的一段。

我的《豫西南有个小盆地》,说到底写的也是欢乐。

# 长在中原十八年

在中原长到十八岁,之后,方去山东当了兵。

十八年的中原生活,前三年的情景在我脑子里是个空白。只能从娘片段的话语中知道,我身子皮实,学会走路比较早;能吃,总是吃得肚子滚圆,被邻居们称为小胖子;黑,尤其是夏天出了汗,又黑又滑像泥鳅;胆小,怕黑,天一黑就不敢乱跑。村里的老人们喜欢喊我:黑蛋。

这三年是在懵懵懂懂过日子,会哭,但不记得苦和恼;会笑,但不记得欢和乐。

第四年的日子在我脑子里划了些很浅的刻痕。我如今还能记住的,是奶奶把白馍掰碎泡在碗里,放点盐末和香油喂我,我记得那东西很好吃。再就是一件事中的一个场景和两句对话:奶奶去世入殓时,我被人抱起去看奶奶躺在棺材里的样子。只听见一个人说,娃子太小,看了怕会做噩梦。另一个人说,他奶奶亲他,让他看看吧……

连奶奶的长相也没能记清楚。

这一年我模糊感觉到了,我可以依靠的亲人会和我分离。

长到第五年,记忆变得连贯了。这一年发生的大事是舅舅娶亲。舅妈家在十里地之外的一个村子,早上空轿去迎舅妈,让我坐在轿里压轿。童子压轿是我们那儿的规矩。不知道是抬轿的那些人故意捣蛋还是轿有问题,反正我在轿里被弄得左右乱晃,没有我原来猜想的舒服,下轿撒尿时提出不坐轿,结果被训了一顿。

这一年，我正式开始了我快乐的童年生活。我们那儿的地势算是平原，平原上的田野有一种空阔之美。春天，鸟在天上翻飞，大人们在麦田里锄草，我和伙伴们就在田埂上疯跑玩闹；夏天，蝉鸣蛙叫，大人们在雨后的田里疏通水道排水，我和伙伴们则脱光了衣裳在田头的河沟里戏水欢笑；秋天，大人们在挥着钉耙挖红薯，我们则在红薯堆里找那种芯甜皮薄的啃着吃；冬天，雪花飘飞，我们会跟在打兔子的人身后跑着听他的枪响……就是从这时候起，我开始感到人离不开土地。没有田地，人活得会很乏味。

那时家里吃得最多的是红薯。早上吃红薯稀饭和红薯面饼，中午吃蒸红薯和凉拌红薯丝，晚上吃红薯干稀粥和红薯面窝头。夏天的中午，娘有时也蒸点红薯面面条或拌点红薯粉凉粉，总之，差不多顿顿离不开红薯。尽管娘不时给我点优待，变着法子让我吃点别的，可我还是一听见"红薯"肚子里就难受，就想哭。也是因此，我的第一个理想开始出现：此生不吃红薯。

这一年我开始跟着大人们上街去赶集。离我们家最近的集镇是枸林镇，我们村离镇六华里，这段路程对当时的我来说，是个不短的距离，可我跑得兴致勃勃，只有实在跑不动了才会爬上大人们的脊背让背了走。到街上就会看到好多好多的人，就会在商店里见到好多没有见过的好东西，就会看到耍猴的，就会喝一碗好喝的胡辣汤，啃一根甜甘蔗，如果父亲能卖出些鸡蛋和两只鸡，我还能吃到包有玻璃纸的糖块。也是从这时我开始觉得：外边的世界比村子里好。

六岁时我开始上小学读书。这一年国家开始了"大跃进"，村里人们干活时总插些红旗，还经常听到锣鼓声；看到有人挨家挨户地收铁器，说是要炼铁；全村人开始在一起用很大的锅做饭，每顿饭都在一块儿吃。这样吃饭的好处是，我和我的那些伙伴可以边吃饭边在一起玩。早饭后我要背个书包，步行四华里去河湾小学上课，中午再跑回来吃饭，午饭后再去上课，下午课上完再往回赶。一天十六华里地，这对于一个孩子来说的确不是一件轻松的事。每每走累时，就很羡慕天上的鸟，就在心里想：人要能飞那该多好！那年代疟疾多发，学校里的学生差不多是轮着得这种病，轮到我时，娘并不惊慌，只在院中的太阳下铺个席子铺床被子，让我躺下，再在我身上盖两床被子，让我度过冷得发抖的那段时间。发完疟疾我常常双腿很软无力走路，但又怕不能听课学习跟不上同学们，便要坚持到校。逢了这时，常常是在同校高年级读书的一个堂姑背着我走，她岁数大些，个子也高，有些力气，但我会把她压得呼呼喘息。

这一年我开始隐约明白，人活着大约必须得吃苦。长到第七年，我已经要正式干活了。学校放暑假之后，我的主要任务是照看弟弟加上喂家里偷养的一只山羊，每天都要割些青草喂那家伙。放寒假时主要是拾柴。去田里捡拾遗留下来的玉米秆和棉花根子，去河堤上和河滩里用竹耙子搂树叶搂干草，总之，把能烧锅的东西尽可能多地弄回家，以满足家里整个冬天做饭用。这时，村里的食堂已半死不活，吃饭差不多要靠自家做了。这个时期，我最盼望的是有亲戚来，一来了亲戚，娘便会改善伙食，或者做一回鸡蛋臊子面，或是烙一张葱油饼，我会跟着解解馋。我那时想，人要是天天都能吃到臊子面和葱油饼，那该是多么幸福的生活呀！我开始有了第二个理想：天天能吃臊子面和葱油饼。

八岁那年，饥馑突然到来了。我从来没想到饥馑的面目是那样狰狞可怕。先是家里的红薯吃完了，后是红薯干和萝卜吃完了，再后是萝卜缨和野菜吃完了,跟着是难吃的糠和苞谷棒芯吃完了,接下来是更难吃的红薯秧吃完了,最后是把榆树皮剥下来捣碎熬成稀汤喝,把棉籽炒熟后吃籽仁。全家人那时的全部任务是找吃的,所有可能拿来填饱肚子的东西都被娘放进了锅里煮。村里那时除了耕牛,再也见不到任何家禽和家畜。我那时什么别的事也不再想,读书、写字、做游戏,早忘到爪哇国了,唯一想的事情就是把肚子填饱。我那时才算知道了饥饿的全部滋味,无论看到什么,先想它能不能吃,能吃,就是有用的,就生尽法子要填进嘴里。村子里开始饿死人了,我也全身浮肿,所幸国家的救济粮到了,我得以活了下来。这场饥馑让我觉得世上最好的东西其实就是粮食,所以后来养成了储粮备饥的习惯,不管粮店离家多近,都想买点米面放在家里,看到有米面在家才觉得心里踏实。也是因此,我倘是看见有人浪费粮食,就特别难以忍受。当了军官之后,我一直不敢把发的粮票全部吃完,每月都要节省下来一些准备应付饥荒。储粮备荒是我觉得最重要最正确的口号。

　　这场饥馑让我体验到了绝望的滋味:当我看到娘再也没有东西下锅站到灶前发呆时,我小小的胸腔里都是慌张、疼痛和恐惧。

　　高小、初中是在构林镇读的,我那时已暗暗下定决心:一定要考上大学,过天天能吃饱饭的日子。村里的大人一再教导我:你娃子只有考上大学才能当官,只有当官才能吃香的喝辣的,你只有吃香的喝辣的才能让你的爹娘跟着享福。我于是暗下了考大学当官的决心。我学得很刻苦,我的每门课业在班里都排在前列,我是班里的学习委员。冬天上早自习时,我走六华里赶到学校,天还没有亮,点上煤油灯便开始读书;夏天下大雨,没有伞,蓑衣也会淋透,淋透就淋透,到学校把衣裤拧干了穿上就是。没料到的是,

"文化大革命"在我读初中时突然爆发了,我的大学梦只做了一小截。

"文化大革命"初期,我和同学们一起去"破四旧""立四新""斗争牛鬼蛇神"。我们把班里的学生分成"红五类"和"黑五类",把有地主富农亲戚的同学当作"黑五类",对他们极尽蔑视和奚落。我们把离过婚的一位女教师视为坏分子,在她的脖子上挂上了一双破鞋。我们把民国和民国以前的所有东西都视为旧东西,把一些好瓷器砰砰砸碎。后来,"大串联"开始,我随同学们步行去了韶山,看完毛主席的家乡后,又坐车去了长沙、株洲和上海。这是我第一次出远门,第一次看见构林镇以外的世界。坐船过洞庭湖时天在下雨,我望着烟雨迷茫的湖面在心里想,湖南出过那么多的大人物,这块土地可能真有灵气,来走走看看也许会有好处,只不知自己此生会走出一条啥样的道路……因为学校不上课,又少有我喜欢的小说读,"大串联"回校后,我便迷上了拉胡琴和打篮球。白天的很多时间,我都是在篮球场上度过的。

打篮球原本只为打发无书读的时间,没想到倒为自己打通了连接另一条道路的阻隔。1970 年的冬天,驻守山东的一支部队来我们邓县招兵,领队的是一个姓李的连长,这连长酷爱打篮球且是团篮球队的队长,他这次来招兵还带有一个任务,就是为团篮球队再带回几个队员。他站在我们学校的球场边上看我们打球,偶尔也下场和我们一起打。我的球技不属一流,但身高一米七八,可能有点培养前途,他的目光因此注意到了我。于是,另一条道路便在我眼前展开了——这年的 12 月下旬,我去山东当了兵。

这一年,我十八岁。

多年后,当我回想当兵这件事时我才明白:一个人,可以影响另一个人的命运；一个机会，可以使一个人的人生发生重大改变。

我坐上了东去的运兵闷罐列车，我隔着列车门缝望着疾速后退的中原大地，心里有依恋，有不舍，但都很轻微，心中鼓荡着的，多是欢喜。

我终于可以独自外出闯荡了……

# 步入军营

# 第一次上哨

我第一次走上哨位是在一个漆黑的冬夜。尽管睡前班长已通知我今晚站第四班岗,我也做好了精神准备,可当前一班哨兵把我从睡梦中推醒之后,我还是有些懵懂,睁着惺忪的睡眼语音含混地问:干啥?

上哨!那哨兵用冰冷的手指拧了拧我的耳朵,一阵锐疼才使我记起上哨的事情,我方慌慌地穿衣起床,从床头上拿过枪和子弹带,披挂整齐后随那哨兵出了门。

一股尖利的夜风从营区的暗处呼一声蹿过来,朝我脸上狠抓了一把,我疼得倒退了一步,惊呼了一句:好冷!

那哨兵没理会我的惊呼,只做了简短交代:警戒范围是车场;发现情况可以鸣枪三声;不要总站一处,要不停游动。说完,他便回了宿舍,留下我一人站在夜风呼叫着的黑暗中。

我打了一个寒噤。我仰望了一下天空,天上无月无星;又环视了一下四周,没有半点光亮,只有汽车和营房的模糊身影。我是第一次单身一人站在这深夜里的黑暗中,浑身的汗毛霎时直立起来,心跳也陡然加快了。

但愿敌人不会来捣蛋——这是1970年的冬天,部队里每天都在进行要准备打仗的教育,报纸上不断有苏联要对我国发动侵略的消息,全国备战的弦都绷得很紧,随时准备还击帝修反的挑战。

我小心地迈着步子沿车场巡察。车场紧挨百姓的庄稼地,四周无遮无拦。在我的想象里,田下的黑暗中很可能就潜伏着敌人,他们正盯着我的一举一动，以便随时寻机扑上来。我把冲锋枪横在胸前，拉动枪机让子弹上膛，手紧紧地抓住枪柄，做好了随时开枪的准备。

大约在我巡察到第三圈的时候，一阵索索的响动突然传入我的耳中，我的心一紧：不好，看来是真有敌人！我急忙隐在一辆军车大箱下循声望去：天呀，果真有一个黑影在向车场靠近。我的头皮一炸，慌慌张张地喝道：口令！

那黑影一定，但没有回音。

不准动，再动我就开枪了！对方的没有回音使我坚信了自己的判断正确：是敌人！我能感觉到我扣扳机的手指在抖动。我的心已提到了嗓子眼里。

那黑影没有理会我的警告，竟然又一次开始移动，高度的紧张使我没再犹豫，毅然扣动了扳机。

砰！尖厉的枪声划破了夜的宁静。几乎在枪声响起的同时，我看到那黑影摇晃着倒下去，并跟着发出一声非人的叫声。

枪声还没有消逝，营区里就响起了紧急集合的哨音，随之就见连长带着几个干部打着手电筒拎着手枪向车场跑来，边跑边问：出了什么情况？

我在连长的手电光柱里向黑影倒下去的方向指了指：敌人偷袭！

连长的手电光柱移过去。

那是一头小牛犊，正躺在地上抖动着腿，鲜血正从它头上的伤口里汩汩流出来。

我呆在了那里。

连长什么也没说，只挥手让持枪跑过来的官兵们仍回宿舍休息，

初入营门

待大家都走完之后,才移步到我身边拍拍我的肩头说:你的枪法不错,子弹正中牛犊的头部。

连长,我太紧张了……我羞愧地低下了头。

我们都有点过于紧张了。连长叹了口气说:一个军人过于紧张会伤害一头牛犊,一个民族要是过于紧张,就可能要造成灾难了……

我当时自然不懂连长这些话的含义,我只记住了这个让自己出丑的夜晚。

二十多年过去了,那个因过于紧张而失去正确判断的夜晚还留在我的记忆里。

# 没有绣花的手帕

十九年前的那个寒冷的冬天,有一晚团部的操场上放电影,我穿上大衣搬个椅子兴冲冲地去看。其时我已被提升为干部,很荣耀地穿着一身军官服,在团部里做事。

我到的有些晚了,前边的好位置都已经被人占住,我只好在后边放下椅子。那时"文革"还未结束,放电影是一件很稀罕的事,逢了团部放电影,附近的居民便都来看,团里为了军民关系的和谐,对他们的到来并不加阻拦,所以操场上就黑压压坐满站满了人。

那晚上放映的影片是《铁道卫士》,片子大约映有三分之一的时候,忽然有一股幽幽的香味钻进鼻孔,我把目光暂时从银幕上收回来寻这香味的出处,这才发现是附近一家工厂的一个叫洇的姑娘站到了我的身旁。这姑娘是我去她所在的工厂军训时认识的,说是认识,其实只是因为她的漂亮,才记住了她的女伴们唤她时所叫的那个"洇"字,至于她的全名叫什么,她的家里有哪些人,我都一概不知。她在银幕反过来的白光里朝我笑了笑,我也点点头算是打了招呼。之后,我就又继续扭脸去看电影。那年头男女之间一般搭话不多,否则会招来猜疑。

我不知道她是什么时候走的,反正电影结束那阵她已经不在。我搬上椅子回到宿舍,去大衣袋里掏钥匙开门时,突然感到衣袋里有一方柔软的东西,摸出一看,竟是一块叠得方方正正散发着香味的手帕。我一怔:我的衣袋里从未装过这种东西呀,这是从哪儿来的？我急急地打开那手帕，发现内中包着一张纸条，我开了门忙凑到灯前去看，只见纸条上写道："你看见这个手帕时不要吃惊，它的主人就是刚刚站在你身边看电影的那个姑娘，她希望做你的妻子，她求你答应，求你原谅她的唐突，并求你明晚八点钟在你们营房院墙后的铁道旁见她，她将向你解释一切。"

说实话，我刚读完纸条时很激动，一个如此漂亮的姑娘若做了我的妻子那真是一桩天降的幸福。但随后我开始冷静下来，我用那个年代教给我的立场、观点、方法来对这件事进行分析。我最后认为，这姑娘不会是一个好东西，好姑娘决不会用这种办法来找丈夫，她对我根本谈不上熟就来这一套，平日的生活作风一定有毛病；也许她的背后有人指使，目的是腐蚀拉拢军队干部为他们服务；阶级斗争是复杂的，万一和她约会出了政治问题，那自己的前途就完了，自己提升不久，路还很长，不能大意！

我把那个纸条撕了，把手帕扔进了抽屉。

我很快把这件事忘到了脑后。

第二年春天的一个上午，我作为部队政治部门的代表应邀参加地方上的一个庆贺会，很多地方革委会的领导也带着他们的夫人到了会，就在会场上，我突然发现了泅跟在一个精瘦的五十多岁的白发领导身后。身边的一个人指着泅告诉我说，那就是咱们领导去年冬天新娶的夫人，真是又年轻又漂亮！我当时吃了一惊，我的目光盯紧了她，我注意到她不像别的领导夫人那样有说有笑，她的脸很苍白，眸子有些呆滞，整个面孔带有一股凄楚之色，使人一看就能感觉出她不快活。她自始至终没有发现我，但我那天原有的好心绪却一下子消失，心变得沉重起来。

那天回到营房进了宿舍,我去抽屉里翻找出了那块手帕,对着它看了许久许久,我多想从那上边看出一行行的字来,但是没有,手帕上除了白还是白……

## 亲爱的军营

当兵四十年，长住和短住过的军营有几十个，走过的军营差不多过了二百个。军营，成了我身体栖居和灵魂寄托之处，是我除了出生的老家之外感到最亲密的地方。

我在野战军炮兵团当新兵时住的军营由平房组成。虽然房子和乡下的房子有些近似，但排列得特别整齐，营院收拾得十分干净，山墙上都写满了黑板报，用水泥板做成的一长溜乒乓球台和沙土铺的篮球场在营区的中央，汽车停得整整齐齐。一些营连的室外厕所也建在一起，长长一排，很是壮观。各连的房子里都没有隔墙，连着铺三十几个铺板，一个排三个班三十几个人全睡在一起，熄灯号一响，我们大家一起躺进被窝，几分钟就响起了此起彼伏的鼾声。

我当班长时住的军营里还是一排排的平房，但这时的房间隔小了，一个班一间房。我所在的测地班人数少，只有八个人，八个人的床铺摆成两排，八床被子叠得方方正正地放在那里，八支冲锋枪整整齐齐地挂在床头墙上，测地用的经纬仪摆在桌上，一切都显得美观而有条理。自来水管在营区的中间，每个人洗东西都要到水管那儿去接水，逢了星期日，大家可以在水管四周一边洗衣服一边聊天说笑，清一色的男兵在那儿洗衣洗被也是颇有意思的景致。

当排长时我开始住进团部大院。这座军营差不多全由楼房组成，这是我第一次住进楼房，新鲜感很强。团部大院里有一个灯光篮球场，有球赛的日子热闹非常，没有看台的球场四周，被官兵们挤得水泄不通。团部礼堂里每周都要放一到两次电影，放电影时我们这个满眼全是男人的军营里才能看到很多姑娘。这座军营最威风的时候是会操，会操时全体军人军容严整，在高亢的口令声中做着操练动作，队伍在行进时雄壮的步伐有排山倒海之势，呼出的口号能惊飞几里地远的鸟儿。

毛泽东主席去世时部队进入了一级战备。我们这个野战炮团拉到了野外宿营，随时准备行动。这是我第一次住进野外露天军营，所有的火炮汽车都隐蔽了起来，带迷彩的帐篷沿沟而搭，一顶连一顶，做饭的地方和厕所都极其隐蔽。站在高处乍一看我们的野外军营，你会以为是一片荒地，谁也不会想到那里边其实藏着千军万马。我曾在傍晚时分走到一处高地俯视我们的野外军营，那种神秘的味道令我惊奇又惊异。

之后我调进了师机关。师机关的营房在一座名山脚下，营房有楼房也有平房，房子全倚山势而建，高低错落极是好看。每天早上的起床军号，总是在山间回荡很久才散。早操是沿山坡上的路跑步，我们的跑步声能传出很远很远，使得隔墙一座古刹里的高僧们也扭头朝我们看。营房多掩映在树林中，使得我到离开它时也没弄清它究竟有多少座房子。房子之间都用石砌的甬道相连，女兵们穿着高跟鞋在高高低低的甬道上走，发出的声音极是好听。

调进大军区机关我才见识了大军营。营院宽畅无比，整齐排列着一排又一排的楼房，一座军营差不多就是一座小城一个社会，这里，花坛、花圃、雕像、歌舞团、篮球队、球场、幼儿园、剧团排练场、购物处、宾馆、理发店、门诊部、大礼堂、浴池、小吃店应有尽有，军人们一般的需要在这里都能得到解决。这里的环境更美，军官多，眷属们也更多，营区再没有临时性的野战痕迹，一切建筑都是永久性的。

此后我活动的范围开始变大。我去过最偏远的小岛上的军营。那里的军营只是三排简易的平房，但训练用的带障碍的跑道和单双杠及木马还是应有尽有。因地势所限，篮球架只安一个，不过战士们打篮球照样打得兴致勃勃。小小的营区里种满了小岛上能长的花。黑板报上写满了战士们守岛卫国的豪言壮语。我去过大山深处某后方仓库的军营，营院的四周全是高山，在极有限的一块空地上盖了营房，山，就成了营院天然的院墙。战士们就长年生活在这狭小的空间里，与鸟和云彩为伴。2009年，我去了青藏高原上的格尔木军营，在这个缺氧的环境艰苦的高原军营里，我见到了整洁漂亮的营房和现代化的车库，见到了擂鼓娱乐的生龙活虎的战士，见到了讲究的面包房、卤肉坊、温室菜园和一流的连队自助餐厅。

军营里最庄严的事情是出征。二十世纪七八十年代，我曾在一座军营里目睹了部队出征的场景。黄昏时分，出征的军人们列队站在一辆辆军车旁边，整座军营肃穆得没有别的声息，只有军旗在风中飘扬的响动，留守的官兵代表和家属代表端着酒碗向指挥员敬壮行酒，所有送行的亲属都默站在不远处，用不舍和鼓励的目光看着就要上战场的亲人，看着指挥员把酒喝完发出登车的指令……

军营里最热闹的事情是欢迎部队凯旋。当部队由边境战场胜利返抵军营时，我看到军营变成了花和彩带的海洋，看到了多少亲属和留守官兵流着眼泪挤在大门口，看到了热烈地拥抱亲热地拍打，听到了欢呼和喜极而泣的哭声……

军营里最沉重的事情是迎接牺牲的战友回营。当年，在边境战争中牺牲的战友都埋在了边境，但一些部队凯旋之后，还是在军营里办了迎接英灵回营的仪式。战士们抱着牺牲了的战友在战场上的遗物，列队由营门外向营门内走，营门卫兵行庄严的持枪礼，所有的官兵站在营门内两侧,向他们举手敬礼……

军营里最轻松的事情是军人们举行婚礼。一个军人结婚,全连改善生活。婚礼上,官兵们可以尽情说笑。军人们的新婚之夜,虽不允许像农村那样听墙根闹新房,但战士们收获的欢笑一点也不比农村青年们少。

四十年了,四十年的军营生活,让我对军营生出了太深的感情,每次外出归营,一进营院大门,心里就忽然间感到了一阵莫名的轻松。军营,不管你是否同意,反正我已经深爱上了你!

# 电与新战法

电是人类最伟大的发现之一，正是有了电，我们今天的生活才变得如此方便和丰富多彩。但有利自然有弊，随着人类在生活中对电的依赖日益加深，电渐渐成了一个新的争夺点，战争中的敌对双方为了战胜对手，开始把断电和毁电作为一种战争手段和方法。电的发明者做梦也不会想到，他创造出的这种神奇的为人造福的东西，竟可以为战争带来新活力，使一种新战法得以诞生，从而给人带来新的苦痛。

战争是什么？战争说到底就是参战的双方相互为对方制造痛苦，直到一方承受不了痛苦的重量宣布投降为止。人们对电的日益依赖，让军人们发现，断电和毁电已成为制造痛苦的一条新途径。

让敌国电网瘫痪可在战争初期为己方赢得战略上的极大优势。美军和北约部队当年空袭南斯拉夫时，首先用电磁炸弹让南斯拉夫全国的电网因短路陷于全面瘫痪。一旦电灯不亮了，电梯停止了，地铁停驶了，工厂的机器不动了，电车不跑了，水厂的抽水机不抽水了，电冰箱不制冷了，空调器不运转了，电吹风不响了，电饭煲不煮饭了，电脑不工作了，那人们心里的恐慌程度是不难想象的，巨大的痛苦也随之压到了该国人民的头上。恢复一国的电网不是一件简单的事，持续的黑暗会使人们心中的阴影越来越大，会让人们的抵抗决心一点一点地动摇。当累积的痛苦达到一定程度，其内部便会有人对抵抗的前景提出怀疑，于是，失败和投降的最初迹象就出现了。

摧毁敌方的电站、电厂常常是战役作战胜利的保障。一支军队要在一个地域里发动一场战役，而该地域存在着敌方控制的电站和电厂，若要取得胜利，不把这些电站和电厂摧毁，使他们失去有电的优势，怕是很难办到的。不论是水电站还是火电厂抑或是核电站，一旦被摧毁，在给敌方造成困难和震慑的同时，还有其他连带作用。比如水电站的被毁，会使大量的水冲出水库和江堤、河堤的管制，给敌方造成人员和财产的损失，迫使其分散兵力去应付；火电厂的被毁，则可能引发大火和高热气体的弥漫，给敌军造成间接的杀伤，这就为战役的胜利创造了重要的条件。

破坏敌军随身携带的小型电机的运转，是战斗中通常要用的一项战术。现代战争中，参战的部队一般都做好了民用电路被毁的准备，不敢再抱使用民用电的希望，故一般都在自己必须用电的战斗分队里，配备了小型轻便易于携带的发电机，随时可以发电用电。这样一来，战斗的一方要想很快使对方丧失抵抗能力，取得战斗的胜利，就要想法找到对方电机的位置，用火力准确地予以摧毁。通常，作战部队中使用电机的单位，多是指挥所或通信部门，一旦将其电机毁掉，它的指挥和通信必会发生混乱，这就为尔后战斗的发展打下了基础。

今天，电已经如此深刻地介入了我们人类的生活，以致连人类最危险的一种行为——打仗都必须和电联系在一起了。这使我们再一次感受到电这种隐身物质的重要性，再一次对它的发明者生出由衷的敬意。我是一个常常陷入幻想的人，有时我想，假如有朝一日电能钻出电线和我面对，我一定要轻声告诉它：你已经获得了人们的爱，你应该想办法离战争远些，不要让战争破坏了你的美和人们对你的深切爱意！

# 边塞传说

## 一

有一年春节前夕,一位川籍少妇千里迢迢从四川来到山东蓬莱,要乘船到渤海深处的一个小岛上,去会她的丈夫——驻守在那个小岛上的内长山要塞区的一位连长。可是不巧得很,海上起了大风,所有的船只都停航了,少妇只能在电话里和丈夫互诉思念之情。

少妇耐心地等了六天,在第七天终于坐上了一艘部队的交通艇向深海进发。海上的风只是稍小一些,并没有停,大海依旧波翻浪涌。交通艇驶近小岛的时候,因风浪太大,也因为岛上的码头太小,几次靠岸都未能成功。交通艇长因怕强行靠岸造成艇毁人亡的惨剧,下令返回。那少妇只能在艇上朝站在岸上的丈夫挥手。少妇回到蓬莱又住了六天,风依然未停。她是山村的一个小学教师,原本是利用半个月的寒假来看望丈夫的,如今假期眼看将要过完,还未能摸一摸丈夫的手,心上的焦急无法言说。这件事让一位首长知道了,首长说:明天让交通艇出海,专门送她去岛上,我也去。第二天交通艇专门载着这位少妇出海,无奈艇近小岛时依然不能靠岸,巨大的浪头分明想把交通艇撞碎在小码头上。十几次停靠的努力失败之后,那位首长走到少妇跟前满怀歉意地说:对不起,你真的不能上岸了。少妇自然也看出了强行靠岸的危险,她微微一笑,拿过船上的扩音话筒对站在岸上的丈夫喊道：别难过，我永远都是你的……她的话音刚落，小岛上一下子飞起了几百只海鸥，那些海鸥先是围着交通艇盘旋，渐渐在天空排成一个恰似心的形状……

## 二

有一个寒冷的冬天，东北大兴安岭的森林里落了一场大雪。雪住天晴之后，一对靠打猎为生的父女正在自己的林中小屋里吃饭，一只小狍子忽然出现在门口。狍子肉是一种美味，父女俩见状急忙去抓猎枪，但狍子灵巧地逃走了。父女俩于是提枪去追。那狍子逃得极不寻常，每当父女俩就要看不见它时，它就停下来；待他们举枪要射击时，它又跑开了。小狍子最后在一棵大树下停住，待父女俩追到却倏的一下没了影子。父女两个在树下惊奇地寻觅，却意外地发现一个倒在雪地上的军人。军人身上背着电话机和电话线，显然是在雪中迷了路的电话兵。那军人已经冻僵，老猎人按照祖传的治冻伤的法子，用雪搓着军人的身子，想把他救活，无奈搓了半天也不见效果。老猎人最后叹口气说：他不行了，咱们只好把他放在这里，去边防站叫人来把他抬回去埋了。女儿不忍离去，对父亲说：你到前边等我一会儿，我再试试看能不能把他救活。父亲惊疑道：你还能有啥办法？女儿执拗地挥手让父亲离开，父亲没法，只得走开。待父亲走后，女儿决然地解开自己的皮衣和内衣，又脱下那军人身上的外衣，一下子把他抱进自己的怀里。父亲在远处看见，大惊失色地奔过来对女儿叫：他会把你也冻死的！但女儿没说话，只是紧紧地抱着那个冰冷的身子。不知过了多久，就在那姑娘觉得自己快要坚持不住的时候，冻僵的军人轻轻地嘘了一口气，心脏也随之跳动起来。他活过来了！女儿流着眼泪对父亲说。父亲这时也急忙解开外衣，把那个被女儿暖热的身子又搂到了自己怀里。

两年之后，猎户的女儿便成了那位军人的妻子。

## 酒在军中

历朝历代的军队将士，都喜欢酒。

酒，这种先人发明的液体饮料，在军中可是大有用处。

用作火种，来点燃军人杀敌的豪气。自古至今，出征的将士，是要喝壮行酒的。喝罢壮行酒的军人，会豪气直冲脑门，勇往直前地杀上敌阵，绝少有人退缩不前。古代将士们喝壮行酒的情景笔者无缘看见，当代将士们喝壮行酒的场面我可是见过一回。那是在南部边疆的一处战场上，时间是在一个黄昏，即将出发去攻占一个高地的几十名官兵，全副武装地肃立成一排。师、团、营的首长和几十名女兵每人端了一碗白酒走过来站在他们对面。师长语气凝重地说：我们来给你们送行，请大家喝下这碗酒！他的话音刚落，女兵们已双手把酒捧到了战士们脸前。那是极肃穆的一刻，现场除了晚风翻动战士们衣襟的响声之外，再无其他声音，出征的男兵们在暮色里默然看一眼敬酒的女兵，便接过碗一饮而尽。敬酒的女兵们和出征的男兵们一样知道，男兵们此去大多是很难回来了，因此她们接过空碗之后，会忍不住扑上前吻他们一下，那是极短的一吻，因为带队的军官在说完一句"请等我们的胜利消息"之后，很快就发出了出发的命令，几分钟后，出征的队伍就会消失在越来越浓的暮色里……

用作清水，来洗去凯旋将士身上的征尘和疲累。征战归来的将士，是要喝庆功酒的。仗打胜了，班师回到大本营的将士们，脱下征衣，要庆贺胜利，要论功行赏，喝庆功酒。这酒通常是要坐在宴

在青藏兵战部采风

席上喝的。笔者见过一支部队由南部边境凯旋回到军营喝庆功酒的场面，那场面使我至今难忘。开席前，一向不苟言笑的首长说：今天，我破例地允许你们放开喝，喝醉了不算违犯军纪！首长们敬第一杯酒，祝酒词是：辛苦了，弟兄们。这胜利是你们用鲜血换来的！那杯酒里满是对部下的关怀和体恤。第二杯酒，是军人们的未婚妻和妻子们敬的，女人们的祝酒词是：亲人们，总算把你们盼回来了，喝吧，喝下去解解乏。这杯酒里满是亲人的体贴和情意。第三杯酒是驻地附近的乡亲们敬的，乡亲们的祝酒词是：感谢你们守牢了国门，让我们在后方能平安做自己的事！这杯酒里满含了尊敬和感激。第四杯酒是驻地中学的孩子们敬的，孩子们的祝酒词是：叔叔们卫国立功，为我们做出了榜样！这杯酒里满是钦佩和羡慕。接下来，是留守的战友，是刚接来的新兵，是地方上的领导，一杯一杯地轮番敬，使得那些战场上的硬汉子在感动和激动中一杯杯地喝着，那酒液像温暖的清水，把他们衣上的征尘、身上的疲累和心里的委屈都冲洗得干干净净……

用作祭物，来祭奠在战场上死去的战友。一场大战过后，祭奠战死者也是要用酒的。我在南部边境的一处烈士陵园里，看见大战之后刚从战场上下来的军人，一拨一拨地来祭奠才埋入土中的战友。他们肃立在那一排排烈士墓前，在念过简短的悼词，在分发了香烟、水果等祭物过后，军人们每人拿了一瓶酒走到一座墓前，起开瓶盖，缓缓地把酒液浇在墓的四周。当酒味在空气中弥漫开来的时候，能听到他们含泪的低语：喝一点吧，喝了酒好上路……

用作抚慰剂，来抚慰作战失利打了败仗的战友。世界上没有常胜将军，也没有常胜的军队，只要打仗，就会有失利和打败仗的时候。打了败仗的将士们回营，也是要喝酒的。酒在这时已变成了抚慰剂,来抚慰将士们那颗充满歉疚、不安、羞愧、沮丧的心。当酒液伴着温暖的话语进肚之后,将士们会重新振作起来,会使他们下定来日再展身手的决心。

用作黏合胶,来把战友之间的嫌隙抹平,把将士们的心紧紧黏合在一起。军队也是一个世界,不可能没有矛盾。平时,你哪件事处理不公,伤了我;我这件事考虑不周,刺了你。战时,你合围不及时,放走了一部分敌人;我支援不力,给你造成了损失。一来二去,战友之间就会出现矛盾和嫌隙,消除嫌隙的办法很多,坐在一起喝酒也是办法之一。双方在一个上司的召集下往酒桌前一坐,几杯酒下肚,错的一方道几句歉,对的一方就会主动拦住说:好了,喝酒!酒再喝下去,脸越红耳越热,彼此就开始称兄道弟将心比心慷慨无比心胸开阔地说话,到最后,差不多都能尽释前嫌握手言欢。

当然,酒在军中也引起过祸端。一些人因饮酒过多而失态丢丑甚至贻误战机打了败仗,但那毕竟是个例,不能因此就怪罪酒,酒并没想让人喝醉,喝醉的责任在喝酒者没有把握好喝的量,任何好东西都不能用得过度。

酒这种饮料,是先辈的发明创造物中最重要的一种。试想,若是世上没了酒,那人的生活将变得多么乏味,军人们的日子将少去多少乐趣。

酒,军人们永远对你满怀爱意!

## 当兵上战场

大约是老了的缘故,我现在常常会去回想小时候的事,偶尔还会忆起幼时和伙伴们在一起玩打仗游戏的经历。那游戏的玩法是,六个男娃六个女娃分成两拨,一边三男三女。两拨人分站在一个大土堆的两边,女娃只管把土揉成土蛋蛋递到男娃手里,男娃负责把土蛋蛋投向对方。

每次游戏开始时,双方各选一位身个高力气大的男娃当头头,一个头头会高声地向另一个头头喊叫:投降不投降?另一个头头照例地回一声:不投降!于是"战争"正式开始。一时间,土蛋蛋乱飞,你朝我方扔,我朝你方扔,边扔边笑边跳边叫,快活异常,直到一方有人被土蛋蛋打疼哭了起来,或大人们过来干涉,"战争"才宣告结束。

游戏结束之后,两拨人很快又重归于好,又在一起交换好吃的桑葚或不熟的枣,再不就是让对方看自己逮到的蚂蚱或扯来的野花。

那时以为打仗就是这样好玩,能给我们带来快乐和欢笑。那时我们动不动就提议:上战场,打一仗?!

懵懵懂懂的我们哪里知道,真正的战争和战场是另外一个样子。

会不会是因了幼时常玩这种游戏,便在我的心里种上了最初的当兵的念头?

说不清楚。

长到十八岁时，发现考大学的路已被"文革"堵住，吃不饱肚子又成为日益严重的问题，于是便决心去当兵。当兵，成了我们这些农村学生当年改变命运的唯一途径。当我和许多同乡小伙坐闷罐列车抵达山东之后，我才知道，我所在的部队是野战军，我当的是野战兵。

　　当上了野战军炮兵团的战士，吃饱穿暖了，我又慢慢意识到，既然当了野战军里的兵，就得要随时准备上战场打仗吧？

　　这个时候已经懂得，上战场打仗，是随时可能流血死亡的。懂得这个主要来源于看电影，那个时候常看的电影有两个，一个是《南征北战》，一个是《英雄儿女》，两部电影都让我们看到了战场上死人的场景。

　　这让我有点小小的慌张。不过转念又想，并不是所有的兵都要上战场，也许根本轮不到我哩！

　　可是很快，部队开始了战备教育：突然袭击是敌人惯用的手段，要随时做好上战场打仗的准备！

　　那个时候，珍宝岛之战结束还没有多久，打仗的气氛正在四处弥漫，战备教育和这种气氛相互烘托，使我们更加相信战争真的就在眼前。我的班长、排长、连长都不断地告诉我们这些新兵，男人当兵就是要准备上战场，战场上的英雄才是真英雄，是不是真男人战场上见……

　　我们年轻的心被激荡起来，青春的血开始燃烧，对打仗的害怕慢慢被抛到了一边，我和我的战友们开始常常在心里想着：何时上战场？

　　为了准备上战场，我们的武器就挂在床头，每个人的子弹夹里都压着满满的子弹。我所在的指挥连测地排是负责为炮兵准备射击诸元的,每个班的经纬仪、三脚架和标杆都放在床头的桌子上,以便有了情况提上就走。每个人都对自己的物品进行了三分:哪些是随时准备带走的?哪些是准备后送给亲人的?哪些是准备暂存在营区的?身上有点津贴费就赶紧寄给家里,唯恐上战场时窝在了自己手中。

为了准备上战场,我所在的地面炮兵团进行了严格训练,在单兵技术训练和班排连战术训练的基础上,全团开始离开营区搞冬季拉练。第一次参加全团拉练,所见的场面让我震撼:许多辆牵引着各种火炮的炮车加上指挥车、保障车,竟排出几十里的长队,每辆军车上都罩着伪装网,车队在蜿蜒的山路上行进,像极了一条蠕动着的长龙。那时坐在车厢里就想,军人行军真是威风,什么时候能当个团长,指挥这样一支队伍去打仗,那该是一种多么光荣和了不起的事情!

为了准备上战场,全炮团施行铁路输送,直拉到几百里外的潍北靶场进行实弹射击。那是我第一次参加炮兵带演习背景的实弹射击,一切所见都令我惊奇:长长的军列趁夜间行进在铁路线上;卸载后又乘着夜暗不开车灯急行军;一到演习地域就迅速呈战斗队形展开……我当时还是测地兵,为了给全团的火炮准备射击方位、距离和高程,我们背着经纬仪在空旷的海滩上奔跑忙碌,几天里没吃过一顿热饭,饿了,吃几口挎包里带着的凉馒头;渴了,喝几口随身带的水壶里的凉开水。白天,我们测量各种数据;夜里,我们打开对数表反复进行演算,待把全团演习需要的所有射击诸元都准备齐全之后,我们已三天三夜没有睡觉了。困得迷迷糊糊的我们,听见整个炮群齐射,在震耳欲聋的响声中一齐瞪大了眼睛……

那个时候，年轻的我们真的做好了上战场的一切准备，包括精神的和物质的，可庆幸的是，战争并没有真的爆发。

难得的和平岁月，让我和我的同龄战友们平安度过了青春时代。

一九七九年南部边境战争爆发时，我已调到了大军区机关工作。参战，已轮不到大区机关里的军官。可我的很多战友都上了前线，这不能不使我特别关注战况。我当时非常渴望听到前方的消息，每天早饭后上班前，部里要念一份战情通报，我侧耳细听着每一点内容，想在脑子里复现前线的情景。战场虽然在几千里之外，可它连着所有军人的心。那些天，营区里鲜有高声喧哗，人们都是一脸肃穆脚步匆匆，直到胜利的消息传来，直到大军班师回国，我们才松了一口气。

对于这场战争，自己其实只是一个远远的旁观者，并没有切身的感受。所做的贡献也就是写了一个短篇小说《前方来信》，发表在《济南日报》上。

这场战争结束之后，很多官兵都认为，我们的国境线上会安静下来，不会再有来犯者，我们可以在一个相当长的时期里高枕无忧。

可是没有多久，枪声就又响了起来。

虽然战斗的规模不大，但它一直在南部边境的一些部位持续着。一直持续到八十年代中期，持续到我由西安政治学院毕业，让我和它发生了关系。

那是一个下午，刚刚调入军区创作室工作的我得到通知：与军区报社的领导及几名记者一起去前线采访。我一开始自然是高兴：总算得到了一个上战场的机会；但接下来便是紧张：这可是真要上战场了，上战场就不能保证你不挨子弹和炮弹。

心里的紧张当然不敢显露出来，脸露紧张那就太丢人了。我一脸坦然地和战友们启程去北京坐飞机飞往云南，可心里的紧张一直没有消失，随着离前线的距离越来越近，我能感觉到它在我心里悄悄地膨胀。

我们到了军部。这里是前线指挥部。藏在一个山坳里的"前指"由一片板房和帐篷构成。这里的气氛与后方的营区完全不同，到处都是荷枪实弹的哨兵。接待我们的干事告诉我，到这里就要小心了，虽然这儿离前沿阵地还有一些距离，但不能不防敌人特工队的偷袭。我心里的紧张开始加倍。就是在这个山坳里，我第一次听人讲述了突击队出征的场面：常常是在黄昏时，去前沿执行突击任务的突击队员全副武装列队接受首长们的送行，这些突击队队员人人抱定了必死的信念，他们中也确实很少有人能再回来。行前，首长简短的动员之后，是喝壮行酒，给他们敬酒的，通常是女兵，每个女兵将酒碗递给突击队员在他们喝了之后，常会情不自禁地扑进他们的怀里给他们一个热烈的拥抱，有的女兵还会情不自禁地给队员一个长吻⋯⋯

第二天，我们的采访开始。采访的对象如今都已记不起了，能记得的是在一个师医院里采访时，看见了他们用木头、荒草、炮弹壳、输液瓶和塑料布搭起的小亭子。还记得护士长说过的话：战斗激烈时，我每天黄昏都要去山坡上掩埋手术切下来的战士们的小腿，有时要埋一大篓子。我记得我听到这儿时打了一个哆嗦，战争的残酷由此刻在了我的心里。在这个战地医院里的采访，让我后来写成了短篇小说《汉家女》，这篇小说使我获得了 1985—1986 年度的全国优秀短篇小说奖，并坚定了我以写作为业的信心。在我的内心里，我对那所战地医院，对那所医院里的所有女兵，都永远怀着一份深深的感激之情。

我们接下来要去位于一个巨大山洞里的主力师的师部采访。通往这个师部的道路，有一截位于敌人直瞄火炮——加农炮的射程内，之前已有多辆军车在这截路上行驶时被敌人的加农炮击毁。司机告诉我们，他在这段路上行驶时要做规避敌人炮弹的动作，也就是疾驰与急停，要我们做好准备。我的心再次因为紧张急跳起来，不知是因为有雾还是由于别的原因，敌人那天没有开炮，我们得以顺利进入师部。师部位于一个自然山洞里，那个洞是我此生见过的最大的山洞，整个师机关和一些直属队都住在里边。在这里，我见到了我的一个老战友，他拉我到洞口留影，就在我们留影拍照的当儿，敌人的冷炮响了，在前方，不少官兵就死于敌人的这种冷炮。那战友对我说：别紧张，我能根据弹丸响声概略地判定弹着点，狗日的伤不着我们……当晚，我们就住在这个洞里。我注意到每个行军床的四周都撒了一圈石灰，便问战友这是因为什么，战友说这是为了防蛇，他说洞里的蛇很多，蛇们常常在夜里出来看望我们这些来客，有时还会亲热地钻进我们的被窝里。我一听这个吓了一跳，我是最怕蛇的，万一让蛇钻进被窝那还得了？这一晚我根本没有进入深度睡眠，每当要睡着时我就努力睁开眼睛看看床的四周，看看有没有蛇正朝我爬来……

接下来我们再向前沿靠近采访。部队派出两个战士护送我们，两个战士背上背着补给品，腰里挎着冲锋枪，裤带上挂着光荣雷；并给我们每人发了一支手枪，手枪里压满子弹。出发前我们被告知，通往前沿的小路在荒草和灌木丛中蜿蜒，那里经常有敌人的特工队出没，必须提高警惕。我们这支小队伍出发时，我注意到护送的两位战士一个在前一个在后，两人的手指都扣在冲锋枪的扳机上，一副随时都要开火的样子。我紧紧握住手枪，子弹已经上膛，我能感到因为紧张自己的心脏已被提升到嗓子眼里，当时对于中枪中炮还不是特别害怕，死就死吧，中弹就死，痛苦很少；最怕的是被敌人的特工队活捉，一旦被活捉，我担心自己很难忍受住那种肉体折磨。所幸那天也有大雾，我们行进中没有遭遇敌人，顺利到达了一个水泥做成的掩蔽部。在那里，我们见到了一些团、营、连、排干部和战士，和他们愉快地聊了挺长时间，知道了他们的作战事迹和遇到的困难。我记得我问过一个战士：你来前沿害不害怕？他答：说不害怕那是假的，但心里的那份害怕能被对敌人的仇恨和守卫的责任压下去，眼见得你身边的战友被敌人打伤打死，你就会对敌人恨起来并把害怕忘掉；眼见得你守卫的脚下的国土有可能被敌人夺走，你就会忘掉害怕和对方拼起来……

这次前沿采访我收获丰硕，我看到的和听到的内容对我此后的人生和写作都产生了很大影响。大概是从那以后，我很少再敢因自己的职级和待遇发牢骚，每当我想发牢骚的时候，我就会想起那些在前沿为国流血拼命的官兵们，你没死没伤没受那些惊吓，你有什么资格发牢骚？我回到后方没多久，写出了中篇小说《走廊》，这是我创作早期重要的作品，《昆仑》杂志因此篇小说还专门开了讨论会，为我此后坚持写作注入了新的信心。

我们后来去了后方的一座烈士陵园拜祭烈士。那是我第一次走进那样大的烈士陵园，整个山坡上都是白色的墓碑，那一大片密集而排列整齐的烈士墓碑在向我们无声地报告着边境战争的惨烈，看见那些墓碑的那一刻,我突然想起后方各大城市公园里那些如织的游人,他们可能根本不知道在云南的这个地方躺着如此多的年轻人,而正是这些年轻人的牺牲,换来了他们惬意游园的日子……

就在我们要结束这次战地采访的时候,我遇到了一个撤到后方休整的战士,我问了他一个问题:一个没有打过仗的人上了战场后,除了要克服对自己可能死亡和受伤的恐惧心理之外,还应该克服的重要心理障碍是什么?他想了一下,答:是开杀戒。他说:我们从小接受的教育,就是善待他人、爱护生命,我们平日在后方训练时,面对的敌人都是假设的,射击的对象是纸靶,刺杀的对象是草靶,投弹看的是弹着点。但上了战场后,面对的都是真的敌人,是和自己一样的活人,将与自己一样的一个活人一下子杀死,对于有些平日连鸡都没有杀过的战士来说,很难下得了手。虽然我们心里知道,对敌人不能手软,你不对他动手,他就会对你动手,可一到真要下手时,还是会犹豫。我有个战友,在去前沿的路上突然被敌人的一个特工队员扑倒,两人在搏斗翻滚中我的战友占了上风,他得以抽出匕首,他抽出匕首后本来朝对方狠劲一刺就行了,可他面对对手那张惊恐的脸,下不了手,结果让对方又起身逃跑了,那家伙没跑几步,遇到一个由前边跑回来救助我那战友的我方战士,那敌方特工队员一匕首就把我方的那个战士捅倒了,这一下才激怒了我那战友,让他开了杀戒,狂奔上去重新将对方扑倒捅死了……

人性在战场上的表现让我听得惊心动魄。

许多年过去了。战争的暂时远遁让我的中年时代没再受炮声硝烟的惊扰。人生的老境在我满腹不情愿中到来了,我以为我的军旅生涯就要在平安和平庸中结束了,未想到在这当儿,海疆上却突然掀起巨大的风浪,有些人开始叫嚣:要遏制中国的崛起必须趁早,战争是让中国回到过去的最好办法……

凭着四十四年军旅生活养成的敏感嗅觉,我隐约闻到了战争这只怪兽身上的气味——它原本一直被堵在山洞中打盹,这会儿打了一个长长的哈欠,睁开了眼睛,摇摇晃晃地站起了身,走到洞口想拱开洞门。

我们得小心了!

作为一个老兵,我也得做好再上战场的准备。因为未来的信息化战争,其作战样式已发生了天翻地覆的变化,两国交战,前线和后方包括战场在哪里都已经非常模糊,敌人的各种导弹和网络炸弹在哪里炸响,哪里就是战场,你不准备上战场都不行。

那就做好准备吧!

# 川籍班长

我当兵后的第一任班长是四川南充人，姓何。

何班长身个不高，也就一米六多一点吧；圆脸；眼大，尤其是生气时，双目圆睁如杏；嗓门高，寻常说话也能让四十米外的人听到。

我们新兵到班里报到，他盯住我看了十几秒钟。而后踮起脚在我头上敲了一个栗子问道：长这样高干啥？我愣住，吭哧半天才答出：不知道，糊里糊涂就长成了一米七八的身高。他满脸不高兴地嘟囔着：身个高了要多糟蹋粮食和布匹，知道吗？我紧忙说：是！

我们开始训练队列。何班长领着我们操练，他因为嗓门大，喊的口令极是洪亮有力，不过七八个人训练，他的口令喊得惊天动地，弄得满操场都是他的声音，俨然像在指挥千军万马，引得驻地附近的女人和孩子们都来观看。每当操场边围满大姑娘、小媳妇的时候，他就特别得意，一行一动都是标准的军人做派。

进行专业训练时他有点提不起精神。我们是测地排，战时的任务是用三角函数知识为炮兵分队准备射击诸元。训练时要用经纬仪观测角度，要用对数表去进行计算。他初中没毕业，搞计算就很觉困难，所以一搞专业训练就有些吃力，就私下里抱怨：是哪个龟儿子发明要搞这种计算的？太伤人脑筋！他见我计算得又准又快，就满意地敲敲我的脑袋说：行，你这龟儿子是个材料！

班长身个虽小，但食量惊人，吃饺子和我们这些大个子一样，能吃完用一斤一两干面包成的饺子。班里有谁患了病，连队食堂给病人做了病号饭——鸡蛋面条，只要病号吃不完，他就不客气地上前一扫而光，一点也不剩地全扒进肚里。他的几个同乡只要买了可吃的东西，不管他们藏得怎样隐秘，他都能准确地前去找到从而要求共产共吃，使得那些同乡叫苦不迭。

那次驻地附近的一家工厂失火，他跑在所有人的前头，最先不顾危险攀上屋脊泼水灭火，身手极其敏捷。当火灭后那家厂子的领导上前向他表示感谢时，他一边抹着脸上的烟灰一边叫道：少说废话，拿两个馒头来！

他很想娶一个漂亮媳妇，不止一次地在私下里对我们说，他将来的媳妇在貌相上不能低于八十五分。但后来他父母在家乡为他说定的媳妇并没有达到他的标准。那姑娘的照片寄来后，他一直不让我们看，只说：还凑合。我们一伙人趁他不在时偷翻了他的枕头，从里边找出了那张照片，我们看完后都有点替班长惋惜。不过班长后来还是接受了，为那个姑娘寄去了不少衣服和雪花膏之类的东西。

班长是在我入伍的第二年冬天复员的。他走前把他精心保存的测地教材和指挥尺都留给了我，还送了我一个日记本。我送给他的是饼干，是几盒当时山东境内最好最贵的钙奶饼干。那时四川还很穷，吃不饱肚子的事情还经常发生。他走那天早晨我抱住他哭了，从不流泪的他那一刻也满脸泪水，他拍着我的肩膀说：这个班交给你了！……

从分别到今天已是二十几个年头过去，我们再没有见过面。我不知道他现在生活在四川的什么地方，生活境况怎样。算起来，他已是近五十岁的人了，他的儿女怕也有十八九岁了吧。老班长，祝愿你生活得好！你当年手下的战士如今仍然在想念着你。你当年为之操心的那个班，今天已生活着另外一茬年轻的小伙子了！

## 奖赏欺骗

我此生的第一次欺骗行为发生在一个后晌，现在已记不清当时自己是几岁，只记得我在围着摆在院中的小饭桌转圈玩时，撞掉了放在桌上的一个碗，那碗在地上摔得粉碎。母亲闻声跑过来后，我因为害怕挨打，本能地把责任推到了站在我身边的一只山羊身上。但很快，旁边的一个小伙伴就戳穿了我的谎话，母亲接下来便打了我一巴掌。母亲打后申明：打你不是因为你把碗撞掉摔碎，而是因为你说了谎话！

那是我第一次知道，人说谎是要受惩罚的。

长大后我才知道，不单是我的母亲不允许我说谎，全世界每一个正直的父亲和母亲，都会教育自己的孩子不要说谎，不能欺骗别人。而且每一个称职的教师，都会教导自己的学生做人要诚实，不欺骗他人。世界上没有一个国家会在自己的国民中倡导欺骗。

对欺骗的厌恶，是不分国家和民族的。不仅亚洲人厌恶，欧洲人、非洲人、美洲人也厌恶，世界上找不出不厌恶欺骗的地方。欺骗行为，是被法律所不容、道德所不许、到处受谴责的行为。

在政治领域，有谁说假话欺骗了世人，其欺骗行为一经曝光，便会被斥为无聊政客而受到谴责，他本人也很可能会因此失去从政的资格。

在经济领域，有人若说了假话骗了别人，一经发现，他就可能被告上法庭，受到法律的制裁，并在经济上给予被骗者赔偿。

在文化领域，有哪位说了假话骗了别人，他的人格就会受到怀疑，声誉就会降低，和他合作交往的人就会变少。

但奇怪的是，在有一个领域，欺骗不仅是被允许的，而且谁欺骗得好，还会受到特别的奖赏，给欺骗者立功、提职、晋级、加薪，甚至著书以使其名字在后人中流传。

它，便是军事领域。

在军事领域因欺骗而受奖赏的例子举不胜举。

公元前12世纪，希腊联军渡海远征小亚细亚半岛上的特洛伊城，战争打了近十年之久，特洛伊城固若金汤，久攻不下。后来希军中有个叫奥德赛的人出了一个主意：命人用木料制成一个巨大的木马，他带领五十名士兵藏在木马的空腹中。而后命令其余的希腊部队佯装撤退，乘船躲在附近的海湾里。部队临行前烧了军帐和杂物，只留下木马和一个名叫西农的青年。坚守城池的特洛伊人见希腊军队已经撤退，便欢喜地拥出城去。他们看见了那个造型生动传神的木马，一边欣赏一边议论着对它的处置，有人主张拉进城里放在城头作为胜利纪念品，有人主张把它推进大海或用火烧毁。这时躲在木马下的西农出来说：这巨大的木马是希腊人献给雅典娜女神的礼品，如果你们把它拖入城中保护起来，你们就会代替希腊人得到雅典娜女神的保护和庇佑。特洛伊人相信了他的话，就把木马拖进了城里。天黑后，自以为胜利了的特洛伊人摆下了酒宴，个个喝得酩酊大醉。半夜时分，藏在木马中的勇士悄悄爬了出来，到城头向自己的联军船队发出信号。联军很快赶来，冲进了毫无戒备的特洛伊城内。就这样，持续十年的特洛伊战争，以奥德赛的木马欺骗成功而告结束。人们对这次欺骗给予了很高的评价，把奥德赛和木马写进各种书中向世人传颂。

公元1812年，拿破仑亲率法国军队远征俄罗斯，打算和俄军决战，一举征服俄国。法、俄两军在马洛雅罗斯拉维茨城郊对垒，白天，两军鼓角之声不绝于耳；夜晚，俄、法两军营地都点起篝火，用来防止对方偷袭。俄军总司令库图佐夫深知此役成败非同一般，如果战败，俄国就可能成为法国的隶属国，自己则会成为历史的罪人。他站在山坡上凝视双方的营地和满山遍野的篝火，苦想着退敌的良策。那在黑暗中伸着通红舌头的篝火，使他灵机一动，他叫来传令兵道：速令部队大量增添篝火！令下不久，俄军营地内就出现了双倍的篝火。拿破仑出来巡查看见这个情景，立时一惊，心中暗道：俄军阵地猛添这么多篝火，一定是援兵到了。要不是今夜巡查，我还被蒙在鼓里，好险哪！撤，快撤！他立即下令。放弃决战的法军，踏着凌乱的篝火匆匆撤走。库图佐夫见撤退的法军队形混乱，趁机组织军队反攻，最后反败为胜。这次欺骗的成功，作为库图佐夫的一桩功绩长久地被世人传扬。

这是外国的例子。

中国的例子更多了。公元前340年，孙膑和田忌率齐国军队与庞涓所率的魏国军队对阵，两军刚一相遇，孙膑就令齐军撤退。庞涓率部在后追赶。孙膑在第一天的宿营地，令兵士们挖出可供十万人煮饭用的灶头；在第二天的宿营地，使挖出的灶头减半；到第三天的宿营地，使挖出的灶头再次减半。庞涓每追至一处营地，就令手下去数齐军留下的灶头，数的结果使他以为，齐军胆小怕死，兵士已逃走大半，胜利已握在了自己手中。他随即抛下步兵辎重，只带轻装骑兵，昼夜兼程，紧追不舍。孙膑见自己的骗术已经生效，便在马陵道上设下伏兵，待庞涓带兵赶到，万箭齐发，大获全胜。孙膑因此次的欺骗成功获得了齐威王的犒赏，各种书上也把其作为智慧的化身进行褒扬。

隋朝末年，由于民怨沸腾，爆发了大规模的农民起义，高士达和窦建德的队伍是其中的一支。公元616年，涿郡通守郭绚率隋军一万多人来镇压高士达和窦建德的队伍。窦建德生出一计，先是领七千精兵隐进山林，而后派一使者去郭绚军营里说：高士达嫉贤妒能，处处欺负窦建德，窦将军受不了这口窝囊气，想投奔大人。郭绚因不明底细，没有表态。窦建德随即又暗中让高士达将一女俘绑了，对外说是窦建德的妻子，而且当众斩了那女人。这之后，窦建德再派使者送信给郭绚，信中写道：郭大人，不报高士达杀妻之仇我誓不为人，若大人肯收降我，我愿当先锋回击高士达，取他的狗头来献给大人！郭绚这次相信了窦建德的话，收他和他的部队加入隋军。进入隋军内部的窦建德和他的部队在一个夜晚突然对隋军发起攻击，隋军大败，猝不及防的郭绚也被杀死。窦建德因这次的欺骗成功声名大震，其行为也被不断传扬到了今天……

为什么单单在军事领域，欺骗是被允许而且是受到鼓励的？
人类为何要在此领域给欺骗留下存身之地？
我反复琢磨，原因可能有三个：其一，军事上的胜负，牵扯的是团体、民族、国家的利益，为了这类非私人的利益，任何手段都允许采取，当然也包括欺骗手段的运用。人们在这个领域对欺骗的放纵，来源于对团体、民族、国家利益的看重。其二，战争中打斗双方付出的主要东西是生命，生命是人世间最宝贵的东西，为了保护己方人的生命，任何手段包括欺骗，都应该允许使用。在生命面前，任何既定的标准都变得无足轻重，正是因此，欺骗单单在军事领域得到纵容。其三，战争说到底是人类玩的一种游戏，只是这游戏过于残酷而已。这游戏在玩的过程中，不断地制定出一些规则，比如不杀儿童、不杀俘虏，允许欺骗也是这类规则中的一条。双方都预先知道，对方会欺骗自己，因此上了当只怨自己太笨，而不去追究对方。谁欺骗对方成功，会被认为有本领，是懂得战争艺术的表现，自然要受到褒扬和奖赏。

人类是地球上最精明的动物，他们在做任何事情时都给自己留有退路，包括制定人世上的各种规则。

欺骗被允许在军事领域运用，在给施骗一方带来胜利的同时，给被骗一方带来的伤害也常常很惊人。当年，法西斯德国准备进攻苏联前，使出了各种欺骗手腕，先是在西边的英吉利海峡佯装进攻英国，在海峡东岸许多港湾的建筑物上，张贴着"打到英国去，活捉丘吉尔"的标语，把一张张英国地图发到德军官兵手中，把成批的英语翻译配到了部队；接着，通过多种形式向苏联表示"友好"，积极同苏联签订贸易协定，甚至同意卖给苏联最新式的战斗机。这些骗术使得苏联信以为真，以为德国短期内不会对苏联发动进攻，以致当德国对苏联的袭击开始时，苏联有的部队还在进行野营训练，许多火炮摆放在射击场上，空军的飞机也集中在少数机场上；有的军官还在家乡休假或远离营地；一些部队旧装备交了，新装备还没有发下来；不少部队连行动地区的地图都没有。结果，苏联在德军的突然袭击下损失惨重，战争开始后的头九个星期里，就损失了七千五百门重炮、五千辆坦克、四千五百架飞机，伤亡的军人和平民数不胜数，真可谓血流成河。

如果真有一个上帝，他看见这情景肯定会发出深长的叹息。

可怎么办？彻底禁止在军事领域施行欺骗吗？那战场角逐就将完全变成力量比赛，以劣胜强就会成为完全不可能的事情，也就不会再有什么战争艺术可言。

欺骗已和战争血肉相连，融为一体，要把二者分离开来绝无可能，除非让战争完全消失。而谁都知道，战争与人类的亲密关系远没有结束，现在想让战争退出人类社会是不可能的。

既然必须容许欺骗在军事领域继续存在，身为军人，要想称职，就还得去学会实施欺骗的本领。

在科学技术高度发达的今天，在获取信息手段十分高超的现在，要在军事领域实施欺骗并不容易。卫星拍照、电子侦察、雷达跟踪，一方的任何行动要想骗过另一方都很难。但道高一尺，魔高一丈，随着识破骗术本领的提高，人们的骗术也在提高。当代的军队指挥官，有两种欺骗本领应该学会。一种是伪装欺骗，这种欺骗的目的是隐身，把自己部队的所在位置隐藏起来。伪装的办法多种多样，最基本的一条是造假，造假人、假飞机、假导弹、假火炮、假坦克、假房屋、假工厂、假雷达、假道路，使敌方把假当真。南联盟在科索沃战争中，利用折叠的波纹铁做成角反射器，放在山坡上，让北约的雷达误以为那就是南联盟的坦克、火炮和飞机，误导敌人的导弹和飞机前来轰炸。他们还广泛设置了假雷达阵地，他们利用合成材料及用金属制成的假天线，安装一些能够发射电磁波的老旧设备，故意泄露电波，引诱北约的电子战飞机和反辐射攻击导弹。

另一种该学的本领是佯动欺骗，这种欺骗的目的是隐瞒企图，把自己部队的真实企图隐藏起来。佯动的办法也多种多样，电子佯动、实兵佯动、故意泄露地图上的佯动计划，等等。这方面，1991年以美国为首的多国部队向伊拉克发动地面进攻前的佯动，可作为我们学习的榜样。他们先是通过新闻媒体，故意抛出多个地面作战的假方案，什么"夜间骆驼行动"方案、"四面出击"方案等等，这些信息不断传到伊拉克最高指挥部。伊拉克因为情报保障不灵，对美军的真实意图无法做出准确判断。跟着，他们组织了海上佯动，把伊军的注意力吸引到科威特沿海。他们在海上组织了五次以夺取科威特为背景的两栖登陆作战演习，在科沿海摆出登陆的架势，使伊拉克以为美军的地面进攻将从两栖登陆作战开始。接下来，美军又组织了陆上佯动，使伊军确信美军将在科威特南部实施主要的地面进攻。他们频频在该地域组织进攻作战演习，造成将在此发动主攻的态势。其实，美军将其主要突击部队秘密放在了沙伊边境，在伊军防守最薄弱的地段建立了进攻出发阵地。地面战开始后，美军主攻部队兵分多路发起猛烈突击，仅用一天时间，就推进至纵深一百六十公里的幼发拉底河地区和纳西里耶南侧……

一个军队的指挥官只要掌握了这两种基本的欺骗本领，他的部队在战争中就可以少吃许多亏，他也可能因此而受到上级的奖赏。

欺骗在军事领域的被纵容和因欺骗而得奖赏的现象，不可能永久地在人类社会存在下去。这就像战争不可能永远赖在人类社会一样。人类以自己的聪明早就看透了战争对人类自身的祸害作用，人类一天也没有放弃把它们彻底赶走的希望和努力。人类现在所以允许它们留下，只是因为驱逐它们的条件在目前尚不具备。

它们最后被赶走的那一天，正一点一点地向我们走近。

我们对那一天的到来满怀希冀。

## 去看战场

抵达潼关时，天已黄昏了。

站在关头望去，山、林、路、屋，都已变得迷迷蒙蒙。

看，那就是历史上兵丁们常走的道。朋友很热情地指着介绍。有些心不在焉的我这才记起，这潼关过去是兵家必争之地，是多次做过战场的地方。

当年，长安的唐军和安禄山的叛军在这儿往来打了不少回合。朋友说。

我记起了历史上那场著名的安史之乱。当年为权为利为帝位争得不可开交的人如今都去了哪里？安禄山、史思明、安庆绪、哥舒翰、郭子仪，还有唐玄宗，你们现在在哪里？你们当年得到的和失去的那些东西，如今都存放在什么地方？

也是在那一刻，我才霍然觉得心头轻松了——我那些天一直在为关乎个人利益的一件事满怀不快，我是怀着气闷启程来这里的，我没想到那些一直折磨我的不快会在这古战场上飘然飞走。

三百年后，还会有哪些东西属于你？

大约就是因此，以后有了出门旅游的机会，在看风景名胜的同时，我很愿意去看看那些旧日的战场。

我对旧战场产生了兴趣。

我去过洛阳，看过唐朝李渊、刘弘基当年率兵和王世充作战的地方；我去过离开封四十五里的朱仙镇，看过当年岳家军和金兀术率领的十万金兵搏斗之处；去过镇江郊外，看过鸦片战争中清军顽强抗击英国军队的战地;去过卢沟桥,看过当年中国军队抗击日军的位置;去过山东沂蒙山里的孟良崮,那是人民解放军和国民党军当年激战过的地区;去过老山,那是当年南部边境战争的主要战场之一;去过戈兰高地,那是以色列和阿拉伯国家当年激烈争夺的地域。

　　站在这些旧战场上,我仿佛又看见了当年两军对垒的情景,看见了那些军人们肃穆、沾满泥土的面孔,看见了那些闪着寒光的刀剑枪炮,看见了堑壕和碉堡,看见了那些冲杀的士兵和将领,看见了翻滚着的浓烟和大火,看见了伤兵和无数战死者的遗体。

　　站在这些旧战场上,我仿佛又听到了撼动山野的喊杀声,听到了惊天动地的枪炮响,听到了负伤者的痛楚呻吟,听到了战马的悲鸣和飞机的呼啸,听到了败方的呜咽和胜方的欢叫。

　　站在这些旧战场上,我仿佛又闻到了浓浓的血腥味,闻到了刺鼻的硝烟味,闻到了物体被焚的焦煳味。

　　过去的一切仿佛都还在这战场上保存着。看着这些战场,你会在心里感叹:人类发展到今天,曾经经历过多少惊天动地的事件,人类可真是活得不容易呀!这每一个战场,其实都是人类发展史这本厚书中的一页。常翻翻这些书页,对我们后人会有好处,这会使我们更全面地认识人类自身。

　　每到一处旧战场,我常会去想同一个问题:这世界上曾经做过战场的地方有多少?

　　有没有人能说得清楚?

　　就国内来说,北京、上海、广州、南京、天津、太原、济南、长沙、武汉、石家庄、成都、重庆、宁波、合肥、沈阳、长春、西安、兰州这些城市，哪一个没做过战场？太行山、燕山、中条山、泰山、伏牛山、桐柏山、井冈山、十万大山，这些山里不都响起过两军对垒的杀声？长江两岸、黄河滩上、渤海湾里、洞庭湖面，不都曾躺过和漂过战死者的尸体？山海关、雁门关、荆紫关，这些关口，不是频频见识过两军肉搏的场面？

从世界范围看，像罗马、巴黎、纽约、莫斯科这些知名的大城市，有几个没有做过战场？像英吉利海峡、地中海、黑海这些海域，有几处没见过两军舰船的打斗？像阿尔卑斯山、喀尔巴阡山、邦克山这些地方，有几处没有飘起过硝烟？

从古到今，人类已经打过了多少仗啊，每一仗都有一个战场。地球上自然条件较好的地方，差不多每一块土地都充当过战场。

要是一个人去每一个战场看一眼，他一生都不可能看完。

看过一些旧战场后我发现，若把它们作一比较，其间有不少不同处，也有很多相同处。第一个不同处是大小不同。由于作战双方投入兵力的规模不同，战场的范围有大有小。有的不过方圆几百米，打的双方仅是为了争夺一个村子或一个小镇而已。也有的方圆几公里或几十公里，打的双方是为了争夺一个要地或一座城池。还有的方圆几百公里甚至上千公里，打的双方都投入了大量兵力，带有一决雌雄的性质。第二个不同处是地形相异。由于作战目的不同，对战场的选择也有各种情形，有的在山区关隘，有的在河畔江岸，有的在海岛滩涂，有的在平原村镇，有的在城区闹市。第三个不同处是使用的时间长短不一。由于战斗或战争持续的时间不一样，战场被打斗双方使用的日子也有长有短，有的不过一个小时，有的则有几天，也有的长达几个月甚至几年。

世上的战场不管有多少不一样的地方，但只要仔细查看它们作为战场的史料，都会发现它们全经历过三个阶段。

开始是惊人的热闹。从作战双方开始向这个地域或附近运送兵员和物资起，此地原有的那份安宁便被打破了。战争一旦打响，热闹就开始了。冷兵器时代是人喊马嘶，剑戟相碰，哭叫连天；今天是枪声盈耳，炮声隆隆，战车轰鸣，飞机呼啸。战事结束，战胜的一方自然高兴，或蹦跳欢呼后准备远撤，或锣鼓喧天立时开会祝捷，或就地大摆酒宴论功行赏。笑声、欢呼声和伤员们的呻吟声交混着在战场上空飘动。

接下来是死一样的沉寂。战胜的一方在庆贺一番之后，终于撤走了。这时硝烟渐渐飘散净尽，阵亡者的尸体开始在地下腐烂，作战中被炸毁、烧毁、捣毁的工事、桥梁、房屋也这一块那一坨地塌落完毕。鸟兽家禽是早已被吓跑了，原著民们养的牲畜也或跑或死或被杀掉吃了，百姓们更是早被杀声、枪声惊逃到了远处。战场于是像散戏了的戏院一样开始沉寂，只是静静地仰卧在那里等待着风雨。

也许是几个小时，也许是几天，也许是几个月，也许是几年之后，先是鸟们飞来探听一下情况，见无人惊扰它们之后，它们发出了愉快的鸣叫。它们的鸣叫先是引来了野兽，后是引来了人，于是沉寂的战场又有了声音。春天来了之后，若这战场原先就无人居住，青草就开始疯长；若原来有人居住，人们会整理那些废墟，开始重建新屋。几年、十几年、几十年下来，原先无人居住的战场，繁盛的草木会把战争的遗迹完全遮住，使其恢复早先的模样；原先有人居住的战场，会重新变得人丁兴旺，新起的建筑会把战争的遗迹彻底压在下边。至此，此地复苏，一个轮回完成。

我在踏访旧战场时发现,很多战场并不是只被使用一次。有的战场刚刚复苏,就要去迎接下一场战争的开始了。

不论是中国还是世界其他国家,都有一些城市和地域,会连续多次地燃起战火。比如中国的襄阳,三国时关羽率兵于建安二十四年七月攻打襄阳,使襄阳成为杀声震天的战场;到南宋时,岳飞又率军与齐国大将李成之兵在此大战,战事最后以李成弃城逃走结束;明朝成化年间,河南刘通等人率起义的流民频频出击襄阳,战鼓声不断地在襄阳城外响起;解放战争时期,人民解放军和国民党军也在此打了一场恶仗,人民解放军还在此活捉了对方的将领。又比如耶路撒冷这个地方,做战场的次数真是数也数不清了。

一个地方一旦被选作了战场,是这个地方的不幸,这和一个人选择了一场灾难一样。一个人频遭灾难,会衰老得很快;一个地方如果连续被作为战场,其生机和活力也会受到损坏,破落的速度也会加快。在中东地区,一些城市比如贝鲁特,要不是因为战火频仍,肯定会是另一番崭新的模样。

每次站在旧战场上,我都在想,脚下的土层里肯定埋藏着很多故事。那些惨烈的战斗场面和战斗中发生的各种意外会很吸引人;那些上阵者和战死者中,每个人都有父母、兄弟、朋友,很多人会有姐妹、妻儿、情人,他们每个人的经历也可能异常感人。只可惜,随着战场的沉寂,所有的故事也被埋进了土里。

在河南邙山当年东魏和西魏发生大战的战场,我听说,东魏右翼军彭乐率数千骑攻入西魏军一侧后,造成西魏军奔溃。东魏军乘胜追击,大破西魏军,俘西魏军将佐四十八人,斩首级三万余。据说东魏军为了泄愤也为了震慑对方，把那三万多颗人头在邙山坡上一排一排地摆开，离远一看，三万多颗人头上的六万多只眼睛死瞪住天空，情景十分骇人……

在威海当年北洋海军的炮台旁，听一个渔民说，当年日本陆军中将黑木为桢率兵攻打南帮炮台时，炮台上的三个中国士兵打完最后一发炮弹，又取下腰刀和敌人搏斗，因寡不敌众，相继倒下。攻下炮台的日军后来竟将三个尚活着的中国士兵的身体用刀剁成碎块，全喂了他们带来的狼狗……

在台儿庄那个中日军队血战的地方，我听说了这样一个故事：中国军队里的一个团长，忽然在增援的部队里发现一个穿了新军装的小伙，原来是他的外甥，他很高兴，就跑过去把外甥叫到了一边，想问问老家的情况。未料他还没来得及把第一句问话说完，日军的排炮就突然响了。那位舅舅能做的只是扑到外甥的身上，但他并没能救得了他的外甥，两个人是紧紧抱在一起死的。后来打扫战场的人不忍心再把他们分开，便将他俩埋在了一座坟里……

在南部边境的一处战场上，有人指着一个山坡告诉我：战时的一个早晨，我军的一支文工队奉命去慰问部队，出发时队长就警告他的队员说，这一带到处都有敌人埋设的地雷，我在前边领路，后边的人一定要踏着我的脚印走。文工队走到那个山坡上时，队长让原地停下休息三分钟，需要小解的就地小解。有一个女兵，刚满十八岁，人长得秀气，歌儿也唱得特好，她那会儿也想小解，可她就是不敢像其他女兵那样脱下裤子当众小解。她看见小路旁边有一丛灌木，离她就有三步远的样子，就自作主张地走了过去。她刚刚走到那丛灌木旁边，只听轰隆一声，一串连环雷爆炸了，响声过后，那女兵已面目全非地躺在了血泊里……

旧战场上除了埋有故事之外，还埋有许多刀枪剑戟。

在山东益都的一处旧战场上，出土了商朝的兵器——青铜钺；在湖北江陵的旧战场上，出土了春秋时越王勾践的青铜剑；在河北易县的燕下都——那也是发生过战事的地方——出土了战国时期的铁胄；一门明朝洪武年间的铁炮也是在一处旧战场上被发现的。如果你运气好，去看那些旧战场时说不定真可能捡到一两件文物。我的一个朋友告诉我，"文革"期间他曾在咸阳城外的田野里捡过一把锈蚀得很厉害的剑，那年头因怕惹祸就又把它扔到了大路上，被拖拉机压得粉碎。他满怀遗憾地说：那恐怕是古代军人用过的兵器。我有点相信。历史上，咸阳城外曾发生过多少场战争？那些战死者的兵器不就散落在土地里？

去看看吧，你只要去看了那些旧战场，不是在精神上就是在物质上，或多或少都会有些收获，说不定还能发大财——要是你捡到珍贵文物的话。

祝你有好运气。

# 回眸"罗马和平"

　　战争这个怪物，早在旧石器时代就爬进了人类社会。早期的战争是由于部落之间为争夺食物、女人或土地而引发的，人们使用经过粗糙加工的劈刺式兵器——棍棒，和投掷式兵器——石块，与对方打斗。胜方通常要把敌人打死，那时作战的双方很少要俘虏，力量强的一方会用手中的石质武器把敌人的脑袋和身子彻底砸碎。经过对耶利哥在公元前6000年的工事和对安纳托利亚在公元前7000年的工事进行考古鉴定，发现人在发明文字之前，就已经发动过有组织的战争。

　　从那时到现在，战争一直纠缠着人类。

　　战争造成人的死伤，战争消耗大量的物资，战争造成土地荒芜、百业不兴，战争毁坏人们辛苦建起的城市……人类在饱受了战争折磨之后，千方百计地想要摆脱它，但谈何容易。这个怪物的遁身本领很强，每当你想要动手驱赶它时，它就隐起了身子；而当你稍一放松，它就又出现在了你的面前。

　　于是人类走过的道路便呈一种奇异状态：一段是和平，一段是战争，战争过后是和平，和平过后是战争。人类所能做的，只是把和平的路段尽量延长，把战争的路段尽量缩短。

　　也是因此，使国家较长时间在和平路段上前行，使国民较长时间地生活在和平日子里，就成为所有国家的领导人去全力争取的目标。那些有幸为自己的国家和人民争取到较长时间和平日子的人物，便总是被人们所铭记；那些相比之下和平日子最长的时期，也总会留在世人的记忆里。

"罗马和平"便是这样一个时期。

从公元前29年屋大维战胜安东尼回到罗马之时，到公元162年东方战争爆发，罗马帝国在这一百九十一年间维持了比较稳定的统治，在广大的疆域里没有大的战事发生，这就是世界史上著名的"罗马和平"时期。

一百九十一年的相对和平日子，的确是一段不短的时间。

在这段时期里，社会相对稳定，城市地位提高，技术传播速度加快。农业领域出现了带轮的犁和割谷器，水磨广泛运用；建筑领域应用复滑车起重装置；矿山中应用排水机；制陶、冶金、制呢等行业都分为不同的工序。帝国的经济出现了繁荣景象。其中意大利的青铜制造、陶制技术、毛织技术、玻璃吹制等都有发展，还能制造较复杂的外科医疗器械。埃及和北非一带改善了灌溉系统，扩大了耕地面积，每年出产大量的小麦，成为帝国的谷仓。高卢和西班牙都培植了葡萄和橄榄。爱琴海诸岛的葡萄、橄榄和其他农作物的栽培也恢复了起来。高卢南部和莱茵河沿岸兴起了金属、纺织等行业，产品远销中欧、不列颠和西班牙。东地中海沿岸享有盛名的传统手工业再度繁荣。腓尼基的染料和玻璃、埃及的麻纱、小亚细亚的纺织品均畅销于罗马上层社会。西欧各地的采矿业开始发达，铅、锡、银、铁、黄金被开采了出来。随着经济的繁荣，社会各阶层人的生活水平都有不同程度的提高。

人活着其实就是为了追求和平美好的生活，当社会在某一时期能部分地满足人们的这种追求和愿望，人们就会长久地怀念它。时至今日，人们在回首历史时还会不时提起"罗马和平"时期，原因也在这里。

一个庞大的帝国能在长达一百九十一年的时间里争取到相对和平的日子，并不容易。今天回头去看，他们确有几条宝贵的经验：

始终保有一支训练有素、纪律严明、组织严密的常备军，是他们的经验之一。公元前 13 年，奥古斯都把罗马帝国的陆军精简整编为二十五个军团，约三十万人；后来到马可·奥里略时期，略有增长，有三十五万至四十万人。这支军队坚持经常性的严格的体能、单兵基础技能和战术训练，具有很强的战斗力。帝国一旦有事，他们可做到招之即来。这支军队对外部起到了很大的威慑力，所有想要侵略帝国的国家，都要想一想和这支常备军开打的后果。

建立一套优抚退伍战士的制度，是他们极富远见的一项治国方略。奥古斯都以他的睿智于公元 6 年创立了一项永久基金，用来保障退伍者的利益，称之为"军库"。退伍军人一旦在生活上有了困难，都可以用这项基金给予帮助。他还鼓励退役士兵在边塞省份定居，这样，一旦有外敌入侵和边境冲突，这些定居在边塞省份的退役士兵就会作为一支训练有素的力量投入战斗；这些退伍士兵的定居点，还会和常备军营地、要塞、碉堡一起沿整个边境线构成一道防御屏障；这些定居者的后代由于实际上生活在军人们之间，不断接受着忠于祖国思想的熏陶，自然成为帝国最理想的兵源；同时，这些安居边塞的退役士兵还把内地先进的耕作技术带到了边地，促进了落后民族聚集地农业经济的发展，稳定的边塞使想侵扰之敌不敢轻举妄动。

对外采取比较灵活的政策，也是他们的高明之处。在东方，与强大的帕提亚妥协，不再凭感情冲动行事去激怒对方，不以牙还牙惹出大的冲突，部分地满足他们的一些不很过分的要求，使其下不了发动大战的决心。在西方，则加紧用不多的部队侵略分散的落后部落。西班牙和高卢各部落被彻底征服，阿尔卑斯山南坡的萨拉西人又被消灭。莱茵河上游建立了里西亚省和文德里茨省，多瑙河中下游则建立了潘诺尼亚省和米西亚省。后又侵入日耳曼地区，建立了日耳曼行省。不事声张地扩大着版图，也等于在增加着威慑敌人的力量。

积极开展内外贸易以积累财富，壮大帝国国力，是他们最重要的经验。全国各地的城市成为内外贸易的大小中心。地中海、北海、波罗的海、黑海、红海、印度洋，联系内陆的莱茵河、多瑙河等河流，贯通各地的大道，通向阿拉伯、伊朗和中亚的商路，都成为对内、对外贸易的动脉。北欧的琥珀，非洲的象牙，东方的香料、宝石、纺织品和中国的丝绸，都能行销到各个城市，特别是罗马和亚历山大里亚。陶灯、瓦、酒、粮食、铅、锡等物品很方便地流向各地。内外贸易的发展，造就了城市中的豪富和富裕阶层，同时也增加了帝国国库的库存，强大的国力使周围的国家更加不敢轻易对帝国发动战争。

于是和平的日子便得以长久地延续着。

"罗马和平"那段日子离我们今天已经十分遥远，但回首去看看他们保有那段和平日子的经验，对我们今人不会没有意义。

我们的新中国建立五十多年来，虽然也经历了一些战争，但大规模的需要全民族都投入的战争并没有发生，我们可以说已经过了五十来年的和平生活，这不容易。这是多少人做了巨大的努力后才出现的结果。今天，我们老百姓的日子虽然还说不上十分理想，我们的国力虽然还说不上十分强大，但和20世纪前半段和19世纪后半段相比，应该说都已有很大的提高。如果能再有五十年的和平建设时间，那我们的国家面貌和老百姓的日子肯定会有新的变化，国家必会更加强大，百姓必会更加富裕。可五十年的和平日子绝不会顺利到来，使和平日子终止的因素有很多很多。我们必须用清醒的头脑去做好许多事情。

笔者不是政治家，对究竟做好哪些事情才能保证和平生活的延续说不清楚，但罗马和平时期的经验告诉我们，有几个基本问题是必须重视的。

必须勒紧腰带花点钱去建设一支真正有威慑力的常备军。常备军的数量可以不多，但它的成员必须素质很高，武器装备必须很先进，人和武器装备在一起形成的战斗力必须很强，能够做到不打则罢，打则必胜。对于一些小规模的冲突，要能做到一拳下去就能让对方认输，这样它对外才会有威慑力，才会吓掉和打消一些人想要入侵的念头。同时，要埋头发展经济，使我们的国力更加雄厚。只要国库里有很多很多的钱，事情就好办，一个富人同邻居搞好关系比一个穷人容易，一个富人受欺负的可能性远比一个穷人少。再就是处理好我们内部的事情，不要窝里先乱起来，自家窝里一乱，外边的人就可能趁机对你动手。国家国家，国和家一样，要想让一个家不乱，上下要处理好爷爷、父亲、儿子几代人间的关系，左右要处理好兄弟姐妹之间的关系，家里吃喝拉撒穿行住玩诸样事情都要想周全，这样才不会出乱子。

但愿长达一百九十一年的"罗马和平"能在我们中国的历史上也出现一次，如果是那样，扣掉已经过去的五十一年和平日子，我们也还有一百四十年的和平建设时间，一百四十年啊，我们可以做多少事情！一百四十年后我们的国家肯定会变得非常美好，我们的日子一定会过得非常滋润。别墅和豪车这些今天看来只属于上流社会的东西，一般家庭都会拥有；家家的钱袋，都会鼓鼓胀胀，想吃什么想喝什么张口就有。想一想那种情景都使人高兴。

一百四十年的和平日子，能来吗？

来吧，我们在盼着！

# 将帅们

一

这一生无缘做将帅,却十分关注将帅们的生活。

总觉得指挥大军到战场上去驱驰搏斗,那是男人一生中最威风的事情。

查史料方发现,"将帅"一词产生的时间远远落后于"军队"。在中国,最早见于春秋中期的典籍。《左传》载:晋文公在一个叫被庐的地方"作三军,谋元帅","乃使郤縠将中军","狐偃将上军","栾枝将下军"。但此时仍以卿为将,文武尚未分离。到春秋末期,随着军事活动的发展变化,将相才开始分开,将帅作为专职的军事事务的领导和指挥者才正式出现。差不多在同一时期,世界的其他地方也开始出现专司军务的将帅们。从此以后,在无数次不同性质和规模的战争中,涌现出许许多多著名的将帅。

将帅们既然是最危险、最激烈的战事的指挥者,他们就一定有异于常人的地方。

第二次世界大战时法西斯德国著名的将领隆美尔,曾在 1944 年 4 月 16 日的日记中写道:

对于我,
历史将做出怎样的裁决?
如果我在这里胜利了,

谁都会说
一切全是光荣……
倘若我失败，
那么，任何人又都会
因此而责备我。

以隆美尔的聪明，他在1944年的4月，不可能看不出等在他前边的是什么，他这时内心一定充满了紧张和痛苦，这首带有辩解意味的诗，是他内心紧张和痛苦的反映。

从这首诗里我们也能够看出，和我们常人不同的是，胜利和失败、荣誉和耻辱、历史裁决和世人的评说，永远是在将帅们内心翻滚的东西。

## 二

将帅们的童年生活，和我们一般人并没有太大的区别。他们中的许多过的都是普通的底层生活。"二战"时苏军的著名将领朱可夫，出生于莫斯科西南卡卢加省的斯特列尔科夫卡村。他的父亲康斯坦丁是一个孤儿，被人抚养长大后做了一辈子的穷鞋匠；母亲乌斯金妮亚在一家农场干活，劳动强度很大，但工资少得可怜，每年春夏和早秋季节，她在地里拼命干活，到了晚秋和冬天，她就到县城替人运杂货，每次挣回一卢布。朱可夫出生在这样的家庭，童年的生活情景可想而知。他读了七年书后，家里就再无力继续供他上学了，十一岁那年，他便被送到在莫斯科当皮货商的舅舅那里当了学徒。"二战"时期美军的名将艾森豪威尔1890年呱呱落地时，他的父母除了日常穿的衣服和一些简单的日常用品外，一无所有。他的父亲最穷时，口袋里只剩下二十四美元。他有两个哥哥、三个弟弟，兄弟六人都长得结实、健壮，胃口好得出奇，也是因此，全家的温饱常成为问题。"二战"时期英军的名将蒙哥马利，两岁时随全家迁往远离伦敦的偏僻荒凉的塔斯马尼亚，一家人的生活跌入艰难的境地，致使他后来在回忆录中说：我的童年是不幸的。笔者认为，人的童年若是过于幸福，会磨蚀掉人性中的那股锐气，会减少其生命中的那股张力，会泄去其向前奋斗的部分动力。如果人生的幸福是十的话，它的恰当分配比例应该是：1∶1∶1∶3∶4。就是说，童年、少年、青年都只能分得一份，中年分得三份，老年分得四份。朱可夫、艾森豪威尔和蒙哥马利在童年时只分得了他们一生中幸福的很少一点，这和我的主张很相近，这也是我特别关注他们的原因。

将帅中也有优劣之分。优秀的将帅们都有一个共同点，那就是在挫折面前从不丧失向前奋斗的信心。我们还以朱可夫、艾森豪威尔和蒙哥马利为例，他们三人中，受挫折最大的是艾森豪威尔。他从1911年报考西点军校立志从军，到1939年第二次世界大战开始，已有二十八年的军旅生涯，其间，他在少校军衔位置上就保持了十六年之久，到五十岁时仍为中校。要是在今天有谁五十岁时还是一个中校，他肯定是牢骚满腹了，就是我，恐怕也早已愤愤提出退役，不在军中干了。但艾森豪威尔满不在乎，他随遇而安，矢志军旅，痴心不改，照旧全力去完成上级交付的各种任务，直到第二次世界大战开始。战争使他的才能得以展现，五年间，他连续飞跃式地由中校、上校、准将、少将、中将、上将、三星上将、四星上将，直到五星上将，登上了美军军界的巅峰。蒙哥马利遇到的挫折是疾病。1939年5月，在英国即将对德国宣战的前夕，正在国外军中的他被怀疑得了肺结核并且活不长了，他的身体当时虚弱不堪。他被人抬上一艘沿苏伊士运河开往英国的客轮。一般人这时会以身体为重，自动中止自己的军旅生涯。可他不，仅仅三个月后，他就战胜了病魔，坚决要求返回军中。三年之后，整个世界便都知道了他的名字。朱可夫遇到的挫折是在战争期间，1941年他提出，为避免西南方面军被包围，需撤到第聂伯河对岸，放弃基辅，在叶利尼亚地区组织反攻。这与斯大林的意见相左，并激怒了斯大林，他被解除了总参谋长的职务。一般人遭遇了这种挫折，会满腹委屈地放下挑子。可他不，他在职务降低的情况下仍精心指挥了叶利尼亚的战斗并取得了胜利，重新赢得了最高统帅的信任。人的生命强度是通过挫折来验证的，他们三个人在挫折面前的态度，使我相信他们的生命强度非一般人可比，我也因此对他们充满了敬意。优秀的将帅们也都敢于改除军中的旧弊。朱可夫、艾森豪威尔和蒙哥马利在这方面也都堪称榜样。1940年7月，蒙哥马利被任命为第五军军长之后，他立即在这个军里进行了一系列大刀阔斧的改革，免去了一批他认为年龄偏大和懒惰、缺乏才干、没有献身精神、不被士兵敬重而可以看作是"朽木"的中下级军官的职务；举行师以上规模的军事演习，培养士兵的吃苦耐劳精神和实战本领，迅速提高了这个军的战斗力。艾森豪威尔在担任欧洲战区司令之后，立刻发起一场整顿纪律的运动，对士兵进行责任感、使命感和驻地风俗的教育；对军官队伍中那些沽名钓誉、油腔滑调、花言巧语、作风不正的人，一经发现，就立即清除出去。朱可夫在战争中打破旧的指挥体制，对司令部工作提出了许多全新的要求。在作战指挥上，优秀的将帅们还都敢于做前人没做过的事情，把自己的指挥才能发挥到极致。艾森豪威尔指挥的盟军诺曼底登陆，是世界登陆作战史上规模最大的一次。参加这次登陆的陆、海、空三军人员多达二百八十七万人，三十九个师的兵力，参战飞机一万一千二百余架，参战军舰二百八十四艘，另有四千多艘登陆艇和其他舰只，还有一条名为"冥王星"的海底输油管道，从英国输来汽油给予保障。组织如此规模的登陆战役，其复杂性可想而知，可艾森豪威尔顺利完成了任务且取得了胜利。蒙哥马利在指挥哈勒法山之战时，用四百辆战车设置陷阱，开了用装甲兵打伏击的先河。在这之前，没人这样做过，但他胸有成竹，布置完后照常进入梦乡，早晨起床后从容梳洗，悠然进餐。关于战役进展，他一句都没有过问，可他知道，胜利会是他的。朱可夫在指挥攻打柏林的战役中，采取了一个前人从未用过的办法：在距各突破口二百米远处设置了一百四十三台探照灯。当凌晨三点炮火准备开始之后，这些探照灯突然亮了起来，照耀着步兵和坦克在延伸了的炮火中冲锋。这大片强烈的灯光使德军一片惊慌，以为苏联人有了能照瞎人眼睛的新式武器，使其中的不少人放弃了抵抗。

　　将帅们和我们常人一样，也有七情六欲，其中不少人也演绎过荡气回肠的爱情故事。蒙哥马利是四十岁上结婚的，对象是贝蒂·卡弗。贝蒂是一位阵亡军官的遗孀，有两个孩子。她嫁给蒙哥马利之后再没生育。这娘儿三个，就成了蒙哥马利后半生亲情的全部寄托。贝蒂是一位艺术家，性情温和而执拗，她反对蒙哥马利所崇拜的大部分事物，包括他的军事、政治观点。但他们在一起非常和谐，原因就是互相关爱但互不干涉。贝蒂原谅蒙哥马利的怪癖，蒙哥马利则处处保护贝蒂，不让她做家务，不跟她谈论琐事，而让她专心致志搞艺术。在这种婚姻的温情中，蒙哥马利变了，变得更加宽厚、大度、和蔼而富有人情味。没想到十年之后,贝蒂竟突然被毒虫咬了中毒而死。当这幸福的婚姻骤然终结时,蒙哥马利的精神几乎崩溃,他跌入的是一个心灵的黑夜。他后来说:"我回到朴茨茅斯的住宅,这儿原来要作为我们的家,我独自待在那儿许多天,谁也不见,我全垮了……我好像坠入一片黑暗之中,心灰意冷。"他此后再没有结婚。艾森豪威尔和他的妻子玛丽是一见钟情后结婚的。他到欧洲战场后,结识了美貌动人的英国姑娘萨默斯比。1942年5月,艾森豪威尔以美国陆军代表的身份到英国考察时,萨默斯比奉命给他开车。后来,当艾森豪威尔在伦敦出任欧洲远征军司令时,他要求萨默斯比给他开车,同时当他的私人秘书,后来萨默斯比被授予少尉军衔,成为他的副官。在欧战期间,他们朝夕相处,患难与共,建立了亲密真挚的感情。当战争结束,英雄凯旋,新的仕途在艾森豪威尔面前展现时,他只得与这位多情女子一刀两断。萨默斯比也没有披露两人的亲密关系,直到1975年她去世前,才在《难以忘怀——我和德怀特·D.艾森豪威尔的恋爱故事》一书中,公开了她和艾森豪威尔的罗曼蒂克史。

　　一场大的战争结束之后,将帅们的表现、心态和处境常常很不一样。第二次世界大战结束后,艾森豪威尔载誉回国,在纽约市政厅外有过一次演说,那次演说的主题是:我不过是一个完成职责的堪萨斯农家孩子。他的不居功自傲使两百多万来自四面八方的听众欣喜若狂,长时间地热烈欢呼。七年之后,他成了美利坚合众国的总统。走出战争的蒙哥马利,否定了一些人要给贡献卓著的将领们一笔巨额奖金的动议,认为"除国王的荣誉勋章外,金钱的奖赏是过了时的东西"。他需要的是与轰轰烈烈的戎马生涯相称的最广泛的理解和拥戴,是英雄般引人注目的荣誉。但这种心态在和平年代不可能得到满足,他因而度过了一个痛苦的时期。朱可夫在战后担任了一系列重要职务,但 1955 年 10 月,突然被撤销了一切职务。他当时的震惊和痛苦可想而知。直到 1964 年,他才得以恢复名誉。

## 三

随着战争的远去,将帅们中的大多数会走进安逸的生活里或安静的史册里歇息,也有一些人开始了对战争的苦苦思索。《蒙哥马利传记》的作者罗纳德·卢因,在写到德国投降时引用了英国诗人西格弗里德·萨松写于第一次世界大战期间的一首诗:

> 五十年岁月,日换星移,
> 和平之光掩盖了对战事的回忆;
> 满怀豪情回溯峥嵘的往事,
> 喜欢冒险的小伙子会阵阵叹息。
> 夏日清晨,隆冬寒夜,
> 战火在他们心中燃起;
> 唱一曲战士之歌吧,这歌声豪放、刚强、活泼、粗野。
> 在那愤怒的进行曲中,
> 尽是无知的悔恨与不羁的狂喜;
> 他们会羡慕我们令人炫目的经历,
> 只缘此刻杀戮已在地球上绝迹!

在引用完这首诗之后,作者写道:在亲身经历"二战"胜利

的日子里,蒙哥马利心中深深知道,萨松的诗加上下面几句是完全正确的:

　　一位满头银发的老人,
　　抬起饱经风霜的脸面,
　　谆谆告诫他的子孙:
　　战争是魔鬼,是瘟神。
　　……是魔鬼,是瘟神。

这是蒙哥马利对战争苦苦思索之后得出的结论。
据说,所有指挥过大的战争的将帅,到最后都会变成特别憎恶战争的人。

# 但愿和平能长久

## ——写在世纪和千年之交

感谢先人们发明了纪年方法，使无始无终的时间得以计量。

感谢我们的父母给了我们生命，并使我们恰好在世纪之交和千年之交还活在世上。

我们是幸运的，在我们不长的生命历程中，我们经历了这重大的世纪和千年交替的时刻。

我们不可能不激动：经历过世纪和千年之交的人，毕竟只是曾经活过的人中的很少一部分。

当我们怀着激动和欣喜迈过新世纪新千年的门槛时，我们忍不住要做的一件事是：扭过头去，再看一眼我们走过的路。

这一百年间，我们走过了怎样一条凹凸不平的路。

这一千年间，我们走过的路竟是那样的险峻崎岖。

这条百年之路上固然有花香鸟鸣，但却布满了弹坑。

这条千年之路上虽然有欢声笑语，可也不断有哭声响起。

这一百年一千年间，战争一直在纠缠着我们人类。

20世纪的两次世界大战，就使八千万人长眠不起，八千万人被剥夺了生存的权利。

从1066年的诺曼战争，到1999年的科索沃战争，这近一千年间大规模的战争就达一百多起，不少战争长达几年甚至几十年，伤亡的人数没有人去做详细统计，估计至少也要达两亿。

这一百年间，全世界真正没有枪声和战争的时间能有几天？

这一千年间,地球上真正和平的日子能有多少?

生命,是大自然最伟大的一种创造物,为什么不去珍惜?

生存,是人天生就拥有的权利,为什么要被剥夺?

当然,战争有正义的和非正义的两种,正义的战争在历史上能起进步作用。我们不能笼统地反对一切战争,我们要对战争的性质进行区分。

可我们面对战争的破坏性后果,依然感到心疼。

在新的千年到来的时候,我们不能不生出新的希望:但愿和平能够长久。

遗憾的是,当我们向新世纪和新的千年眺望时,总能在遥远的天边发现几缕战争的阴云在飘动——延长限制战略核武器的协议在有的国家未被批准;军备竞赛在一些地区又重新展开;民族之间的武装冲突四处蔓延……我们的心里不能不生出几分担忧:战争离我们还有多远?

19世纪即将结束的时候,欧洲一些国家的皇室成员和上流社会的人士中弥漫着一种乐观情绪,他们认为20世纪会是一个安宁美好的世纪,他们在向新世纪迈进时,没有忧虑,只有欣喜。结果呢?两次世界大战的到来令他们目瞪口呆、震惊不已。

人类还是要对战争保持一份警惕,防止它在下一个百年和下一个千年间突然向我们扑来。

战争这个怪物一旦扑来就要伤人。

说不定它现在就藏在我们身边不远处。

但愿这只是杞人忧天。

我们向往和平,我们期望在未来的一百年和一千年间,我们和我们的后人能在和平的日子里劳作:在田间播种,在车间忙碌,在商海遨游。

我们向往和平,我们期望在未来的一百年和一千年间,我们和我们的后人能在和平的日子里建设自己的家园:起房盖屋,竖立栅栏,修剪草坪。

我们向往和平,我们期望在未来的一百年和一千年间,我们和我们的后人能在和平的日子里和自己的恋人一起在月下漫步,在林间接吻,在花前倾诉。

我们向往和平,我们期望在未来的一百年和一千年间,我们和我们的后人能在和平的日子里生儿育女、繁衍后代,能在宁静的屋子里指导孩子读书,能在温暖的阳光下和孩子一起嬉戏。

我们向往和平,我们期望在未来的一百年和一千年间,我们和我们的后人在老了的时候,能在和平的日子里慢慢摇着轮椅,去公园散心,去河畔乘凉,去剧场里看戏。

没有和平,这一切期望都会变成泡影。和平,是人类幸福的保障。

也因此,所有有责任心的人,都应该为维护世界的和平去尽力。

为了维护和平,我们要唤起每个人对他人、对社会、对他民族、对大自然的爱心。

爱,是抵抗一切破坏性行为也包括战争的最好屏障。

过去,是爱,使我们人类团结在一起,平息了历史上的一场又一场战争,熬过了一种又一种灾难,走过了一个又一个世纪和一个又一个千年。

今后,要使和平长在,要使人类顺利度过下一个世纪和下一个千年,仍然需要爱。

愿爱心长存。

愿和平长久。

愿战争远遁。

愿人类幸福。

愿21世纪成为人类历史上最安宁的一个世纪。

愿下一个千年成为人类历史上最平安的一个千年。

时间在宇宙间多得不可计数，长得没有尽头，一个世纪、一个千年，在时间老人眼里，不过是一瞬而已，但愿这一瞬在我们这些生灵的祈愿下，变成一个能给人类带来福祉的美丽仙女。

## 闲话照片

我个人以为，照相技术的发明是世界上最伟大的发明。由于照相技术的发明和照片的出现，使人类在与时间的争斗中取得了一次胜利。在漫长的过去，时间常常对人类进行公开的嘲笑：你们在我面前只有老老实实听任折磨，根本别想抓住我！但是照相技术出现后，人类面对时间也可以微笑了：我们虽然抓不住你的全身，但我们已可以抓住你的一瞬，把你一瞬间的足迹牢牢地固定下来！

由于照片的出现，我们在白发满头时可以回望自己尚为婴儿时的模样，我们瘫痪在床时可以回看当初爬山时的英姿，我们满腹痛苦时可以面对过去的灿烂笑脸。我们让一瞬一瞬的时间在我们面前停留了下来。

我第一次拍照片是在小学毕业时，毕业证上要用照片，我于是走进了家乡构林镇上那家唯一的小照相馆。我在用于拍照的椅子上坐定，看见摄影师头上蒙着黑布在照相机前摆弄，心中十分紧张——因为有人告诉我，照相机是一个吸血的东西，人拍一次照，身上的血就会少一点；拍得多了，人脸就会变得十分苍白。我那时对照相既好奇又充满了恐惧。

当兵以后，照相的机会多了。当新兵、当班长、当排长、当副指导员、当师政治部干事、当济南军区宣传部干事，结婚，到西安求学，得儿子，到北京进修，每一个时期都有照片留下来，我有了厚厚一摞相册。

我用自己的相机拍照片是1985年。我先后买了两个傻瓜相机，尽管它们的档次都很低，但我带着它们去了珠江三角洲，去了广西友谊关，去了黑龙江畔，去了大兴安岭，去了河西走廊，去了青藏高原，去了渤海之滨，我用它们对自己的足迹和经历做了记录。

很长一段时间，我把照相和摄影艺术混为一谈，直到有一次我由山东泰安到北京参观了一次摄影艺术展览。那时，我在师宣传科当干事，上级让我们科派一名同志到北京中国美术馆参观摄影展览。恰巧负责新闻工作的干事不在家，科长听说我还没去过北京，就让我去了。在中国美术馆的展览大厅里，我第一次看见了艺术照片，并且深深地被它们所表现出的美所震撼。其中有一幅题名《退烧了》的照片，至今还清晰地留在我的脑海里。照片上，一个穿着白大褂、戴着白帽子和白口罩，只露一双美丽眼睛的女护士，站在一张病床前，望着手上的体温表，体温表显然刚从病人腋下取出来的，"退烧了"三个字分明是带着她内心的欢喜说出口的。这幅照片把一个白衣天使对病人充满关切的内心很精妙地表现了出来，让我深切地感受到了一个心灵的善良和美好。也就是这次参观，让我知道了艺术照片同绘画作品一样，有强大的感染力和诱人的魅力。

这之后，我开始喜欢看摄影艺术展览，喜欢看书刊上发表的艺术照片。我记住了巴利·莱特根的《草地》，熟悉了汉斯·肖维斯特的作品，知道了艺术照片中分人像艺术照、风景艺术照、场面艺术照等好多种类和流派。我开始和一些摄影家交上了朋友。

我也曾经萌发过拍艺术照片的愿望，而且也去试过，可惜都没有成功。各种门类的艺术虽然是相通的，但小说艺术与摄影艺术之间的距离毕竟是有的。从小说艺术的大门里走出来，还要经过专门的训练和磨炼才能走进摄影艺术的大门，而我已经没有多少时间和勇气去从事这种训练和磨炼了，我只能对摄影艺术保持一种热烈的向往。此生，自己大约只能拍一些普通的照片，用以充实自己的相册，用以记录自己的生活经历和容貌的变化，好供自己在老得不能动时去做回忆的触发剂，去对流走的岁月的数量表示惊异。照片，我喜欢你！

　　照片，我会珍藏着你！

## 当年野营在山东

20世纪60年代中期至70年代末,是我们这一代人的青少年时代。在那个时代,我们读语录,做"忠"字操,看大字报,穿带补丁的衣服,肚子经常饿着。我们根本没有穿过西服,没有出过国,没有吃过汉堡包,没有跳过交谊舞,没有坐过桑塔纳,更别说奔驰和凯迪拉克,没有听过贝多芬的曲子,没有见过洗碗机和吸尘器,没有喝过矿泉水。

值得在今天向青年人一吹的事情实在不多。

不过细想一想,那年头值得引以为豪的事情也不是一件没有,比如说,我曾参加过野营拉练。

凡在那个年代从军的人,没有参加过野营拉练的恐怕很少。那年头,由于对世界发生大战的判断出了问题,所以对部队野营拉练的事情抓得很紧,几乎每年冬天,各部队都会走出营区,浩浩荡荡地踏上去山区或去预设战场野营拉练的路。其时,我已到一支野战军的一个炮兵团服役,自然要多次经历这类野营拉练的事情。

一个炮兵团走出营区开始野营拉练,其行军长度可达许多公里,看上去极是威风壮观。倘是在山区"之"字形的路上行军,那时候你要站在高处向下一看,真有一种铁流滚滚向前的感觉,一股豪气会油然而生。

拉练中什么事情都可能发生。我记得有一年去沂蒙山区拉练,我们连的车队上了山区公路不久,连长突然接到尾车上报话员的报告:六号车翻了。连长听罢脸唰地白了,急令他所坐的首车停下,跳下车飞快地向车队后边跑去。我因为当时担任连队文书，也急忙跟在连长身后跑着。我们跑到六号车前时都吸了口冷气，原来那辆车已翻了个底朝天，把人和车上的东西都扣在了下边。快救人！连长喊了一声。各车上下来的人便七手八脚地上前掀车。我知道这辆车上坐的是炊事班的五个人，车上装满了锅、碗、瓢、盆和米、面、煤、油，我双腿有些发软，这是我第一次亲见翻车事故，我估计车里的人多已死伤。这可怎么办？车没怎么损坏，从驾驶室里爬出来的两个司机也没伤着，可已被吓得呜呜地哭了起来。大家先把车掀过来，然后七手八脚地去那些煤、面粉和食物堆里扒人。那真是一场奇迹，五个人被扒出来后，除了身上沾满面粉和煤灰之外，竟无一人受伤。原本脸色铁青、怒气冲冲的连长，这时竟也忍不住笑了，上前照每个人的屁股上拍一掌道：还不快去把脸洗了?！那几个兵跑到路边的水沟里胡乱地洗了把脸，又重新上车。车队启行时，五个人为了显示自己的正常，一齐唱起了"我们的队伍向太阳……"。

有一年夏天，我们去海滩上拉练顺带实弹射击。我当时在测地排当班长，上级要我们排必须在三天之内将整个海滩上的炮兵控制网建立起来。任务很紧急，我们马不停蹄地开始作业，白天在大海滩上背着经纬仪和标杆奔来跑去，晚上在马灯下拿着对数表算来算去。连续干了两夜三天，人人都疲劳至极，以致大家最后排队返回时，竟边走边打瞌睡。那是我第一次知道，人在困极时是可以边睡边走的。我至今还记得那天的情状，我把一只手搭在前边的人的肩上，边机械地移动着双脚，边贪婪地睡着，那种睡法可真是奇特，睡得也真香呀。事后有人说，我们班的人还有边走边睡边打呼噜的。

野营拉练时，经常要住在农村老乡家里，老乡们对军人的到来一般都很热情。一群生龙活虎的小伙子住在很热情的农人家里，尤其是住在那些有漂亮女儿的人家，有时就免不了要生出些故事来。记得那年我们在胶东野营拉练，在一个小镇里住了几天。这儿是老区，老百姓对部队特别好，那些如花似玉的姑娘不断地给军人们送来鞋垫、花生和红枣，当然还送来妩媚的笑靥和魅人的笑声。团里领导未卜先知，再三提醒战士们严守不谈恋爱的禁令。没想到临走时，还是有一位房东找到团里领导，坚持要让一位班长和他女儿完了婚再走。团里领导自然要询问原因，那房东说，他女儿已被那位班长那个了，既然那个了，就干脆结婚吧，反正他也觉得那位班长会是一个好女婿，他女儿已决心非班长不嫁了。团里领导当然很震怒，那年头这种事被视为十恶不赦，团里当即对那个班长进行了传讯并做出了严厉的处分决定，令他提前复员回家。房东和他的女儿没想到事情会这样发展，可怜那位想做新娘的姑娘，眼睁睁看着自己相中的情郎被押上车送回了军营。据说，后来的结局还算不错，那位班长复员回到原籍之后，姑娘又千里迢迢地找了去，两个人最终完了婚。

不管今天对那个年头做的事情作怎样的评价，反正野营拉练对当年的我们进行了摔打，让我们吃了苦、尝了累、历了险、经了难，也为我们这些年轻人接触和认识中国的底层社会提供了一个机会。

人生中有这段经历，不能算亏吧？

# 记住往日的战争

新世纪的第一个秋末冬初,我有幸和一帮作家朋友踏上了俄罗斯的国土。在这个森林遍布、幅员辽阔的美丽国家旅行,我有一个发现,那就是俄罗斯人对自己国土上过去发生过的战争记得很清楚。与俄罗斯的普通文化人聊天,他们对13世纪蒙古拔都与俄罗斯各大公之间的战争、16世纪伊凡雷帝死后俄罗斯各大公之间的战争、17世纪彼得大帝征服瑞典的战争、18世纪凯萨琳二世对黑海沿岸发动的战争、19世纪拿破仑入侵俄国的战争、20世纪在俄罗斯国土上发生的战争,大都能说得清楚。我们不论是在莫斯科城、卡鲁加州还是在圣彼得堡市游览,总不断有人告诉我们,哪处地方曾经做过战场,哪条路是拿破仑1812年退却的道路,哪个高地上在20世纪40年代曾经挖过堑壕,成为抗击德国法西斯军队入侵的阵地……他们对往日战争的这种清楚记忆让我惊奇——在这个和平与发展成为主潮的时代,他们为何还对播撒苦痛的往日战争念念不忘?

随着我们旅行时间的延长,我渐渐明白,俄罗斯人这种对往日战争的兴趣,不是无端发生的,而是国家有意强化战争记忆的结果。在俄罗斯,国家在强化公民对往日战争的记忆方面,采用的办法很多,主要的有四种:其一,是建设一些永久性的专为纪念战争的建筑物。比如在莫斯科,建起了纪念抗击拿破仑侵略战争胜利的凯旋门;建起了雄伟壮观的反法西斯战争胜利纪念馆;在为反法西斯战争中做过重要贡献的元帅朱可夫的家乡,建立了朱可夫纪念馆。人们只要一走进这些纪念性建筑，就会重温往日的战争场面，从而加深关于战争的记忆。我们在莫斯科参观反法西斯战争纪念馆时，看到大批的中小学生也在里边参观，那些平日爱说爱笑爱闹的孩子，面对那些沾了血迹的战争遗物，一个个都变得肃穆庄重起来。我亲眼看到两位女孩，望着那一本本厚厚的记录着阵亡将士名字的名册，眼中泪水盈盈欲滴。我想，仅仅有这一次参观，往日的战争便在她们脑子里留下了印痕。其二，是为战争中的英雄树立雕像。在俄罗斯的很多地方，都能看见或骑马挎剑或纵马挥刀或持枪雄立的男女雕像，这些被雕了像的人，都是在历史上历次战争中涌现出的英雄。英雄们的雕像雄立在那里，就会不断提醒那些从他或她身边走过的人：请记住往日的战争！我们这些异国旅游者在那些雕像前留影时，常见一些俄罗斯人也在雕像前驻足凝望，个别人还会在雕像前默默献上一束小花。很显然，人们在缅怀这些英雄的同时，自然也会记下导致这些英雄出现的战争。其三，是鼓励画家们描画往日战争的场面并将这些画作进行展览。在俄罗斯的许多博物馆、展览馆包括当年沙皇的冬宫和夏宫里，都悬挂着许多描画往日战争场面的油画作品，其中有些巨幅油画所描画的战争场面极其宏大和逼真，使人站在画前犹如真的走进了战场。我至今还记得站在那幅描画苏军攻克柏林的大型油画前所受到的震撼，两军厮杀的那种残酷场面令人震怵、惊骇无比，那幅画你只要看一眼，恐怕终生都难忘记。其四，就是鼓励作家们去往日的战争中寻找创作灵感，创作战争题材的文学作品。近年来，俄罗斯文学作品的出版异常艰难，但还是有几部反映当年抗击德国法西斯军队入侵和反思当年苏军对阿富汗作战的长篇小说，在出版部门的支持下获得出版，这些作品的出版自然也会唤起和加深人们对那两场战争的记忆。

正是这些措施的施行，才使俄罗斯人的战争记忆变得异常清晰。而清晰的战争记忆，对一个国家和民族来说，好处是显而易见的。它可以凝聚人心，使一国的民众团结得更紧。共同的战争经历和遭遇过的战争苦难，也是一种黏合剂，它会使一个国家里的各民族之间忘掉彼此间的一些小的不快，相互间变得宽容和友好。俄罗斯是一个多民族的国家，在苏联解体、民族主义思潮汹涌之时，国家仍能保持着统一和稳定，人们对往日战争的清晰记忆肯定也起了作用。它还可以使人们更珍惜眼下过着的和平生活。在第二次世界大战中，圣彼得堡曾被德军围困三年时间，几乎所有的东西全被吃光，全城上百万的人被活活饿死，半个土豆在当时都可以救活一条人命。这种刻骨铭心的记忆当然会使人们更加珍惜今天有面包、黄油和果酱的和平日子。它也能使人们对可能发生的战争保持高度警惕，这和他们对往日战争的记忆不可能没有关系。

战争这种野兽活动的一个规律，就是每每在人间肆虐一段日子之后，便隐了身子敛起踪迹，为下一次的作恶积聚力气。在它隐身的这段日子，许多人会渐渐忘了它的存在，以为平安会在人间永驻，以至于当它力气聚饱之后再一次向人间扑来时，又会无所措其手足，重新受其伤害。俄罗斯强化国民对往日战争的记忆从而对未来的战争保持警惕，不能不说是一种高明的做法。当波音747客机在傍晚载着我飞离莫斯科时，我默望着被风雪遮掩的俄罗斯大地在心里想，由于俄罗斯人民对往日战争的清醒记忆，由于他们对未来的战争保有高度的警惕，类似当年法西斯德国对苏联发动突然袭击的事情就很难再发生了。

反复见识过战争的俄罗斯，终于学会了怎样对付这种野兽！

## 留影泰安

照片上的我刚刚十八岁。

那是 1971 年。

这年的夏末秋初,当兵不到一年的我,奉命到师司令部作训科绘制兵要地志图。当我由团驻地山东省肥城市坐火车抵达师部所在地——泰山脚下的泰安城时,我站在泰安火车站的天桥上,照下了这张照片。

那时多么年轻。

那时的我对生活想得十分单纯,就是想把这次的任务完成好,想得到作训科负责兵要地志图绘制的参谋的赏识,而后把自己提升为排长,也穿上有四个兜的军官制服。

那时的我以为人生十分漫长,以为后边的日子还有无数个,什么事都可以从容来办,根本不去想人生还有终点,干什么都不紧不慢、不慌不忙。

那时的我对人不存戒心,大家都是战友和兄弟,你的东西我可以用,我的东西你也可以用,根本不知道别人还会给你使绊子,不知道自己有一天还会被推进陷阱里。

那时的我胃口好饭量大睡得香,一顿饭可以吃三个二两重的馒头外加两碗大米稀饭,可以一顿吃用九两干面包出的水饺,可以一觉睡十五个小时。

那时的我活得懵懵懂懂快快活活。

转眼间二十六年过去。

一晃就是中年了。面孔再不是当年那个样了，有皱纹了，粗糙了，没笑容了。

如今要想的事情可是真多：孩子的学习成绩，房子能不能再宽敞一点，父母的身体，能不能再写一部好作品……一脑子的问题。

如今知道人生的长度其实很容易丈量，而且自己已差不多走了一多半。要做的事情还有很多，可上帝交给自己支配的光阴已经没有多少了。

如今明白天下好人虽多，但也有心怀叵测的家伙，并不是每个人都可以成为朋友，对一些人必须保持警惕。

如今明白没有人可以躲开烦恼和苦痛，人所能做的，只是努力减轻它的重量。

照片上的那个小伙儿和今天的我虽然拥有同一个名字，但已经不是同一个人了。

对此改变，时间该负责任。

我多想回到二十六年前的那个年龄，再享受一回青春的快乐。

可上帝不允许。

# 滇南战地见闻

1986年春，南部边境战争打得还很热闹时，我随同几位记者前往战地采访，所见所闻甚多，随手记录数则于后，以备将来年老时向儿孙们讲古。是为序。

## 戒指、拐杖、和平鸽

在战场上采访，随处可见战士们就地取材制作的各种手工艺品：用铜弹壳做成的戒指、拐杖，用炮弹引信盒制作的彩色酒盅，用罐头盒做的镂花笔筒，用老山石雕琢的奔腾骏马，用炮弹壳制作的和平鸽和台灯。这些工艺品大都做得小巧精致，令人看了赏心悦目，使人拿着爱不释手。在这众多的工艺品中，给人印象最深的是三种：戒指、拐杖、和平鸽。

戒指是用高射机枪子弹的铜弹壳做成的，在通常嵌宝石的地方，镂上一个方形或菱形的徽章，或是刻上制作者的名字，或是砸上"老山前线"几个字。战士们戴在手上，黄灿灿的，猛看上去如上流社会的男士们手上的金戒指一样，很是漂亮。拐杖通常是用实心竹弯成，在头上和扶手上各装一个高射机枪弹壳。也有的是全用高机弹壳相接而成，刷上清漆后，闪光耀眼，拄着真如美国将军们的权杖一样威风。和平鸽是用炮弹壳雕刻成的，下边嵌进一节炮弹筒做底座，鸽子形状有单只昂首展翅欲飞的，也有两只相对呢喃的，把它们摆到窗台上，像是真的鸽子飞落到了那里。

在云南前线采访

战士们在紧张的战斗生活中抽空做这些工艺品，是为了寄托他们内心的复杂感情。一个战士红了脸不好意思地告诉我："那戒指，有人是准备在凯旋时送给后方的女朋友的，有人是准备送给未婚妻的，也有人是准备送给妻子的。她们在后方挂恋着我们，我们见面时该送她们一件来自老山战地的纪念品。那拐杖，则是打算在回家时送给父母的，儿子从军为国尽忠，膝下尽孝不可能，就用这点东西表示自己的一点孝心。那和平鸽，是准备送给后方的政府和人民的，是想告诉政府和人民，我们没有辜负他们的重托！……"

战士自有战士的情，我没有想到，这一个个被滇南的阳光、风雨、浓雾磨蚀得皮肤粗糙的汉子，胸腔里还盛了那么多温柔的东西。我在想，当那些远在后方的姑娘和少妇们戴上这独特的戒指时，当那些老人拄上这拐杖时，当政府的官员们捧着这和平鸽时，他们会像我一样激动吗？他们不会嫌弃这些土制的既不是金的也不是银的东西吧？

## 鼠族兴旺

滇南原不是多鼠的地方，但自这里成为战场以后，鼠族竟飞快地兴旺起来。如今，无论进哪一块防区，到哪一片阵地，入哪一个猫耳洞，要想不见成群的老鼠是不可能的，老鼠已多到了打不胜打的地步。鼠不仅数量多，而且个头也都大，个别的老鼠甚至比猫还大，真可以称为"硕鼠"了。

由于鼠多，给我们前线将士的生活带来了不少麻烦。先是睡眠受妨碍。战士们经过一夜或一天的战斗或值勤站岗，疲乏至极地想要入睡，而老鼠们却偏要成群结队地在他们的枕旁、床头甚至被子上跑过，还时不时爆出一阵阵尖叫声，弄得战士们很难入眠。其次是偷吃、污染官兵们的口粮。由后方送往前沿阵地的食品本来就不多，可老鼠们却偏要趁火打劫，只要战士们稍不留神，它们便偷吃起来，个别家伙甚至边嚼边拉边尿，把食品污染得不能再吃。再就是趁战士们熟睡之际，竟胆大包天地袭击他们，咬伤他们的脚趾和耳朵。笔者就曾亲眼看到被老鼠咬伤耳朵感染后而住进医院的战士。

当然，战地鼠族的兴旺，也不是没有一点好处。有时，它们也可以为坚守在猫耳洞里的战士们解除一点寂寞。有些猫耳洞离敌方很近且很小，常是两个战士守在洞里，话不能高声说，又无书可看，无东西可玩，没办法，就只好看老鼠们在一旁嬉戏，偶尔地，也省下一点点罐头食品，拿来逗一逗老鼠，看一看它们争抢食物时的有趣场面。

人类学家们经研究发现，人类的任何一种有目的的行动，都会带来副产品，战地鼠族的兴旺，大约也是这场战争的副产品吧?

## 老山第一亭

亭子，我见过不少，四角的、六角的、八角的、倚山的、傍海的、滨湖的，都曾经登临过，所以对亭子已颇难再生出什么新奇之感。不过，在战地上见到的"老山第一亭"，却让我在亭前着实新奇得瞪大了眼。

那亭子是野战医院的医护人员自己动手建的，构造精巧玲珑。亭为六根柱子支起的六角亭，双层重檐。底层六角各嵌有木刻彩绘的龙，上层六角各嵌一只木刻彩绘的鸟，鸟嘴各衔一个净瓶。两层之间的竖板上，绘有花草、树木、河流、飞机，写有"老山第一亭"五个遒劲草字。亭下置一六边形桌，桌四周放六个瓮形凳。

建亭子所用的材料极为普通。亭柱，是几根细木棍；亭顶，盖的是涂了漆的拆开的塑料编织袋；亭角的龙和鸟，是一个医生用旧木板刻成的；鸟嘴里衔的净瓶，是空了的青霉素注射药瓶；亭下的石桌石凳，则是用涂了白漆的木板钉成。

站在亭中，前看，是一条山溪几回几转；后望，竹、杉满山苍翠一片；右边，一条山路曲折蜿蜒通往前沿；左方，一座座野战帐篷在树林间隐现。倘不是前沿的炮声不时传来，真让人感到是置身于长沙的爱晚亭下、岳麓山间。

我在亭前流连忘返。我想，白衣战士们盖这亭子的目的，除了让伤病员们有一个玩乐、赏景的地方从而静心养伤之外，恐怕还寄托了一种对安宁美丽的和平生活的思念……

## 人与蛇同居

我是一个怕蛇的人，平素极不愿谈及这东西。但一到战地，与干部战士们闲聊时，他们常要向我讲些有关蛇的故事。

一个战士告诉我，他有一个战友，在帐篷里睡到半夜时，恍惚中觉得腿上一凉，便睁开惺忪的眼，这一睁眼不打紧，吓得他倒吸了一口冷气。原来，一条蛇钻进了他的被窝，正抬着头向他窥视哩，他惊呆在那儿。可那蛇倒并没咬他，盯了他一会儿后，仿佛是表示了宽宥，悄然地又向地上爬去。

一位首长说，他所住的一个板棚里，每到半夜时分，总听到有一种沙沙声。他开始没在意，后来有一晚他听到这声音后开了灯，只见一条碗口粗的蛇正不紧不慢地从他床前的地上爬过,不过,那蛇根本就没向他看一眼,只径直爬出门去。他猜,他床前的地上,大约是那蛇平日既定的爬行路线。

某部六连二排坚守的三个洞穴,原来是蛇窟。一条条红花花的蟒蛇在洞里蹿来蹿去,最大的有两米来长,茶杯口粗。开始战士们害怕被蛇咬,见蛇就打,但打死一条,又来一条;用罐头盒或石块堵蛇洞,这里堵住,又从那里钻出来。战士们没日没夜地战斗,哪还有精力同蛇作战?加上时间一长,大家也就不怕了,就默允了蛇的存在。战士们睡觉时,蟒蛇时常就在他们身边爬来爬去,谁也不在意,顶多用手把它们拨拉开去,就又呼呼睡着了……

这些故事始则令我怵然,继则令我讶然,人蛇素来很难相安的,何以在战场上倒相安无事了?是不是因为战士们守卫的土地,本也是蛇们栖息的故土,它们不愿在战士们那被枪弹划破的肌体上再添新的伤痕?

## 呜咽的胶林

在战区采访,到处可以看到山坡上有一片片枯死的橡胶林,山风一过,胶树上的枯枝发出一阵阵近乎呜咽的响声。我先是十分奇怪,何以这些胶林都已枯死?是遭了什么虫灾?找到当地的老乡一问,方知这些胶林是活活憋死的。

原来,橡胶树长到该割胶的时候,是要按时割的,不然胶汁积聚过多,会把树活活憋死。这颇似哺乳婴儿的母亲的乳汁,如果乳汁总不让婴儿吮吸,乳汁积得太多,会造成回奶,使乳汁再不分泌。本来农场的工人们是定期进胶林割胶的,可战事一开,处在战区的这些胶林就再无人敢进去割胶了。倘有胆大的工人进了林，一旦双方开打，炮弹落过来，就很可能丢胳膊断腿甚至死掉。于是，工人们只好在炮声中，眼睁睁地看着胶林毁掉。

枯死的胶林，你这植物界的殉难者，不要呜咽，不要哽咽，不要让自己的身躯倒下，要争取挺到那一天，作为人类不需要战争的证人！

## 缕缕烟中情

大约因为对尼古丁的危害早就知道，所以我对烟是很有一点厌恶的，非但自己不抽烟，且也颇烦别人抽烟。初到战地时，听说战士们对后方送来的慰问品，最喜欢的是烟，而且前线百分之九十以上的人都抽烟，我很是吃惊和反感。但在听了类似下边这些关于烟的故事后，我对于香烟，竟也生了几分喜欢。

一群突击队员即将出征，在誓师大会上，首长、战友和医院、宣传队的姑娘们，含泪为他们点燃一支送行烟。全副武装的突击队员们定定地立在那里，无言地把烟吸完，而后抬手把烟雾赶走，便向前沿冲去，很多人便从此永不返营了。

一批坚守阵地的战士完成了坚守任务，奉命撤下阵地，但一些牺牲了的战友，却永远要留在山头上了。这时战士们就把身上剩下的香烟全掏出来，一支一支点燃，分放在阵地上，含泪说：兄弟们，你们留下吸吧……

一些将士到烈士陵园凭吊，每到一座坟前，总要摆上几支烟，边摆边哽咽着说：吸一支吧，兄弟，这烟是咱家乡产的……

身在生死两界的战友，因这香烟沟通了。

烟，后方的人们吸它，有的是为了过瘾，有的是因为养成了习惯。有谁能想到，在前线，它竟抒发了人们这么多复杂的情感！

## 铁盒装的"生日蛋糕"

农村娃子出身的我，早先是不曾见过生日蛋糕的。只在当兵进了城市之后，才知世上有这种庆贺生日的东西。开始见到时，自然是感到新奇，但随着在城市生活时间的增长，原来的那份新奇也就消失了。并且，还知道了不少关于生日蛋糕的知识：知道了生日蛋糕最早起源于欧洲的上流社会，晓得了生日蛋糕的成分主要是奶油、鸡蛋、糖、精面粉，懂得了庆贺几岁生日就要插几根蜡烛，等等。

在战地采访时，最初听说战士们为庆贺生日吃生日蛋糕时并未在意，以为这事并未超出我的所知范围，后仔细一了解，又是一愣，方知这儿的"生日蛋糕"是我从未见过的。

这"蛋糕"的成分既无奶油，也无鸡蛋和糖，主要是肉。"蛋糕"的包装，既不是塑料的，也不是硬纸的，而是铁皮的。"蛋糕"上边既无用奶油浇的字，更无用巧克力涂的花。说穿了，不过是一盒午餐肉罐头。战士们把罐头里的午餐肉块原样取出来，在上边插上火柴代替蜡烛。众人在说了一通祝贺的话后，过生日的同志便把插着的那些火柴点着又一一吹灭，而后用刀切开午餐肉块，众人便欢笑着分而吃掉。这奇特的"生日蛋糕"，给过生日者带来的欢乐，一点不亚于都市里那些高级生日蛋糕所带来的。

不少战士，就是这样过罢他们的生日，吃罢这种"生日蛋糕",走上前沿,长眠在阵地上了。

在这最后的生日里,有这样的"蛋糕",他们总算也得了点安慰……

# 面对"假设"之答

我军投入的最后一场战争，距今已经二十来个年头。当年参战的营以上军官，如今多已白发满头离职退休；当时的连排干部和后来由士兵提升的军官，现在也已经四十多岁且多数离开了一线战斗岗位。我们总后所属的部队，这种经历过战争考验的官兵数量更少。在军委要求我们做好军事斗争准备的今天，新一代的官兵在接受了战斗精神教育之后，对投身未来战争究竟是怎样一种精神状态，是我这个入伍已三十五年的老兵很想弄清的问题。也正因此，在新麦开镰时节，我登上了南行的列车，走进了总后的三支部队，开始了我的追问。

追问是按三个假设进行的——

## 假设之一：参战命令午夜抵达

1941年6月22日4时30分，法西斯德国未经宣战，就在1500公里宽的正面上向前苏联发动了全线进攻。5时30分，当大批德军已侵入苏联国境后，德国驻苏大使舒伦堡才向当时的苏联外交人民委员莫洛托夫宣布德国已开始对苏作战。也就在5时30分左右，当时苏军西线的一个团长在睡梦中被值班参谋摇醒，参谋将刚刚收到的一份电话通知记录交给了他，他打着哈欠看着电文：迅速展开部队迎击入侵的德军。他愣在那儿：怎么可能？我们和德国签有互不侵犯条约，他们虽有不友好的举动，但并没有说过要废约的话，再说他们即使入侵我国，也不可能这样快就到了远离国境的我团防地，竟要我现在就展开部队?! 一定是弄错了，他有些恼火地看着参谋：你没有听错或是记错？参谋立正答道：没有。团长看了眼床头桌上的电话，也许是因为怕出笑话，他没有拿起电话亲自去核对，而是把电话记录重又交到参谋手上，说：速去核对一下，我觉得有误，展开部队可不是儿戏！参谋匆匆走后，他重新躺了下来。当参谋核对完后再次急奔进来时，团长又已响起了鼾声。参谋第二次摇醒团长，刚说了一句：电话无误——德军的第一批轰炸机便已临空，猛烈的爆炸声随即便在该团的驻地上响起，团里的许多官兵就在宿舍里被炸死炸伤，团长也被弹片削去了半个手掌……

这已经是多年前的事情了，但至今回忆起来仍会让我们扼腕叹息。当战争突然到来时，人们的反应常是各种各样的，那位团长的反应是其中一种。

于是我做了这样一个假设：我们持续了多年的平安生活突然中断，作战命令在一个午夜猝然抵达各部队，那时，部队的官兵们将会是怎样一种反应？

我就此问了62111部队的政治委员孙浩宗，这个在青海塔尔寺附近长大，有着西部男儿强悍之性且获过全军书法比赛大奖的文武双全的中校胸有成竹地答：不管作战命令何时到达，我和团长陈志忠都会即刻召开作战会议，随即按上级要求，命令各营速照预定作战方案行动，全团会在预案规定的最短时间里完成所有作战出发行动到达集结地域。我们不可能有任何迟疑，更不会造成一点延误，因为我们现在担负着全军的战备值班任务，是应急作战部队，平时都处在四级战备状态。无论在平时还是在最近的战斗精神教育中，我们一直在让所有的官兵明白，我们是一支随时都可能出动去执行作战任务的部队,拉得出是我们每晚睡觉前都要想到的事情。我们连队的在位率一直保持在百分之九十以上,我们平时就人车定位,全团备好了三日份的油、粮、柴。为了增强官兵们的战备意识,我们规定每周的星期四为战备日,不论多热或多冷,全团官兵都要身着迷彩作战服上下班工作和生活;每周的星期五,要进行小拉动。逢了节假日,我们还会突然较大规模地拉动部队,让官兵们在急骤的哨音里练出一种紧张且从容的战时行动习惯。1997年的一个半夜,黄河大决口后,我们团一接到地方政府要求支援的请求,就连夜迅速出动,边动员边行军,顺利完成了任务,那真是一次接近实战的检验。我们平时为了做好随时参战的准备,始终注意抓好两个问题:一是人才,二是训练。所谓抓人才,就是不看关系看本领,切实把真正能干的干部和战士放在关键岗位上;所谓抓训练,就是按照实战的标准出科目练部队,不搞花架子,不搞练为看,不怕训练出事故,要练出实战需要的真本领!我们提出的战备标准是:一旦参战命令下达,不经临战训练,不经装备补充,就能立即拉得出、开得动、运得上。我们提出的口号是:首战用我,用我必胜!

## 假设之二:敌精确制导武器突然临空

1999年,当美军和其他北约国家的军队扬言要对南斯拉夫进行空袭时,在南斯拉夫国内一个偏僻的山谷里,守护着一批重要物资的十几名军人,坚信对方根本找不到他们来实施轰炸。这一来是因为他们所在位置离国境较远,二来是因为他们早已对那批物资进行了周密而巧妙的伪装。不过,当空袭真的开始时,他们仍保持着很高的警惕性。白天,军人们全隐蔽在草丛和石缝里,监视着几个进出路口，防备着潜进境内的敌特分子找过来；到了晚上，军人们才松一口气，在进出路口布上地雷后，相继返回到山里的一处空地上，来吃一顿热饭并进行休整。连续多天，这个地方都没有出事。这种平安使守护的军人们更加坚信他们和他们保管的物资是安全的，只要对方的部队不打进来，无论是地面上的敌特分子还是空中的敌机，都不可能找到这个地方实施破坏。有天晚上，他们来了一次小小的庆祝，生火烤了鱼和牛排，喝了点酒，晚饭过后，为了去除大家心中对战争前景的忧虑也为了消除疲劳，有人提议听一阵音乐，于是就打开收音机选了一个音乐频道，大家围坐在那儿静静地听着。美妙的音乐声让他们暂时忘掉了空袭和战争，心都沉浸在了音乐所制造的美境里，也就在这时，一阵呼啸声突然由天而至，在人们都还没反应过来时，一颗自动寻找热源的智能炸弹就落地了。随之，巨大的爆炸声响彻了谷地……

事后人们得知，那是美军用智能炸弹对这片谷地所进行的一次侦察性袭击。

在今天的战场上，伴随着巡航导弹和各种智能炸弹的出现，其实是无所谓前方后方的，远在后方的目标，很可能和前沿目标同时挨炸，也因此，一旦战争开始，我们所有参战的人员，所有重要的目标，就都有遭受精确制导武器袭击的可能。对此，我们基层部队的官兵做没做这种思想准备？我问62152部队的王鹏主任——来自湖北黄冈的王鹏是一个事业心和责任心都很强的领导干部，在本职岗位上已经工作了六年，对官兵们的所思所想可以说了然于胸。他答：就我们单位的情况来说，我们为国家保管的，是战时很珍贵的东西，敌人不可能不惦记着，一旦战争开始，势必成为敌人寻找和袭击的目标。再者，从世界上近年来发生的几场局部战争看，军队的后勤目标一直是对方远程精确制导武器的首次打击对象。也因此，我们在平时就经常提醒官兵，不要因为自己身在后方就认为可以高枕无忧，要随时绷紧战备的弦；在这次战斗精神教育中，我们更向全体官兵强调，未来战争一旦打响，每个人都要想着敌人随时可能朝我们动手，做好迎接敌人精确制导武器袭击的准备。我们做好了各种防备预案，强调加强机动力量建设。对无法搬动的东西，我们要进行以假乱真式的伪装。对易遭打击破坏的部位，要准备好备用的场地和用品。我们全部工作的标准，就是在做好人员和物资防护的基础上，保证收得进发得出，提高快速反应能力，为战争的胜利提供保障。我们要求部队真正做到"四个一"，即：一旦应急保障任务下达后，通过紧急集合的形式就能立即出动；一旦收发作业区遭敌袭击破坏，通过应急作业场地就能立即展开，达到平时作业能力的百分之八十以上；一旦出口被敌方空袭封堵，通过自身的力量，就能展开疏导；一旦编制兵员有较多减员，通过一专多能途径，就能完成任务。其实，别说到了战时，就是平时，我们也没有一刻敢松懈大意，我们每时每刻都在防备着敌人的破坏和袭击，防备着自己人工作中的粗心大意，我们反复向官兵们讲明，一旦我们经管的东西出事，上对不起国家和人民，下对不起家庭和自己。我们的战备值班制度非常严格，各类值班值勤人员必须二十四小时在岗在位，尽职尽责。我们单位的领导干部，每天都要到分管的哨位和核心部位检查一遍，不然是不会入睡的。逢了节假日，我自己也坚持在部队过，否则就有些不放心。我们这种单位，是一点点问题都可能酿成大事故的，节假日我即使回了家，其实心也放不下，所以干脆就不走，待其他领导回来了，我再补休。我们在安全管理上，设立了六条防线，即：强化安全管理，严格规章制度，完善设备设施，提高技术防范，加大督促检查，落实整改措施。对重点人员定期进行严格政审，切实做好防间保密工作，做到"无事多思隐患，平时多思对策"……

## 假设之三：战场信息凸显你成孤军一支

在美军2003年对伊拉克展开大规模地面战之后，在伊拉克南部城市塞马沃附近守卫的伊军一个营，做好了迎战美军的全部准备，从营长到士兵都决心和敌人来一番殊死拼杀，尽管在这之前美军的空袭使他们的人员和装备遭受了一定损失，但士气并未受到影响。可就在美军先头部队刚对友邻部队展开进攻时，该营所有对上级和友邻的有线电和无线电联系全部中断，在这同时，收音机里传来了他们熟悉的广播电台播音员的声音："我受命十分沉痛地宣告，我们敬爱的萨达姆总统不幸遭受敌军飞机轰炸，为真主和国家光荣献身……"官兵们听后大吃一惊，总统已经没了？营长非常怀疑这个消息，但收音机的频道是对的，播音员的声音也是对的，他想迅速核对这个情况，可惜无法和外界联系，他灵机一动，让手下立刻去找来一台电视机，打开一看，电视上正有人在对总统被炸身亡发表评论，评论者义愤填膺且痛心无比，这让他不得不信了这个消息。在这同时，有十几个伊拉克平民相继来到营中，报告说周围的部队全已无心再战，阵地差不多都已失守。电视机里这时也开始播放伊军投降的画面，营长的抵抗意志一下子垮了，心想，总统没了，友邻部队都投降了，我这个营再单独抵抗下去能有什么意义？不过是徒增死亡罢了。于是，便下令手下一个军官向美军发出了投降信号……待他后来被受降的美军士兵带到一个营地之后他才明白，友邻部队仍在抵抗，总统也并未被炸死，他在这之前所得到的全部消息，都是美军巧妙制造出来的。

他痛悔无比……

在信息战和心理战被广泛运用于战场之后，类似的故事在未来的战争中还有可能再次发生，对此，62190部队的部队首长孟国斌有清醒的认识，他说，我们的战斗精神里必须有一条，就是沉着坚毅，处变不惊。未来战争的激烈性、残酷性和危险性都难以预料，加之心理战广泛运用于现代战争，对指战员的心理素质提出了更高的要求，只有在实践中不断培育沉着坚毅的心理品质，才能确保在指挥未来作战中处变不惊，临危不惧，百折不挠，夺取胜利。该部队政委白万贵说：要在严格的军事训练中增强官兵的心理素质，按照战训一致的要求严抠细训，有意识地设置一些复杂环境和艰苦条件，通过近似实战的磨炼，提高官兵的毅力和应对各种复杂情况的能力。

我问由山东泰安入伍的检修所所长裴涛：你想没想过，未来的战争一旦开始，敌人可能利用各种渠道散布虚假信息，从而动摇你的抵抗信心这件事？裴涛笑答：过去的确没想过，但我对美军攻打伊拉克这场战争很关注，对美军的战法做过一些研究，我注意到他们经常散布伊军某某部队投降的消息，从而动摇伊军的军心，增加其内部的混乱，这种信息战心理战确有威力。我由此意识到，在未来战争中，敌军在一定时间内，可能控制信息的发布权，会干扰你国家正常的电台广播，然后用相同的频率用模拟的声音向你发布虚假信息；敌军可以用新的电视发射装置，播放经过精心剪辑的欺骗性电视节目；敌军可以在因特网上同时发布许多虚假消息并展开辩论，把你搞得糊里糊涂；敌军还可能利用收买的人用口口相传的办法散布动摇军心的消息。总之,他们在一定时间里,可以切断你获取正常信息的所有渠道,只给你提供虚假消息,从而把你的脑子搞乱,让你做出错误的判断,改变原本正确的决心,下达错误的命令。因此,我们各级指挥员的头脑一定要清醒,要善于分析在战场上获得的各种信息,要能够识别真假去伪存真,从而做出正确的判断。要有独立作战的能力,在和上级与友邻部队失去有线和无线联系之后,要按照战场情况,独自判断独自指挥独自作战……

在听到了上述这些对假设问题的回答之后,作为一个老兵,我的心是轻松的。当然,这一切还有待实战的考验。

一支军队的精神状态,是和它的战斗力紧紧联系在一起的。当我走完这几支部队的驻地,听了这些回答之后,我对我们总后部队在未来战争中的作为充满了信心,我坚信他们一定会圆满完成军委交给的各项任务,为保障打赢做出贡献!

自然,我的这个预言也要经过实战的检验。

## 随时准备出征

路,曲曲折折;沟,深深浅浅;山,高高低低;树,密密麻麻。当我在暮霭四阖时下火车转汽车赶赴某后方战略仓库时,一边望着车窗外渐渐没入夜暗的景致,一边在心里想,在中国的腹心地带,在这大山深处当一名军人,尤其是当一个仓库主官,离可能爆发战争的沿海和边境千里万里,按照正常的心理,最可能的表现应该是守住摊子,谋点利益,争取早日离开这偏僻之地吧?

待见到了仓库主任张存志和政委杨忠这两名主官,待看到了他们的所作所为,在见识了他们带领的团队的表现之后,才知道自己的猜测和揣度离真相太远。原来这两位身处僻远之地的上校军官,一刻也未忘自己的军人职责,平日里克服着种种困难,一心想让自己管理的仓库,在未来的战争中能真正发挥保障作用,为前方的胜利贡献一份力量。

在金钱至上、物欲膨胀的今天,在享乐奢靡之风弥漫的当下,这两名团职军官的行为令我眼睛一亮。

张存志告诉我,他是1989年由家乡河南扶沟县入伍的,先到京城一个汽车团当兵,然后考上石家庄军械工程学院,于1993年7月来到仓库,转眼间已经二十年过去。他说,这二十年间,他当过技术员、保管队长、业务处助理员、仓库副主任,走过了仓库的每一个角落,如今闭着眼也能摸进每一个洞库。他说,他这二十年里能在这个偏僻的山沟里坚持干下来,重要的精神支撑是,这里也是保家卫国的地方,是一个男人应该站立的岗位。

在安徽寿县长大从军的杨忠说,不论是干部还是战士,来到这位于深山沟里的仓库工作,必须有精神支撑才能顶住寂寞坚持下来。所以我们始终注意向大家强调和灌输三个观念。其一,管理和守卫后方仓库,就是一个军人尽职的岗位。站在这个岗位上,与站在炮位上的陆军官兵,与立在舰艇上的海军官兵,与坐在飞机里的空军官兵,与操纵导弹的二炮官兵,是一样重要和光荣的。其二,仓库官兵的所作所为,将对前方的胜利产生直接的影响。如果我们不能把弹药及时送上去,前方战士们手中的火炮和枪支怎么能打响?胜利怎么会到来?其三,我们必须随时做好出征的准备,我们的出征,就是将上级要我们保存的弹药安全快捷地收进洞库,把作战部队急需的弹药迅速地由库里取出发送出去。

为了让干部战士做好随时出征的精神准备,张存志主任和杨忠政委坚持抓好三件事。一是每年都组织大家去库区旁边的烈士陵园拜谒烈士,让干部战士从几十名为仓库建设牺牲的烈士身上,汲取一种勇敢的献身精神。在松柏掩映的陵园里,在字迹斑驳的烈士墓碑前,在简陋的烈士事迹陈列馆里,年轻的干部战士们的心中,会升起一种为国献身的崇高感,会生出一种勇往直前的激情。二是经常组织紧急拉练,让大家养成应对紧急情况的精神习惯。蹲山守库时间长了,天天看山石绿树,月月听风唱鸟鸣,人的精神容易松懈麻痹,经常组织拉练,能让大家在精神上保持一种警惕和警觉。三是搞好文化生活,激发干部战士的精神活力。他们建起了擂鼓队、军乐队和军体操表演队,逢了节假日就开始演出,让大家在隆隆的鼓声中,在激昂的军乐声中,在雄壮的军体操动作声中,生出一股豪情,荡起一股豪气。我曾有幸看了他们擂鼓队、军乐队和军体操队的一次表演，那种激昂的声响和动作，让我这颗已开始衰老的心脏一下子激跳起来，能感到周身的血管随之扩张，血流明显加速，年轻时在训练场上训练的场景飞快地在脑中闪过，一种昂扬之气开始在体内激荡。我想，这，大约就是一种出征的精神准备⋯⋯

一个军人，要出征作战，就必须有作战的本领。冷兵器时代，你要么学会用刀，要么学会用剑，要么学会用弓箭。今天，你是装甲兵，你得学会开坦克；你是舟桥兵，你得学会架桥；你是防空兵，你得学会操纵防空导弹。作为一名仓库兵，同样得有本领才能出征打仗。张存志和杨忠告诉我，他们主要训练仓库官兵们掌握三种本领：第一种，是军人通用的基础性本领，包括越野长跑、轻武器射击、全副武装通过沾染区、封锁区等。除了在营区的训练场上练，他们还曾把部队拉进秦岭深处训练。第二种，是收发弹药的本领，也就是把上级指令储存和发放的弹药如何安全快速地收进来、发出去。包括卡车司机如何将车靠近站台、开进洞库，弹药如何安全装车卸车，弹药如何在洞库和火车车厢里码放，铲车驾驶员在铲送弹药箱时如何准确无误等。我曾看了他们库里铲车驾驶员的精彩表演：先在铲车的铲子上绑上一根针，然后让驾驶员驾驶铲车，把那根针准确插进前方一块有机玻璃上一个直径几毫米的细孔里；然后在地上放三个啤酒瓶，让铲车驾驶员用铲车把放有三个酒瓶的另外一块玻璃铲起，稳稳地放在那三个酒瓶上。这两项表演，让我们看到了铲车驾驶员用铲车精准堆放物品的本领。第三种，是管理洞库的本领，就是如何开关库门以保证洞库内的温度和湿度，如何消除静电和其他外力对洞库的危害，如何严格钥匙保管制度以管好人员进出洞库，等等。

正是因为他们狠抓了这三种本领的训练，仓库连续四年被评为一级训练单位，全库的干部战士个个都有一身好武艺。战士们说，只要上级给我们下达战斗任务，保证能顺利完成任务，用我必胜！

一支部队要打胜仗，一定要预先做好战场准备。所谓战场准备，就是要千方百计把敌人诱进我预设的战场上打。在我们预设的战场上，我方各部队的部署位置，进出方向和道路，各种打法的预案都要先做好。张存志和杨忠认为，对于我们这个后方仓库的官兵来说，战场就在军用专线站台和藏有洞库的十公里长的山沟里。我们做战场准备，就要在这个范围内做。在这个范围内，他们主要抓了三个方面的准备。一个是道路准备。所有的战场准备，道路都很重要，对于弹药仓库来说，道路准备更加重要。没有好的道路，收发弹药的车根本无法通过。这几年，他们一直在想办法改造道路质量，把原来用水泥铺设的路面，逐渐更换成条石铺成的路面，这样，更能承受住重载卡车的碾压。我在库区内曾亲眼看见他们正在修复一段被山洪冲毁的道路，设计合理施工认真，把质量放在第一位来考量，以保证战时的使用。另一个是库房准备。后方仓库的战场准备，最重要的当是库房准备。他们在库房准备上主要是抓两点：一是安全，所有洞库必须达到防爆要求，为此，他们改造了所有洞库的电线设置；二是方便装卸，为此，他们扩大了一些洞库的库门，使汽车能直接开进洞库。再一个是网络准备。未来的战争肯定是机械化和信息化密切结合的战争，战场准备中如果缺了信息化这一项，很可能会对未来夺取胜利造成负面影响。试想一下，如果上级下达一批弹药发送的命令后，仓库领导再去翻记录本查找这批弹药放在哪个洞库的哪个区域，再起草通知告知有关分队行动，那势必会耽误不少时间,而如果仓库的局域网建设好了,库领导一点鼠标,各种记载清清楚楚,然后按一下发送指令,分队的终端机上就是清清楚楚的装载数字,战士们马上就可以展开行动,那将节省多少时间?所以,张存志和杨忠宁可使用库里自己积攒的钱,也要把局域网建设好。现在库里的光缆全部入地,网络四通八达,机关、分队、哨所、洞库,全用网络联系了起来,领导在网上一下指令,下边瞬间就能清清楚楚。

张存志和杨忠这两位主官明白,国家养军队,就是为了在战端一旦开启后赢得胜利;如果我们军人不会打仗,我们的军队不能打胜仗,那要我们军人和军队有何用?正是因此,他们时刻提醒自己:做好一切谋划,随时准备出征打胜仗!

# 来到城市

# 我爱烟台

我在山东生活了二十五年。在这四分之一世纪里，我差不多走遍了齐鲁大地，我喜欢这块出过孔子、孟子的土地。而在山东的诸多城市中，我又特别喜爱烟台。如果把山东的城市比作一群女性，我觉得烟台不是那种靓丽率性的未婚姑娘，也不是那种高腔大嗓的中年母亲，而是一个端庄温婉的少妇，来到她的身边，你有一种踏实安妥会被亲切款待的感觉。

我是在烟台第一次见识海的。生在中原南阳盆地的我，当兵前只要见到一座小型水库，就觉得那水面大得惊人，就会站在岸边高兴得啊啊大叫。20世纪70年代末的一天，在济南军区当干事的我随一个工作组到了烟台，站在烟台山上，我才算第一次看见真正的海。我记得那一刻我被海的阔大和壮美惊得久久无语。一个内地人看海和一个长在海边的人看海，那感觉完全不一样。我记得我当时满是惊骇：是谁造出了如此大的水面？怎么会有这样多的水？这么多的水就一直存在这儿？接下来，我又和工作组的人坐船去驻在大海深处一个小岛上的部队调研。船离岸半晌之后，四周全是碧绿的海水，真可谓天水相连、水天一色，令人心旷神怡，直想张嘴喊叫点什么。也许是从那一刻起，我就喜欢上了烟台。人能生活在烟台，那真是上帝的一种垂顾。终日有海的陪伴，人的心胸能不开阔？人的眼界能不高远？人活得能不舒畅？

我喜爱烟台，也因为烟台出的好吃好喝的东西太多。苹果，是烟台闻名全国的特产。济南军区机关过年，总要给每家分一筐到两筐烟台苹果。吃烟台苹果，那真是一种享受，先拿到手里欣赏她红艳艳的面颊，再闻一闻她沁人心扉的清香，然后一口咬下去，让浓浓的甜把你弄得通体舒坦。20世纪70年代，送人一筐烟台苹果，就是一种很重的礼了。直到80年代，我回河南老家探亲，还总要带一些烟台苹果走。张裕葡萄酒，更是烟台的名产，朋友相聚，开一瓶张裕干红，那是很有品位也很让人陶醉的事情。再就是莱阳的梨，又酥又脆，咬进嘴里就化。莱阳属于烟台，吃莱阳梨你就不能不去想烟台这块土地的神奇。烟台的海味也让人嘴馋，我在别处也吃过海参和鲅鱼饺子，可在烟台吃的蝴蝶海参和鲅鱼饺子味道格外鲜美，因为这里是鲁菜的故乡，经正宗的鲁菜大厨后裔们一过手，海味添了新味，让你吃了还想再吃。我当年所在的部队里，一位战友娶了个烟台媳妇，那位嫂子来队探亲，大伙都想吃她做的菜。问她何以有这本领，她笑道：俺们烟台姑娘，出嫁前都必须学会煎炸蒸煮的做菜本领，不然是会招婆家轻看的。

　　喜爱烟台，还因为烟台有我喜欢和敬重的人。喜欢的人，是我的一个战友，其人姓王，我们先后调来军区机关，因家属当时都未随军，两人一起到食堂吃饭，一起去爬山锻炼，一起在机关那不大的院子里漫步聊天。他心地善良、乐于助人，生活上经常给我帮助。他尤其善讲笑话，极是幽默，很少见他有愁眉苦脸的时候。听他讲笑话，我常常会捧腹大笑，忘掉烦恼。我至今还记得他给我讲的一个笑话——一个很讲究发型的男人进理发店理发，理发师很草率地匆匆地给他理完，他很不满意那发型，就又掏出五分硬币啪地往案上一拍，说：再理五分钱的！那理发师先是一愣，后又拿起推子，在他的脑门上推了一家伙，结果使他的发型更加古怪……是这位战友，让我感觉到烟台人活得多么达观乐天。敬重的人，也姓王,叫王懿荣,当过清末的国子监祭酒,是我国近代伟大的爱国主义者和著名的金石文字专家。1899年,是他首先发现了甲骨文,并确认为商代文字,把中国有文字记载的历史提前了一千多年,为商朝的历史研究提供了第一手资料,为我们河南安阳的殷商考古奠定了基础。1900年,当八国联军入侵北京时,他任京师团练大臣,率军民英勇抵抗,在城破之后,和家人一起殉国。身为文人,我对有如此眼光和骨气的文人前辈怀着深深的敬意。是王懿荣,让我觉得,烟台这个地方不凡,是出有骨气的文化人的地方。

喜爱烟台,也因为烟台倚着胶东名山——昆仑山。昆仑山峰峦叠嶂,坳谷相连,草深林密,是养生修身也是藏兵屯兵排开战阵的好地方。20世纪30年代,烟台人民就在这里打响了胶东抗日第一枪。其时,昆仑山被日军视为恐怖之地——进山的日军不知会从哪棵树下哪个洞中射出子弹。因为昆仑山的军事价值,新中国成立后,我们常有部队驻在山中。20世纪七八十年代的一个秋末时节,我随工作组进山到一支部队去,车在曲折的山路上走了许久许久,才在天黑时分抵达部队驻地,下了车,只见四周全是黑黢黢的山头,山风吹过,万千的树木发出奇异的啸声。那支部队的一位接待人员在夜色中告诉我们,别看这里偏僻,生活有不便之处,却是胶东最宜居的地方。由于山深林密,加上不远处有大海参与空气的调节,这里的空气纯净度和湿度都最宜人,尤其对人的肺部好,肺部不适和支气管有病的人,到这里住一段,常会不治而愈。这里是山东的长寿地区之一,山里的老人,活到八九十岁是很轻松的事情。我听罢在心里感叹,可惜这儿离自己的故乡太远,要不然将来退休之后来此养老那该多好。那次昆仑山之行,我看了王母娘娘的洗脚盆,听了王重阳创建全真道的故事,第一次洗了温泉澡,还吃了昆仑山上的山珍,呼吸了昆仑山中的好空气,回到济南,好长时间还在想着昆仑山。

烟台这地方,你只要去一趟,想不爱上她,都不易。

在青岛

# 英 雄 山

客居济南十五年，去得最多的地方是英雄山，印象最深的也是英雄山。

第一次上英雄山是暮春的一个傍晚。我那时刚刚奉调来到泉城，寓舍就在山的一侧。那天傍晚出得院门，仰头看见耸立于山顶的巨碑和那满山的苍翠，好奇和兴趣便从心底涌来，于是就移步向山上走去。

就在血色夕照里，我第一次看见了那么多的墓碑，第一次被罩进肃穆的氛围，第一次看见纪念碑上那么大的毛泽东的手迹，第一次鸟瞰了巨大的泉城市景，第一次觉得：泉城很美。

此后，我便是这座山的常客了。早晨，我去山上做操；黄昏，我去山下散步。春天，我去山上看花；夏天，我去山上纳凉。我几乎踏过她的每一级石阶，到过她的每一个旮旯。

我和她成了熟人，因为相熟，便知道了她的脾性：她既虔敬地保存着历史纪念着过去，也特别喜欢新奇的事物，愿意看着有违旧规的新事物在自己的怀抱里发生、成长。

当社会上对谈论爱情还讳莫如深的时候，她已经默允甚至鼓励年轻的男女们在她提供的绿荫里搂抱亲吻了。

当社会上对跳舞还视为放荡时，她已经同意青年们在她的脚下摆上录音机，跳起欢快的交谊舞了。

当社会上对养鸟、遛鸟还斥为玩物丧志时，她已经招手让养鸟爱好者们把鸟笼挂在她身边的树上，去听小鸟的鸣唱了。

当建立正规的市场在社会上还是空论的话题时，她已经笑允小吃市场、花卉市场、盆景市场、蔬菜市场在她的身边开放了。

当"经纪人"这三个字在社会上还很陌生时，她已经鼓励那些经纪人在她的周围悄悄穿行了……

济南市、山东省甚至华东地区的不少新事物，最初就是在英雄山的怀抱里孕育成形的。

英雄山，是一座开放的山。

我常常想，那许多在一开始被视为离经叛道的新事物之所以敢先在英雄山下出现，大约是因为他们知道，在这儿可以获得一种仗恃、一种庇护吧。他们可能相信，山上那么多死难的英灵，一定会赞成这些可以使民众幸福的事情，从而给予保护的！

英雄山，是对新事物宽容的母亲。

对这位宽容的母亲，我怀着深深的敬意。

我是一个异乡游子，那时，我不知道我还会在英雄山旁生活几年，因为一个人的未来并不全由自己把握。但我当时就想告诉她：英雄山，不管我日后走到哪里，我都会记住你，都会想念你！因为我和你相处了十五年。十五年呵，人生有几个十五年？

## 走进广场

准确的时日我已记不得了,大概是1977年的秋天,我第一次走进了天安门广场,用别人的相机,留下了两张照片。

那次来京的机会极其偶然。其时,我正在一个陆军师的宣传科里当干事,有一天,军里来通知,要我们师里的新闻干事立刻去北京参观一个摄影展览。恰恰那位新闻干事不在,主持工作的一位副主任听说我还一次也没有去过北京,就关照说让我去。我一听,高兴得立刻跳起来叫:好!我当即收拾行装,于当晚在山东泰安登上了北上的列车。

常常在梦中见到的北京城,终于出现在我的眼前,那份欣喜是无法言表的。当我坐上市内公共汽车时,我贪婪地注视着车窗外的一切,想把京城里的景致都收进眼中。我先到中国美术馆参观了那个摄影展览,完成了既定任务,然后就急急地跑进了天安门广场。

那是一番惊奇的打量。它的阔大让我惊叹,它是我见过的最大的广场。那一刻我想,这个广场是我们辽阔国土的象征,它就应该这样大。那天,人民大会堂和刚刚建起的毛主席纪念堂都关着大门,中国历史博物馆和中国革命博物馆也都没有开放,我怀着遗憾的心情在广场转了一圈。我当时想,要是这些建筑都大门洞开让老百姓自由参观多好。我后来才意识到,这些紧闭的大门是我们国家当时闭关锁国状况的一个反映。也是后来我才知道,改革开放政策那时已开始在高层酝酿。

我那天在天安门城楼前久久驻足,我想象着旧时的皇帝和大臣们怎样坐着御辇和官轿在城楼下的大门里进出。轿夫们的喘息声、侍卫们的吆喝声、官轿在摇动时的吱呀声，仿佛在空中隐隐传来。当时多么热闹辉煌的东西，如今都消失了。要不了一百年，站在这城楼前的自己就也消失了踪影。人，的确是一个历史的过客。那一刻，二十五岁的我，忽然间强烈地感受到了生命的短促。这巍峨的城楼，已经见识过多少人的生生死死、盛盛衰衰啊！

那天我在广场上漫步，总是不由自主地低头往下看，我猜测着自己脚下的泥土里，是不是渗着前人的血。我知道自从这座都城建成以后，这城楼前曾发生过无数的流血事件。如今，那些事件也都成往事并渐渐被人们忘记，只有脚下的泥土还保存着一些遗迹。我扭头去看广场中央的人民英雄纪念碑，那一刻我觉得它在提醒我们：当你们往前走的时候，别把过去完全忘到脑后。

我那天站在广场上，看着大街上的人流，看着京城人比较体面的穿着，忽然想起了我故乡的农民，什么时候能让我故乡的人们也能衣食无忧那该多好！其时，我的故乡每人每年只能分一百斤左右的麦子，发一丈多布票，吃和穿还都成问题。我当时根本没有想到，仅仅几年之后，我的这个希望就得到满足了。也是很久以后我才知道那个道理：社会总是要推选出一些人来带领人们去解决他们迫切希望解决的问题。

眨眼之间，那一天距今可就二十二年了，二十二年间，我从一个青年小伙变成了一个中年男子，我们的国家也从百废待举走进了全面振兴。那一天，我还不知道现代生活是什么样子，还把120相机视作稀罕物，还为能节省二两粮票沾沾自喜，还为在大街上步行省去了几分钱而高兴；今天，我已经置身于现代化大都市的生活中了。如今回想起那一天，真已是恍如隔世了。

第一次在北京

## 冰 之 炫

走进哈尔滨太阳岛上的冰雕园里，望着满眼的冰雕艺术品，我忽然想到，人类和冰打交道的历史已是很久远了。

人类第一位祖先首次接触冰时的情景已无从知道。传说我们周姓最早的一位先祖第一次看见冰时曾大吃一惊，他站在平日取水解渴的水洼旁一脸愕然：水何以变成了如此坚硬的不能喝的东西？是不是因为我在什么地方得罪了神灵，从而使他降下了惩罚？我们那位先祖于是"扑通"一声在冰前跪下了双膝……

人类明白冰的真正来历并不容易，在一个挺长的时期里，人们只知道冰是在冬季必来的一个祸害，对其充满了畏惧之心。在我们豫西南乡间，至今仍有人在冬天将来时会在水缸和水桶上画上一个"火"字，以免它们遭到冰的毁坏。

离开蒙昧越来越远的人类渐渐知道了冰的用处。最初，是用它来化水解渴；后来，是用它来胀破一些平日很难弄破的东西；再后来，是用它来游戏。到我小的时候，这种游戏在乡村已经非常普及，我记得我们经常在冬天折下屋檐下的冰挂，用作和小伙伴们"打仗"的工具；在河塘的冰面上摔跤、翻跟头，尽情嬉戏；将冰块猛地塞进新娘的衣领里，看她惊叫着去怀里掏出那带了体香的晶莹的东西；把河里的冰块搬上斜坡，而后坐上冰块快活地滑下坡去……

把冰拿来降温是人对冰的进一步利用。在没有空调和冰箱的过去，人们为了在夏天降温，想了许多法子来保存冬季的冰块。据说欧洲的不少皇宫里都有专门储存冰块的地方，把冰块放在很深的地下，延缓其融化的速度，以待夏天时拿出来为皇帝的住处降温。传说中国的唐代宫廷里已开始保存冰块，有一年夏天长安城里天气酷热难耐，杨贵妃热得汗流浃背，去见唐明皇时前胸和后背上的衣裳都已经湿透，唐明皇心疼爱妃，传旨把专供他用的冰拿来一块，可惜天太热，待冰块递到唐明皇手上时，已几乎化完，唐明皇就用掌中尚存的一点点冰去爱妃的前胸后背上擦来擦去，杨贵妃那一刻感动得流了泪，说：你让我凉到了心里！如果这传说是真的，想必后来在马嵬坡，贵妃娘娘会意识到这句话说得不吉利。

用冰来给人治病是后来人的一项发明。拿冰来给人体局部降温，对发烧的病人施行冰敷，是今天的医生们还在用的办法。在乡间，没有麻药的时候，农人们还常把冰用作短时间的止疼剂。冬天，乡下的孩子手上碰破了皮疼得哭叫时，当妈的常会拿一小块冰按到伤口上，去止住孩子的哭声。

一代又一代的军人们在和冰打交道的过程中，慢慢明白了在军事行动中冰并非全是障碍，有时它也可以来帮助自己作战。第二次世界大战中，当时的苏联红军对法西斯德军的一些进攻战役和战斗，就选择在江河结冰时进行，这样有利于部队克服江河障碍，苏军官兵可以迅速地出现在敌人面前，从而使敌人措手不及。

冰上芭蕾舞是人类在冰上嬉戏活动的进一步发展。普通的滑冰动作已不能满足人们的快乐要求，于是伴了音乐带了芭蕾舞姿的冰上舞蹈出现了。光滑的冰面增加了舞蹈的难度却也增加了刺激程度和看客们的兴致，冰上芭蕾的出现，使冰和艺术进一步接近了。

是冰雕家们把冰完全变成了艺术品。冰雕艺术最早出现在世界上的哪个国家我未去考察，可我敢说，2005年初在中国哈尔滨太阳岛上展出的冰雕作品,是世界最美的一批冰雕艺术品。总面积只有三十八平方公里的太阳岛,能在国内和国际上知名,固然与它有天然无饰的原野风光、浓郁的欧陆风情建筑、粗犷的北方民俗文化景点有关,可冰也在其中起了重要的作用。华灯初上时分,当你走进岛上的冰雕园中,七彩的灯光会把美轮美奂的冰雕艺术品呈现在你的眼里:巍峨的宫殿、雄立的城堡、高耸的楼房、欲飞的凤凰、展翅的孔雀、戏水的鲤鱼、甩鼻的大象、舒袖的嫦娥、端坐的和尚、戏球的娃娃、教堂、玉栏、长梯、围墙、牌楼、高塔……真是应有尽有,让人目不暇接,令人连声惊叹,使你疑似走进了一个神话世界,身子被艺术精灵的手托举着有些飘飘然,心被一种晶莹的艺术美所震撼。这些冰雕艺术品真应该永久保存下去,好让后人们知道,进入二十一世纪时中国的冰雕艺术已达到了怎样的水准。可惜的是,冰和太阳很早就成了仇敌,而且两者结下的冤仇已无法调解,冰即使已经被雕琢成了艺术品,太阳也不允许它长久存在,何况太阳岛原本就是太阳的领地,它绝不允许冰在这儿常年占据它的地盘。

　　冰在中国,其生命周期十分短暂,即使在寒冷的北方,它从生到死,也只是几个月的时间。可冰始终活得悠然,它遵从造物主的安排,决不为了延长生命去四处祈求;它也活得坚定坦然,一直维护着自己的贞洁,不愿为了什么利益去毁了自己的晶莹之身,偶被污物粘上,它也决不掖着藏着,就那样袒露着让路人去看;它还活得十分自在,很少去攀附什么,偶尔抱一下树靠一下草,也只是稍事歇息,很快就走开了。它对死亡悟得最透,临终时从不给后代留下遗产,走得干干净净,连个痕迹都不留。

　　人类对冰的态度是又爱又恨,爱它的晶莹无瑕,常用冰清玉洁来形容最好的女人；恨它的冷，总用心冷如冰来抱怨自己不满的人。其实，冰是人类的好朋友，它对人类要求得很少，除了偶尔给人类制造点麻烦开一点玩笑之外，它大多数时候都在给人类奉献。没有它，人类的生活将会少去很多乐趣，而且，很可能造成海平面升高和瘟疫流传。

  站在太阳岛上的冰雕园里，我很想说一句：冰，尽管你的身子很凉，拥抱你会令我的身子哆嗦发抖，可我依然爱你！

# 话说知府衙门

作为一个南阳人,我一直为南阳拥有几处风格独特的古建筑群而自豪,特别是南阳知府衙门。

南阳历史悠久,早在五千多年前的新石器时代,先民们已在这里定居,业农维生。周朝时因经济发达,成为申伯国之都。春秋战国时,是楚国著名的手工业冶铁中心和商业城市。公元前72年,秦昭王在此设立南阳郡,直至隋,皆有太守治所。元朝至元八年(公元1271年),元世祖开始在南阳设府,立知府"掌一府之政,宣风化,平狱讼,均赋役,以教养百姓",同时在城内西南隅(今民主街西头北侧)建了知府衙门。明洪武三年(公元1370年),同知程本初扩建;正统五年(公元1440年),同知汪重增葺。清康熙二十三年(公元1684年),知府佟应琦再次修葺。府衙自建起至今,已历经七百余年。

## 一

南阳府衙全盛时的模样如今只存在于方志的记述和老年人的记忆中了。我是在一个深秋的后晌,听一位白须飘垂的老者讲述他从他爷爷那里听来的府衙当年的盛景:那时的府衙大院很像是一座城中城,站在高处俯瞰,青色的屋脊如水浪一样相接相连,数不胜数;走进院子,重漆彩绘的廊柱、屋檐光芒四射,耀人眼睛;执刀肃立守护的军士们令人望而生畏;巨大的升堂鼓让人顿生怯意;曲折回环的院落通道使人如入迷宫……我查了一下南阳府志，得知当年府衙大院位于中轴线上的建筑物有：照壁、大门、仪门、戒石厅、大堂、寅恭门、二堂(思补堂)、内宅大门(暖阁)、三堂。两侧有：榜房、召父坊、杜母坊、申明厅、明善厅、石狮、承发司、永平库、军厅、粮厅、理刑厅、经历司、照磨所、司狱司、税科司、东官宅、西官宅等。堂后有大花园。整个建筑占地数百亩，楼房厅堂数百间，院落数进，布局多路。府内厅堂轩敞，陈设华丽，戒备森严，环境气氛显得庄严神秘、至高无上。面对纸页发黄的府志，我想象着当年府衙白日里的情景：官轿进进出出，吏属们忙忙碌碌，军士肃立院门，仆役端茶送水，平民百姓在大门外呼喊"冤枉"，知府大人令擂鼓升堂……

## 二

大约是神的保佑，南阳知府衙门在多次战乱中未遭根本性破坏，主体建筑都完整地保存了下来。执行烧光政策的日军当年攻陷南阳城后，可能预感到末日将至，也未敢纵火焚烧。保存下来的府衙大院，南北长约240米，东西宽约150米，府衙房屋有90余间，占地100多亩。

照壁是观览这个衙署时最先看到的建筑，呈"凹"字形，青灰砖砌成，长26米，宽1.2米，高4.76米。照壁后东侧的召父坊和西侧的杜母坊已经毁掉。眼下照壁前摆满了小商贩们的摊位，还有商贩在照壁前用铁皮、木板搭了两个棚子用来过夜。这个昔日用于"隐"和"蔽"的建筑物，如今每天都响着小贩们的叫卖声。

大门是拱券式建筑，面阔三间，进深一间，长16.6米，宽7.2米，单檐硬山顶。大门上方砌长方框,匾额上的字迹已涂抹不清。木质的两扇大门上,漆已经完全脱落。门墩已坏,右门虽吱呀有声尚能关上,左门已推拉不动。大门两侧的钟楼和鼓楼已毁损。

进了大门,沿中轴线上的甬道前行是仪门。仪门的前坡内檐采用卷棚式结构。据记载,此门平时不启,只逢府治喜庆大典、皇帝临幸、宣读诏旨或举行重大祭祀礼仪时,才鸣礼炮十三响后启开,故仪门又有"塞门"之称。仪门如今损毁严重,木门已不存在,门上的横额"公生明"已无迹可寻。旁边新建了一座现代化居民楼房。

大堂坐落在石质台地上,面阔五间,进深三间,长21.5米,宽9.8米。单檐硬山顶,斗拱疏朗,梁架奇巧,明间宽敞,次间、稍间严备。大堂是当年知府开读诏旨、接见官吏、举行隆重仪式的地方。当年堂中设公案,上置文房四宝;两侧陈列"肃静""回避"牌及锣鼓仪仗等。如今大堂里虽住有几户人家,但基本保存完好。

出了大堂,后门是寅恭门。寅恭门面阔五间,进深三间,长18.4米,宽7.2米,也是单檐硬山顶,前坡内椽结构同仪门。寅,敬也;恭,恭敬之意。寅恭门当为恭敬迎接宾客的大门。寅恭门上的两扇木质大门如今也已不复存在。

进寅恭门继续前行是二堂,又称"思补堂",旧称"后厅"。该堂面阔五间,进深三间,长18.8米,宽12.4米,也系单檐硬山顶。思,考虑;补,补助。思补堂,有深思熟虑,助其不足之意,是地方长官处理一般公务的地方。此堂如今也被隔成许多小间,住有几户市民,但保存也还算完好。

由二堂再前行,即是内宅大门,也叫"暖阁"。内宅大门面阔五间，进深一间，长 18.4 米，宽 3.6 米，牌楼式结构。此门因旁边建了一座现代居民楼房而损坏严重，只剩下了中间一小部分。不过仅从这剩下的朱漆剥落的部分看去，也仍然显得别致优雅，可以想象当年一定是十分华丽的。由此门入内，可见当年知府眷属所住的左偏院，现也住满了平民。右侧过去有一个花亭，已废弃。

进内宅大门前行是三堂。三堂面阔五间，进深三间；通面宽 18.8 米，进深 11 米；单檐硬山顶；出廊，廊深 1.7 米；明、次、稍间规整分明。三堂旧称"退厅"，是知府大人处理内务的地方。三堂与知府眷属住的房子全有走廊相连。该堂当年的花格木前墙如今被更换成砖墙，安上了玻璃窗；室内被隔成许多小间，住满了市民。我和一位朋友去拍照时，碰到一位中年男子，他说他就是在三堂里出生长大的。

中轴线两侧原府衙的建筑物，尚存的有东公廨、西公廨、承发司、东厢房、西厢房、招稿房、东官宅、西官宅等。但这些房屋如今也都有市民居住，一部分被辟作了幼儿园。

衙署院内的空地上，住户们还见缝插针地新盖了不少高高低低、形状各异的临时性房屋，用作居室和灶屋，十分凌乱。而且逢做饭时各家的烟囱都冒出煤烟，熏染着本已不新鲜的三个大堂屋檐下的花卉彩绘。

当年的知府后花园里，如今也已盖了一栋楼房和大片平房。

昔日庄严漂亮的府衙大院，正一天天衰老朽败，我为写本文重新走进这座院中时，仿佛听到了她痛苦的呻吟和向往修葺的呼唤。

## 三

　　古建筑是文化的记录，从它们身上既可以看到当时科学进步的状况，也可以发现当时艺术达到的水准。现存的古建筑是研究人类生存境况和人类文化发展历史的宝库，应努力加以保护。中国现存的古建筑中，寺庙祠观较多，宫殿衙署一类已寥寥无几。造成这种局面的原因很多，其中之一是平民百姓们对官衙有一种反感和敌视的情绪，一旦社会动乱，遭攻打和焚毁的常常是这类建筑物。如今，全国除了清代故宫、保定直隶总督衙门、山西霍县清代霍州衙门、河南内乡县清代衙门外，保存较完整的知府一级衙署，仅有南阳府治一处，因此，修整和保护好南阳府衙，就显得特别重要。

　　保护修整好南阳府衙，对研究古代建筑艺术有很高的价值。府衙的建筑风格和工艺成就，尤其是它完整的木构架体系、多样化的群体布局，以及优越的抗震性能，都值得后人好好研究，对于今天的建筑设计人员仍有重要的启示意义。我曾和一位建筑专家一起去府衙三堂左侧厢房看过廊顶的木架造型，那种很难用语言形容的造型令那位专家连连惊叹：哦，太奇特了！太妙了！整个府衙大院的设计，给人的感觉是庄严和轻松并存，厚重与俏雅交辉。府衙二堂以前的部分，一切建筑都显得庄严、肃穆，给人一种威严感；而一进内宅大门，一看见那木格镂花的牌楼，立刻觉着了一股轻松舒适，仿佛有轻拨慢弹的丝竹之声飘入耳中，似乎有沁人肺腑的香粉之气钻进鼻孔，极像是有玉人环佩叮当、绸衣窸窣地走了过来。大堂、二堂和三堂的檐前都有饰花，这些木刻的花虽已经历了岁月的磨蚀，但仍能显出雕刻者的精湛技艺。整个府衙大院原先并没有下水管道，但据住在大院多年的市民们讲，即使下再大的雨，积水也能很快悄无声息地渗入地下。市民们猜测，说不定当初地下设计有什么渗水装置。

保护修整好南阳府衙，对研究中国古代政治制度也有十分重要的价值。我们可以从军厅、粮厅、理刑厅、税科司等建筑在府衙中的位置，判断出它们各自在当时权力机关中的地位；可以从整个府衙的建筑规模上，判断出当时官署的规制；可以从几重大门的用途上，判断出当时官府中的礼仪规矩和祀典情况；可以从官宅的设置规格、规模上，看出当时知府属员的情况和当时的治理规范……总之，这是一个研究中国古代府一级政权机关的资料库。

再者，对发展旅游事业也十分重要。中国是一个经历了两千年封建社会的国家，封建的政权机构是这种社会的支撑体，所有关心和有兴趣研究中国封建社会历史的人，大都乐意来实地看看这种政权机构所在处究竟是什么模样，而修整保护好南阳府衙，就使建立北京故宫、保定直隶总督衙门、南阳知府衙门、霍县知州衙门、内乡县衙门旅游线变成可能。

## 四

从南阳府衙的现状看，修复是一项耗资巨大的工程。单是从院内迁走几百户居民和幼儿园，搬掉三座现代化的楼房和所有新建的平房，就是一件很棘手的事情，需要花费一笔可观的搬迁费和拆除费。其次是修整现存的门、堂、屋、廊，需要加固、油漆、粉刷、彩绘。再是根据史志记载，把已扒掉、拆毁的房舍在原址按原样复建起来。还有就是按原状把府衙前的官道和府衙内的青石板甬道铺设好。这几桩事情样样都需要钱,而南阳属于经济不发达的内陆地区,每年的财政收入十分有限,要当地政府一下子拿出这么多钱显然不大可能。据悉,南阳府衙修葺委员会正在酝酿成立,政府在有限的财政收入中拨了一笔款子,但这与修葺工程所需要的资金额差距很大,因此很需要海内外的有识之士和联合国的有关部门给予支持和帮助。南阳府衙既是南阳人、河南人、中国人的文化财富,也是全人类的文化财富!

# 凉州城漫步

少时读诗,读到岑参那首《凉州馆中与诸判官夜集》,大约因为开头那四句写得极为顺口,所以记得很清,至今仍能背出:"弯弯月色挂城头,城头月出照凉州。凉州七里十万家,胡人半解弹琵琶。"也就因了这诗,我牢牢记住了边城凉州的名字。去年到河西走廊访问,听说第一站就是凉州,我心里异常高兴。

我们是傍晚时分乘车进凉州城的。住进宾馆后,推窗远眺,只见绵亘千里的祁连山高耸入云,云雾之间雪巅如花。雪线之下,峰梁如刀刃,色似眉黛,给人一种远在天边、深奥莫测的感觉。匆匆洗漱之后,我便走上街头,去观赏古城街景。这边城凉州自秦汉以来就是非常繁华的城市,尤其是东晋十六国的前凉、后凉、南凉、北凉在此建都后,便愈显热闹。到了唐代,因国势强盛,中亚交往频繁,凉州的发展更快。贞观初年,玄奘西行至凉州时曾感叹:"凉州为河西都会,襟带西番,葱右诸国商旅往来,无有停绝。"诗人元稹特意描写过凉州的繁华市景:"吾闻昔日西凉州,人烟扑地桑柘稠……狮子摇光毛彩竖,胡腾醉舞筋骨柔。大宛来献赤汗马,赞普亦奉翠茸裘。"我漫步傍晚时分的凉州街头,但见长街数里,车水马龙,楼房林立,商场、店铺无数;街上人如潮涌,小贩的叫卖声、现代音响设备播出的舞曲声、少数民族艺人们的琴声,交织着涌入耳朵,真是一派歌乐升平的繁荣景象。我想,凉州在历史上虽然红火、热闹过,但其实并未发展到鼎盛期,它的鼎盛期在今天,在20世纪的末期。

沿街信步走着，我来到了市中心的文化广场，于是便看到了耸立在拱形高台之上的凉州城徽——铜奔马。苍茫暮色中，只见奔马三足腾空，仅有一足踏在一只飞燕上。趁着暮空中的流云，我恍惚觉得那铜马就要凌空飞走。早在来凉州之前，我就听说了这铜奔马在凉州近郊的汉墓出土，今得目睹这放大的雕品，方知这青铜雕塑确是杰作。它不仅神态生动，造型优美，而且合乎力学原理，让奔马足踏飞燕，既显示了奔马飞驰的神速，也表现了它勇往直前的态势和气概，此构思实是不凡。由这奔马，我想到了《旅游指南》上介绍的凉州"文庙"里那块闻名全国的西夏碑、凉州钟鼓楼上那座镌有精密图案的唐代大云钟，于是明白，这座丝绸之路上的重镇，也是我们中华民族古老文化的保存地之一。

在越来越浓的暮色中，我离开文化广场回宾馆。走至街边一处阅报栏，看到报上有一行黑字大标题：《桥坡新貌》。驻足细看那文字，方知文章介绍的是凉州城郊桥坡村成立了农工商股份有限公司，公司董事长陈沛领导群众办起了腐竹加工厂、石灰厂、砖厂、纸浆厂……村民人均月收入达到五百元以上……看来，凉州人并没有陶醉在自己辉煌的过去里，他们还在努力创造更辉煌的未来。若干代之后，后人们再来凉州游览，除了为凉州古老的历史和丰富的文化遗存感到骄傲之外，肯定还会为 20 世纪末期凉州人创造的业绩感到自豪……

# 砖

我并没有在北京的胡同里住过,不过每次去京城,因为拜访老师和朋友,都要去胡同里走走。这种胡同里的漫步的最大收获,是看到了各种各样的砖头。

北京的胡同应该说是一个砖的世界,我因为从军后爱好过一段房屋设计,对建筑材料有一种特殊的兴趣,所以特别留意胡同两边墙上的砖头。有一次,我在一座四合院的前墙上看到了几块又长又宽且有绳纹的砖,很觉奇异,请教了一位懂文物的朋友后方知它们是汉砖。朋友还解释说,汉代的北京远不如洛阳、南阳、邯郸繁华,所以这里的砖头很少雕有画像,而用绳纹装饰。

唐砖是我在一条胡同的一处墙基上发现的。我不知道它们由何处而来,为何就那么几块,它们的形状与汉砖相比差不了多少,也是又宽又长又重。也许开放的盛唐时代的人,为了向外民族显示自己的气度,把砖头也做得又大又壮。

清朝时期的砖头几乎在每一条胡同里都可以看到。清朝的砖与其他朝代相比尺寸最小,重量最轻,且少有雕饰,既无汉砖的宽大,亦无唐砖的厚重。这种变化是一种工艺的进步还是一种气度的丧失我说不清楚,不过看见它们的时候,我总要无端地想起圆明园里的那些碎砖块。

彩色瓷砖是京城胡同里一些个体小店铺前墙上新贴的东西,它给灰色的胡同增添了一种耀眼的色调。每当我看见它们的时候,我的心里就生出一丝畅快和温暖。我不知道北京的好多墙上为什么要

在北京

刷上一种瓦灰色，那是在表现一种肃穆还是庄严？我觉得胡同里的彩色瓷砖是对这种瓦灰色的反叛，多少反映了20世纪末期胡同居民的新追求。

北京的胡同里收藏着许多老北京的东西，其中也包括砖头。砖头的演变大约与人们的心灵演变史和社会演变史或多或少有联系。到北京的胡同里走走吧，连砖头也会让你生出一点感悟。

# 大 众 桥

结识大众桥是在泰安当兵的日子里。

大众桥和我们的军营同在泰山脚下，二者只有咫尺之遥。晨起长跑和黄昏散步时，我都要经过她那石砌的拱形桥身。

这座不大的石桥之所以让我至今不忘，首先是因为她那传奇的出身。我刚到泰安就听到了那个传说：当年，泰安城有一个不法盐商，为赚钱在秤上做了手脚，卖一斤盐只给九两，百姓们渐有发觉，却敢怒不敢言。这事让隐居在泰安读书的冯玉祥先生知道了，冯先生便乔装成平民进那盐店买盐三斤，转身去别处一称，果然少了三两。先生怒极，遂率警卫进那盐店，报了真实身份，要那老板说出卖盐年数和每日卖盐斤数，而后按每斤亏欠百姓一两计算，罚那盐商交出一大笔不义之款。冯先生本拟把这笔罚款退回百姓，无奈不知每家究竟这些年买盐多少，于是就决定用这笔钱在泰山脚下修桥。钱是民众的，修了桥方便民众过河，故桥修好后就名之为"大众桥"。这个传说在多大程度上是真的我不知道，但它加浓了我对大众桥的兴趣。

大众桥令我不忘的另一个原因，是它刚好位于冯玉祥先生的墓前。冯先生那雄伟的倚山而建的陵墓正对着大众桥头。多少个早晨，当我长跑结束站在桥首的草顶凉亭里揩汗时，我都仿佛看见冯先生一身戎装，手按佩剑，率领兵士们嗵嗵嗵走下墓园石阶，走过桥面，翻身上了等在桥那头的战马，而后对着随从叫道：走，进宫去，我们要逼清帝退位，把国家还给人民！……多少个黄昏，当我散步到桥头时，我似乎又看见冯先生布履长衫，手拿线装书一本，缓步踱上桥面，边走边轻声吟哦：我，便是我，平民生，平民长……

我至今不忘大众桥，还因为在这座桥的四周，在那松柏掩映的山坡上，在草青如茵的河岸上，在巨石横陈的河滩里，都留下过冯玉祥先生的脚印。听人说，冯先生当年隐居泰安时，居所就在大众桥上边不远处半山坡上的一座房子里，他在读书、习武之余，常下来四处走走。我不知道他当时隐居的真实原因是什么，但我猜当时他的心情一定很抑郁，那阵子国家如一盘散沙，民众啼饥号寒，平民意识很强的他能快活得起来吗？每当我站在大众桥上向四周望去，我都仿佛看见冯先生那副双眉紧锁、忧国忧民的面容。

大众桥和冯先生紧紧相连。

我因对冯先生的尊敬增加了对大众桥的兴趣，又因为大众桥的存在常常忆起曾叱咤风云的冯将军。

为大众谋过利益的人，都将会活在后人心里。

# 旁 观 者

一位朋友的叔叔在澳门赌场做事，他去年来京，我们有过一次长谈。话题自然是关于澳门赌场的。我们聊得坦率而尽兴，事后想想，他谈出的一些东西颇有意思，现追记并公开出来，供茶余饭后一读。

我二十二岁进赌场做事，如今已经三十一年。做什么事我就不细说了，干我们这行，有时也需要保密，保密了对自己的人身安全有好处。

我虽然在赌场做事，但对于赌博，却一直是个旁观者。当一个旁观者的好处是，能把事情看明白。就像你不做官，却能把官场看个明白一样，这些年，我可以说算是把赌博这个行当看清楚了。

赌博这一行，别看名声不怎么好，其实起源很早。传说咱们人类的祖先，最初在非洲土地上能直立行走，就缘于一次打赌：一位男祖先和一位女祖先同时发现了一棵果树，那棵果树上又只结了一个果子，两位祖先都想吃，咋办？男祖先对女祖先说，你要是有本领不用两只前肢走路，只用两只后肢走到果树跟前，那果子就归你吃！男祖先坚信女祖先做不到这一点。女祖先太想吃那个果子了，就说，好，我就试试，万一我成功了，你可不要反悔！男祖先说，行。女祖先于是鼓起全身力气，猛地腾起前肢，用两只后肢着地艰难地向果树走去，这是她第一次这样为难自己，她走得摇摇晃晃，随时都可能倒下去，可果子的诱惑是那样强烈，让她终于坚持了下去，她到底走到了果树跟前。她最后得到了那个果子，她在大口吞咽果子的同时也对自己可以只用两只后肢走路的事生了惊奇：我竟然可以这样走路?！男祖先也很惊奇，他在惊奇的同时也开始学着像女祖先那样走路。当时他们两个都没有意识到，这其实是一个伟大的创举，是他们送给后代的一个最好的礼物。

当然，这是传说。

不过，我们中国的汉代，人们在喝酒时就有了近似打赌的游戏，把一个壶置于一定距离处，几个人拿了筷子分别向里边投，投中的，不喝；没投中的，喝。

赌博本身并不创造财富，它主要是重新分配财富，把姓刘的钱分给姓张的，把姓张的钱再分给姓唐的，把刘、张、唐的钱分一些给开赌场的。分配的办法是强制性的，你只要往赌桌前一坐，你就要承认别的赌客有按规则来分你钱的权利，当然你也有权去分别人的钱。

我们每个人的本性里边，都有一种不劳而获很快致富的要求，这种要求人人都有，不同的只是轻重程度，或能否约束住这种心理要求。赌博这种东西，利用的就是人的这种本性，你想要不劳而获很快致富吗？那就来赌博吧。

应该承认，赌博的确是一条能让人很快致富的途径。我亲眼看到过很多例子。他们前一天还是谁也不愿理的穷光蛋，可突然就变成了大富豪，成了众人争相上前握手巴结的人物。香港一个姓田的先生，得了重病，急需住院治疗，可他因失业在家手上没钱住院，一气之下决定来澳门的赌场里碰碰运气，他拿上自己仅有的一千二百港元来到澳门，他原来想，假如这些钱赌输了，那就跳海自杀，不在世上受罪了。他进了赌场就不管不顾地赌起来，没想到一天赌下来，竟一下子赢了八百多万元。他那个高兴呀，他走时是我送他出门的，他絮絮叨叨地说着他来赌场的经过并且一定要给我小费。他回港后，一家医院把车开到他家里把他接进了医院住下，最后把病治好了。前不久我去香港，恰巧碰见了他，看见他正在自己开的一个超市门前同人大声说笑，连声音都跟过去不一样了。大陆一位姓林的青年，有一个堂哥在澳门做事，他来探望堂哥，想让堂哥在澳门给他找个挣钱的工作，不想堂嫂嫌他穷，对他爱理不理，而且冷言冷语地要赶他走。他很伤心，觉得不如不来。临走的前一天，他进了赌场，心想，这可能是我最后一次来澳门，咱也体验一把赌博，回去也好向乡亲们吹吹牛。他于是掏出了身上的钱，除了留下路费，剩下的就去赌，没想到他在老虎机上一下子碰到了年度大奖，得到了一千多万澳门元，惊得他话都不会说了。他堂哥一家听说他得了大奖，也很吃惊，堂嫂待他的态度立马变了，再三热情挽留他多住些日子，可他摇头说不住了，他给堂哥留下了五十万元，说这是借你的福得的奖，给你留个纪念吧，跟着就离开了澳门。

　　当然，输的人也不少。北京有一个大官的秘书，利用手中的权力为一家公司办了事，那家公司的老总为了感谢他，陪他到澳门玩，看罢了澳门的风景后，两个人进了赌场。那老总买了五万块的筹码交给秘书，说：输了作罢，赢了，钱都是你的。那秘书没有心理负担，就很痛快地玩了起来。没想到还真赢了，总共赢了七十来万元，他还了老总五万元的筹码钱，自己带了六十五万多元兴冲冲地回到了北京。回到北京后，赢钱的事让他心中不能平静，想，若再赢一次，以后就再不用为钱发愁了。于是暗中决定，下个周末再到澳门赌上一把。没想到当他再次来到我们这家赌场时，开始不断地输，越输他越急着想扳回来，钱没了就在赌场借，一夜过去，他输了将近一百九十万元人民币。天亮时，他绝望地抱住了头。他在赌场借的钱不还上是不让走的。没法，他只得往北京的家里打电话，他老婆一听他输了这么多的钱，先是吓傻后是吓哭了。据说他老婆哭着四下里筹钱，三天后才把钱借齐打了过来。他被允许走的那天傍晚，仇恨地望着我们的赌场叫道：老子此生永不再进你的门……

我在赌场里做事，你说对赌完全不动心，那是假话，就像你见了漂亮女人，你能没一点想法？可这些哭哭笑笑的事看得多了，心就静下来了，就如你总看男女之间吵嘴打架，你会淡了惹女人的心一样。我现在是真的一点也不想去赌的事了。我只把到赌场做事看作谋生手段，我只靠自己的工钱来养家糊口。

澳门与别的地方相比，最大的特点就是赌场漂亮赌业兴旺，特区政府财政收入的一半源于这门产业，它是澳门经济的支柱，到澳门不去赌场看看不是傻瓜就是假装正经。当然，你看看可以，但一定控制着不能动心。须知，每个人的心底里都有赌一把的欲望，切记不要让赌场把你不劳而获的欲望勾出来，只要它把你的欲望勾了出来，你就准备好擦泪水的纸巾吧，那泪水不是笑出的就是哭出的……

# 又见青瓷

## ——慈溪行漫记

20世纪50年代,在我们河南邓州乡下,很多人家吃饭都用黑碗。我家也是这样,无论是大人们的饭碗还是俺们小孩子的饭碗,一律是黑的。所谓黑碗,就是本地土窑里烧的那种马马虎虎涂了点黑釉的碗。这种碗表面粗糙,手摸上去有凹凸感和颗粒感,刷碗时稍不留心,还有可能划伤手指。但这种黑碗在镇街上的售价便宜,所以农人们多愿意买这种碗。我虽小,却已懂得这碗不好看。有一次看见在县上做官的一家邻居的孩子用白瓷碗吃饭,就向娘要求:我也要用白瓷碗吃饭!娘很不高兴,瞪我一眼道:黑碗吃不饱肚子?我与娘犟嘴:吃饱了也不好受!娘气得朝我扬起了巴掌,虽然那巴掌扬起只是吓唬我,并未真落到我的身上,我还是委屈地哭了。到我家串门的读过《水浒传》和《红楼梦》的鸭嘴叔看见这情景,笑了,说:你小子不想用黑碗吃饭,也没有啥错处,人都喜欢美的东西嘛。这样吧,叔送你一个碗,保准你满意!鸭嘴叔当时就回家给我拿来了一个碗,我接到手里一看,嗬,碗是青色的,里外都很光滑,遗憾的是碗沿上有个豁口,豁口处因无法清洗而有些发黑,不过这已经令我很欢喜了,就抹了一下眼泪鼻涕朝鸭嘴叔鞠了一躬。鸭嘴叔说:这碗叫青瓷碗,是我爷爷奶奶也就是你老爷爷老奶奶传下来的,是青瓷系列用品中的一种。你小子好好用它吃饭吧,争取吃出个身高五尺的大汉来,只是小心别把它打碎了……

因为嘴扁而被称为鸭嘴的这位叔叔,由此给我留下了好印象。

在浙江慈溪

那天，鸭嘴叔还告诉我：青瓷是表面施有青色釉的瓷器，是祖辈子就有的瓷器品种，据说刘秀由咱南阳出去当皇帝之前就有了。还说：这种瓷器不仅咱南阳、洛阳的瓷窑烧制，而且南方的很多地方也烧制。我那时年龄太小，对他这类话兴趣不大，我感兴趣的是我终于也不用黑碗吃饭了。那只碗最后的归处我如今已记不清了，但"青瓷"这两个字已深深留在了记忆里。

甲午年夏，一趟浙江慈溪之行，让我意外地又见识了青瓷碗，见识了一系列的青瓷用品和艺术品，见识了青瓷烧制技艺的传承者施珍，也让我对记忆中的青瓷重生出了浓浓的兴趣。

那天的慈溪之游，开始于市郊的山。当一座座青绿的山头由车窗外闪过时，当慈溪的文联方主席用车上的麦克介绍路旁的上林湖时，我都没有太在意，我以为这不过是一趟自然风景的观赏罢了。浙江的青山和秀湖太多了，看久了就会有视觉疲劳，已难引起我的兴致。直到车停下，直到我们走进那个写有"上越陶艺研究所"的小院，我才突然瞪大了眼睛，才浑身一振来了精神：原来这里有我记忆中的青瓷！

走进研究所的展厅，我一眼就看见了青瓷碗。由于记忆在帮我选择，我的目光越过许多展柜里的青瓷艺术品，直接盯住了青瓷碗——那是摆在一张桌子上的几套食具，有菜碟、茶盅、汤匙和饭碗，碗就摆在碟子中间。我仔细地看着青瓷碗，拿它与我记忆中的那只碗做比较。它比我记忆中的那只碗小了些，这是因为中原人吃饭喜欢用大碗，吃一碗是一碗，所以中原的青瓷碗烧制者，就把碗做大了；它比我记忆中的那只碗在色泽上更显青翠，这也对，这是今人在现代条件下烧制的，在釉色的把握上会更好一些；它比我记忆中的那只碗在碗沿和碗底都显出了薄，这也合乎道理，今人做碗胎的技法会更精巧；它比我记忆中的那只碗更完美，它没有豁口，没经历过岁月沧桑的打磨……可能是见我对食具感兴趣，陶艺研究所的主人施珍走过来向我介绍，这是她设计烧制的食具，因为在形状和色泽上都好，在市场上的销量很不错，每年都能卖出许多。我当时捏住一只青瓷碗，真想提出买一套食具带走留作纪念，但作为被邀的客人来参观，此时提出买无异于索要，便只好不舍地将碗放下了。

看来，当年鸭嘴叔的说法没错，真的是南方和北方都烧制青瓷。

我接下来才去看那些青瓷艺术品。那个跳刀金鱼双耳瓶，瓶肚上布满水波纹，爬在瓶耳上的两条鱼，分明是在戏水，整个作品充满灵动之气。那只聚宝盆，盆身上刻满草纹，给人生气勃勃之感；两侧的兽形镶嵌，像是守护着盆内的宝物，整个作品显得敦厚高贵。那个越窑青花瓶，在传统越窑青花瓷的基础上，采用了现代的绘画手法，那些看似随意涂上的色块，有些似载了渔人的渔舟，有些像戴了斗笠的人，有些如大船和岸线，给人无限的遐想。看着一件件精美的青瓷艺术品，我开始对其创造者产生了兴趣，我仔细打量着站在身边的这位青瓷烧制技艺传承人施珍。应该承认，她是一位美丽的女人，端庄的五官，匀称的体形，传统的衣着，恬淡的笑容，随意的发型，给人一种大方、柔美、富有内涵的感觉。创造出这些美丽青瓷器物的人，好像就应该是这样一个女人，这符合我的想象，也似乎符合一般的艺术创造规律——创造美的人自身也会美。

我在施珍的自我介绍和研究所提供的资料中知道，她出身于陶瓷美术世家，由于老辈人的熏陶，她自幼就对传统艺术感兴趣，十六岁便跟着她的三爷爷施于人教授学习陶瓷艺术。施于人是中国现代陶艺教育理论家，是景德陶瓷学院的创始人，孙女施珍跟着他到景德镇陶瓷学院美术系学陶瓷设计，学到了真东西。施珍后来又作为我国第一个陶瓷美术学院的交换生，到韩国首尔产业大学陶艺科进修，更扩大了眼界。2000年施珍学成回国后，没有像爷爷一样走上陶瓷学院的讲堂，而是毅然来到慈溪上林湖畔，租住在一间简陋的厂房里，开始烧制青瓷了。

这是一个极为大胆可能又是深思熟虑后的选择。

她一定是认清了：当年的上林湖畔所以有那么多的青瓷窑开烧且有些窑的出品被作为贡品，还销往海外多国；当年的慈溪所以被称为唐宋瓷都，是因为这里的水和土十分特别，要恢复青瓷，只有来到这里才行。

她一定是认准了：这种始于商周、成熟于东汉、盛于唐宋、普及于三国两晋的青瓷，有很高的美学价值，是我们先民的宝贵创造，我们后人没有理由任其湮灭以至永远消失。

于是，烧了一千年又停了一千年的上越青瓷窑，在这个美丽的女性手里又点火了。

于是，失传许久的越窑青瓷技艺，在这个雄心勃勃的女人手上，又神奇地复活了。

当我来到上林湖边时，施珍已在这里工作了十四年。十四年，对于一个女人是一个很长的时间段，她大好的青春，就在这段时间里流走了。但这段时间也给了她丰硕的馈赠，给了她成熟，给了她干练，还给了她更多的坚韧。不用细问，就能知道她经历过失败，要不然，她身上不会有那么多的沉稳，额头上也不会出现那份坚毅，她也不会获得那么多的铜奖、银奖和金奖，也不会被评为宁波市的工艺美术大师。

她今天面对我们满脸含笑，可我猜，当她遭遇挫折时，她也许会面对着上林湖水流泪。世上所有的事业成功者，都有痛彻肺腑的时刻。

慈溪得感谢施珍，是她，让衰落已久的越窑青瓷又恢复了青春，慈溪也因青瓷而名声大震。

我得感谢施珍，正是由于她，我才又看见了青瓷碗和那么多的青瓷器物和青瓷艺术品，使自己那久远的关于青瓷的记忆得到了接续。正是由于她，才证实了鸭嘴叔多年前说过的话：北方、南方都烧青瓷。

临别时，我很想对施珍说：别只想着创造供人观赏的器物，还应该创造更多精美的实用青瓷器，比如刻有各种饰物别具特色的餐具、茶具、书具、画具，特别是美丽的饭碗，只有这些实用的东西才能走进千家万户，才能扩大青瓷的影响力，才能使更多的人记住青瓷。

瓷艺就长在实用器物的根基里。

也许，不用我多嘴，施珍都明白，她只是还未来得及。

# 快活"青创会"

十多年前的那个冬天,正在一支野战部队里采访的我,突然接到通知,到北京参加中国作家协会召开的青年作家创作会议。传信人的话音未落,笑纹便呼啦一声飞到了我的脸上,我那时刚过三十不久,正是功名心最重的时候,对这种好事落到头上还不喜形于色?参加这样的会议本身就是一种荣誉,这意味着社会正式承认自己是一个作家。荣誉和头衔是那个年纪的我最热衷的东西,我立马收拾行装北上了。

会址在位于丰台的京丰宾馆,报到之后被告知,解放军文艺社要在当晚宴请军队青年作家代表团的全体成员。我们又兴冲冲地乘车赶到燕京饭店,坐到了宽大的宴会桌前。徐怀中先生当时是总政文化部的领导,他说了些祝贺和希望的话后,大家便开始快活地干杯。到会的都是些血气方刚激情满怀的男女,酒下得自然也快。那时军事文学的成绩卓然,军队作家的声望挺高,军队刊物的影响也大,大家的酒话里便多了些豪气。喝着说着,说着喝着,直弄得一个个脸红耳热,上车时,有人的腿就稍稍有些打晃了。

回到宾馆,时光不早了,可哪睡得着?那么多平时只能在报刊上见到的人物,如今就在身边,还不趁机拜访拜访?于是各房间的门响个不停,走廊上人声不断。有人高叫:哥们,来了?!有人惊呼:老兄,你还没死?女士们相拥到一起夸张地笑着……到处都在高谈阔论,空气中弥漫着一种欢乐气氛。我和张志忠先生住一个房间,凌晨一点还没有能躺下睡觉。

第二天上午是开幕式，记得是冯牧先生致辞。过去读过冯先生的许多文章，真正见到他这还是第一次。这是一个儒雅的老者，他的话语中充满对年轻人的关爱，他说他相信年轻的一代会在文学上有更大的造就。十几年后的今天，翻查一下我们的当代文学库存，应该说，那一代青年作家们没有辜负这种信任，他们的确捧出了一批无愧于这个时代的作品。

当夜晚又一次来临之后，舞曲响起来了，舞会开始了。我那时不会跳舞，可站在一边看也能感受到一种青春生命的悸动。我记得河南作家杨东明的舞那晚跳得最好，他的舞伴是谁我已记不得了，只记得他的舞步标准而优雅，他让舞伴旋转起来衣袂翻飞的样子极是潇洒。也就从这晚开始，年轻人的恶作剧开始了，有人冒充总台的服务生用电话通知某位男作家，说楼下大厅有位小姐在等你，结果那作家以为是自己的崇拜者来了，惊喜慌张地跑下楼，到那里一看，哪有什么小姐？有人捏着嗓子学女士的声音用电话邀请某位男作家到宾馆大门外，说有件东西相送。那男作家在激动中想入非非，便飞步赶去，结果在寒风中站了许久也没见一个人影，直冻得鼻涕横流。哪个人的诡计得逞了，会笑倒一大片人。哪个人受了捉弄，同样会让许多人笑得肚子疼。

接下来的那个夜晚举行了盛大的晚会，导演是作家，演员们也都是作家。在追光灯的照射下，一个又一个作家亮了相，有人朗读自己的作品片段，有人唱了歌，有人跳了舞，有人用乐器做了演奏。导演把作家们多方面的才能都做了表现。不知是灯光的效果还是导演的匠心设计，整场晚会给我一种置身梦中的感觉，让我觉得我好像飘飞在云团之上，四周的一切都变得缥缥缈缈。晚会结束回到宾馆，可能是觉得相聚的时间不多了，许多人都不睡，盘腿坐在

在郑州大学

床上、桌上、地毯上继续神聊，聊彼此的作品，聊读到的好书，聊别人的艳事，聊今后的打算，聊国家的未来……一位位妙语连珠，一个个激情澎湃，直聊到东方露出曙色……

几天的快活使我精神完全得到了放松，无边的神聊在悄无声息中帮我打开了心里的一扇小门，把原先关闭在里边的那部分想象力也彻底释放了出来。我意识到，我创作的又一个阶段要开始了。

十几年前的那个"青年作家创作会"，便从此留在了我的记忆里。

# 鲁院的周末

1987年的京城,开放之风已吹得呼呼有声了,所以鲁迅文学院的周末,也开始变得五彩缤纷,热闹和欢乐总是把不大的校园填充得满满当当。

舞会,是周末要举办的一个重要娱乐项目。那时学员中的舞迷特别多,会跳不会跳的,都特愿到舞场里亮亮相。舞场,就在大饭堂里。尽管我是舞盲,可因为我是学员班里的干部,有操办舞会的责任,故每次是必须要到场拉开饭桌把舞场布置好的。一待大家开始跳了,我的任务便算完成。

自然没有乐队。音乐是用一个不很高档的录音机放出来的,而且它还有罢工的时候,不过这都不会影响大家的兴致,大伙依然跳得沉醉。

周末舞会遇到的一个最大问题是,女的太少。这可苦坏了那几个女同学,她们要不停地陪男同学跳才行。这一曲刚罢,汗还没来得及擦,下一个邀请的可就来了。个别男同学等不及,干脆在怀里抱上一个木头方凳跳开了,而且照样跳得摇头晃脑其乐无穷。偶有哪个刊物的女编辑来了,大家总是鼓掌欢迎。

舞会上跳的多是三步、四步和迪斯科,能跳华尔兹的人很少。其实那时很多人也不知道舞步还有哪些。大家觉得这样跳就很好。

舞场里的乐声传到了校门之外,街头上的年轻人被这乐声吸引了来。他们先是在舞场门口探头探脑,看见没人阻拦,便磨磨蹭蹭地进了屋子。舞着的学员们以为这是看客,便舞得格外起劲了,他们根本没有想到，跳舞的高手来了。

这些街头上的年轻人站在一边看了一阵之后，就毫不客气地也进场跳了起来。可他们并没按乐曲来跳，而是跳一种动作非常剧烈、狂放的舞步，那舞步立刻吸引住了大家的目光，先是没有上场的人们惊奇地看着，后来连正舞着的人也停下来去看他们。渐渐地，舞厅里只剩下了他们几个不速之客在跳。有懂舞步的人告诉我，他们跳的这叫"霹雳舞"，我"哦"了一声，这才明白他们的动作何以会那样剧烈。我新奇地看着，过去只在报纸上看到过霹雳舞这几个字，今天是亲眼见识了。他们大约意识到了大家在惊奇，便跳得越加旁若无人，而且渐渐在眼里露出了几分傲慢和不屑，意思分明在说：你们这些外省来的土老帽儿，没见过这新鲜玩意儿吧？让你们开开眼界！

他们不知道他们是在玩火。

他们的傲慢和不屑很快引来了学员们的不满：逞什么能？这是我们的舞厅！去别处显摆吧。大家的脸上慢慢都有了愠色。可他们没有注意到这种神态上的变化，依旧在激烈地跳。而且把整个舞厅都占住，使想跳的学员也没法跳了。

冲突于是发生了。

不知是哪位学员先向他们发出了警告：这是我们的舞厅，请你们离开！可他们没有理会。接下来就有人出来把他们往外推，他们自然不干，他们大约想：我们是北京人，难道还怕你们不成？他们于是开始出手，一场没有预先策划的"战斗"发生了。

学员们毕竟没有要流血的思想准备，而且也没有打斗的本领，这场"战斗"最后是以几个学员的流血和那些街头青年的撤走为结束的。

学员们在气愤中报了警。

警察们来询问了情况并安慰了学员……

这场舞厅风波从此留在了我的记忆里,我也深切地记住了霹雳舞的那些姿势。

十三年过去了,当初参与过那场舞厅"战斗"的人都已星散各处。我想,当他们有一天忆起这件事时,他们可能也会抿嘴一笑的:那真是年轻人的一场可笑的冲动。

当年,我们还是那样的年轻哪!

而年轻人,是什么事情都可能做出来的。

## 南阳美玉

南阳,这个坐落在豫西南白水之滨的小城,曾有过辉煌的过去。

早在五千多年前的新石器时代,就有先民定居在这里。到周代,已成为申伯国的都城。春秋战国时期,它是楚国著名的冶铁中心。西汉时,为全国六大城市之一。到东汉,因刘秀的帝业起于南阳,故被称为陪都,号称南都。其后,历代皆为郡、州、府治所。正因为南阳在历史上的这种地位,它在消费上的品位便一向不低。当世人发现玉这种美丽的石头可作饰物、用品和礼器之后,南阳人便开始了对玉石的寻找和对玉器的雕琢。

南阳人对玉石的寻找,传说完成于一个午后。那个午后,一帮负责寻玉的人走到了南阳城北的独山脚下,他们在一次次失败之后,一个个又渴又累又沮丧至极,就一屁股坐在了几棵古树下,都说再也不寻玉这种东西了,都说咱南阳可能根本就无玉。没想到就在他们歇息的当儿,忽见不远处出现一头浑身发着翠色光晕的牛,众人觉得新奇,此处何以会有这种毛色的牛?便起身想走近了看,那牛见众人起身,扭头就向山坡上的一处石壁前走,众人紧跟着,想牛到石壁前必然停步,未料那牛走到石壁前,头一低,轰然一下钻进了石壁里,众人惊住,待凝目细看,发现在牛钻进石壁的地方,散落着许多精美的玉块,有白玉、绿玉、黄玉、紫玉、红玉和黑玉,众人大喜,原来那牛是一只玉牛,是引领我等来发现这玉矿的……

自此，南阳人开始在独山采玉，并将这种洁净度和硬度很高的玉石，命名为独玉。

独玉质地细腻，色泽丰富。有数十种颜色，其硬度仅次于缅甸翡翠。随着独玉雕品向四面八方的传播，独玉便成了和岫玉、和田玉并列的名玉。

独玉的发现，为华夏大地上的玉家族增添了新的成员，同时，也使南阳的玉雕业开始兴盛发达起来。到汉朝，独山脚下已出现了玉街寺，人们开始用各种工具对独玉石料进行加工，生产出各种各样精美的礼器、用品和饰物。东汉的科学家张衡在他的《南都赋》中，曾盛赞家乡的美玉"其宝利珍怪，则金彩玉璞，随珠夜光"。到宋元时代，民间艺人磨制的玉雕产品，已开始向东南沿海的客人出售并转卖海外。元世祖忽必烈在即将统一中国之际，命几百工匠用独山玉雕刻了一个巨大的盛酒器物"大玉瓮"，该瓮呈椭圆形，内空，可盛酒三百余石。元世祖就用这个玉酒瓮，在胜利之后大宴群臣。此瓮后置北海广寒殿中，至今仍陈于北海公园的团城。到明朝末年，南阳的玉雕业从业艺人已达千人，当时南阳城的许多街巷里，都有玉雕艺人在忙碌，他们多是后坊前店，自产自销。到清朝，南阳玉器的声誉越加高了，西域的许多商人尤其印度玉商，不再满足于中间经销商的供货，而是不远万里，亲到南阳购买玉器。据传，当年的慈禧太后有一段日子心情郁闷，在宫中总发脾气，宦官们苦想着改变她心情的主意。一天，一个宦官向李莲英告假说，我表哥是个南阳玉雕艺人，近日来京兜售他的雕品，我想出宫去看看他。李莲英一听，忽然想起，何不让太后看看那些独玉雕成的玉器，说不定她会因此心情好起来。就传那宦官的哥哥带着他的雕品进宫。那宦官的哥哥带进宫中的雕品里，有一件是用独玉雕刻的一棵绿豆秧，豆秧上结着青翠的豆角，而且在四片豆叶上分别卧着两公两母神态各异的蝈蝈。太后在宦官们的搀扶下来看那雕品，一见那些栩栩如生的蝈蝈就兴趣顿生，就伸出手想去摸那些蝈蝈，那玉雕艺人不仅会雕玉，还会学蝈蝈叫，就在太后的手指要触到其中的一只蝈蝈时，他突然学着蝈蝈叫了一声，吓得太后猛把手缩了回来。众宦官都笑了，太后也破天荒地呵呵笑了。笑罢，太后说：这玉美雕工也好，小李子，我买了。据说，那个南阳玉雕艺人那次是背着好大一包银子出宫的……

南阳玉雕的工艺一般分七道。其一是开料，就是把大块的玉料裁成宜于加工的小块，开料的方法或是依绺来开，或是按设计要求来开。其二是切玉，就是利用水凳上的扎砣，将玉料切成方块和方条。其三是冲砣，就是利用冲砣这种工具，把方块和方条玉料的方硬转角冲成圆的。其四是掏膛，就是把已经雕琢好的瓶瓶罐罐，用工具掏空它的内膛。其五是打钻，就是用椿木做成的钻加金钻粉在需镂空之处打透花眼。其六是透花，就是在器皿的素身上琢花纹。其七是抛光，就是对已经做成的玉件进行打扮，用皮砣蘸着一定的磨料将玉件磨亮。千百年来，南阳的玉雕艺人苦心摸索，创造了许多新的独特的琢玉方法和工艺流程，使得独玉雕品越来越精致空灵，看上去奇美无比。

南阳的独玉雕品在走进王宫皇室和百姓家中的同时，也走进了中国玉文化的发展历史。我国玉文化的源头大概在新石器时代，那时的玉器形体大多是一些平面体、柱状体的兵器，也有一些礼器和片饰，具有对称、均衡、整齐、光滑和实用的特点。到夏商周时代，玉器的特点是器形单纯简练且具有象征性、装饰性，花纹趋于抽象化、几何化和平面化，其风格与青铜器吻合。春秋战国的玉器，已较为自觉地用对称、平衡、排列、紧凑等规律来雕制，更加生动传神。到了秦汉魏晋南北朝，南阳的雕刻工艺开始在华夏大地上发挥大的影响，它的一些技艺被普遍应用，它在结构上的创新也被人们承认。隋唐时的玉器形体夸张，气韵生动；宋辽金时的玉器细部刻画精练，真实自然。这些变化的实现，南阳的玉雕艺人也贡献了一份心力。到元明清三代，我国的玉文化步入了鼎盛期。这时独玉雕品的造型特点，也与当时的绘画书法联系紧密，雕制时讲究线如直尺，圆似满月，姿角圆润光辉。自民国以后，尤其是我国改革开放以来，南阳玉器的声誉日高，南阳近些年定期举办的玉雕节，吸引了全国各地和世界上许多国家的玉器商人，从而把南阳的玉器推向了全国各地乃至全世界。伴随着玉器的远销，南阳的玉器雕刻工艺也对玉雕界产生了更大的影响。南阳拓宝玉器有限公司1999年承制的河南省赠送澳门特区的大型玉雕礼品——九龙晷，是目前南阳玉雕水平的集中体现，此作品采用了浮雕、镂雕、圆雕等多种手法，把独山玉的俏色设计艺术发挥得淋漓尽致，九条盘龙色彩各异，栩栩如生，如来自大自然般鲜活，似正在云中翻滚般灵动。一般人看了这件雕品会为她的美丽惊叹，内行的雕工看了会被她的雕艺迷住。

南阳的玉雕艺人并没有满足于过去的辉煌，他们还在不断地创新雕技和创造新作品。丁亥年初春，我走进了南阳玉雕博物馆，看到了拓宝公司用南阳美玉雕成的一套乐器，内有玉编钟、玉编磬、玉笛、玉二胡等十三种仿古玉石民族乐器。其中那套编钟就有三十五个，共三层。第一层有八个，音质浑厚悠长，音域宽广高亢，内里的和钟，高一百一十厘米，重一百五十公斤。第二层的甬钟有十八个，音质明亮清脆，处于音质中的核心地位。第三层由九个钮钟组成,最小的钮钟高仅六厘米,重二点四公斤,这层钮钟音质悦耳,听上去如小鸟啼鸣泉水叮咚。这套编钟能发出四个半八度,撞击每个钟的正、侧面均能发出两个音,音响效果是其他材料制成的钟所无法比拟的。玉声乐团的演员们当场给我们这些参观者演奏了一曲《玉魂》,那玉质乐器发出的美妙乐音令我们如听天籁,如痴如醉。

采日月之精华、集天地之灵气而生的南阳美玉,代表着纯洁、坚贞、富贵、平安和吉祥,已成为中华文明的载体之一。过去,她陪伴着我们的先祖涉过历史的长河;今后,她还会伴随着我们走向美好的未来。

## 西安求学忆

由于"文革"的耽误也由于我的军人身份,允许我考大学已是1982年年底了。其时,我已经三十岁,儿子都已出生了。我当时报考的是解放军西安政治学院,复习时间也只有几个月。我紧张地拿起高中数学和语文课本还有上级发的复习提纲,夜以继日地温习那些早已变得陌生的知识。还好,命运没有亏待我,在济南军区那个考点里,我以总分第一的成绩被录取了。

学校就在西安的小雁塔附近,报完到我就去小雁塔下兴奋地转了一圈。我这是第一次来西安,没想到盛唐的都城会成了我的求学之地,这令我多少有些得意。每当我在城里的大街小巷闲逛时,我都在心里暗暗地猜:杨贵妃当年是不是也在这儿留下过足迹?

军校的学习生活和军营的训练日子所差无几,都是紧张而要求严格。早操,上课,自习,考试,加上野外演训,很少有空闲时间。好在我和我的同学都已是成人,知道学习机会珍贵,用不着别人来劝学,大家都恨不得把一天当成两天用,抓紧时间往自己的脑袋里塞知识,唯恐塞少了吃亏。我那时已经迷上写作,便把课余时间全用在了读、写小说上,短篇小说《黄埔五期》《街路一里长》和中篇小说《军界谋士》就是这时候写出来的。学校里有许多建筑,可最让我感兴趣的就是那个不起眼的图书馆,它给我提供了许多好书看,我的文学食粮大多取自于它。这个图书馆有一条规定特别好,就是允许你一次借几本书,这便给你节约了时间省去了麻烦。我记得每当我抱着一摞书走出图书馆门时,心里总是满溢着欢喜。

这所学校建立不久，所以老师大都很年轻。他们的教龄虽然不长，但水平的确不错，教大学语文的张本正老师备课尤其认真，我从他的课上总能得到一些新东西。他和我们平等相处，我和我的同学们都对他怀着一份敬意。

在校学习期间，吃饭对于我成为一个挺大的问题。大概是水土不服的缘故，我动不动就闹肚子，有时简直是莫名其妙，没有任何原因就肚子不舒服。这种痛苦也不好对外人说，我便一边胡乱吃些药一边咬牙坚持着。有时为了给自己增加营养，我会在课余时间悄悄跑出校门，在外边的一些小面馆里狼吞虎咽地吃一碗我最爱吃的面条。那年月工资很低，又要养活老婆孩子，面条对于我就是最有营养的东西。

住在这座古称长安的城市里，你不能不去想到历史想到古人，这里有太多的古代往事促你去回想，有太多前人的足迹让你去追寻。我记得我先去看了大雁塔和钟楼，看了秦始皇陵和兵马俑坑，后去看了华清池和乾陵。在华清池，站在唐明皇和杨贵妃共浴的温泉池旁，我一边默诵着白居易《长恨歌》里的诗句："春寒赐浴华清池，温泉水滑洗凝脂"；一边在心里感叹：一切都会化成烟云，包括权势、富贵、爱情和生命，人活在这世上可真不容易，要不停地和"虚空"做斗争……

那个年代，学校里的文化生活比较单调，没有舞会，没有网络游戏，也没有多少电视剧可看，学生们的主要娱乐就是拔河比赛和一周看一次电影。拔河比赛常常会给大家带来短暂的快乐，每一个学员队都挑出二十个精壮汉子，然后在一根绳子上比赛力气。我虽然因为身体偏瘦只能成为看客，可照样能从这种原始的比赛游戏中获得快感，每当参赛的一方轰然倒地时，我会和大家一起放声大笑从而放松了自己。

　　学校一般不欢迎学员的家属来校,怕影响大家的学习。可学员们多是结了婚的人,都想趁这机会让自己的老婆孩子来古都一游开开眼界,于是相继悄悄行事,让自己的家人不声不响地来校,或是找一个招待所住下,或是找一个朋友家里住了。同学们互相掩护,学员队的干部们睁一只眼闭一只眼,假装不知道。我自然不会放过这个机会,写信通知了家人可以来校,妻子于是抱着儿子带上岳父,坐了半天一夜的硬座火车来了。那真是一次美好的相聚,承蒙朋友们的帮助,我们住在小寨附近西安通信学院宿舍里,趁星期天带他们游了市内和近郊几乎所有的景点。岳父这是第一次远游,喜欢历史的他,亲眼看到那么多处史书上讲过的风景名胜,异常高兴。我三岁的儿子则差不多吃遍了西安好吃的东西,快活地说他以后还想来这个地方,没想到还真让他说中了,十几年之后,他也是到西安读的大学。

　　我们在校读书的这段时间,南部边境老山地区的战斗还在进行,不断有部队轮战上了前线。到我即将毕业时,轮到我们济南军区我当年所在的一支部队去老山参战,我当时就想:如果有机会,毕业后一定要争取去前线一趟,一个军人,一生不见真正的战争场景那实在遗憾。还好,毕业后,领导安排我和另外几位记者朋友一起去了老山。

　　毕业离校前,同学们忙着互留赠言,我仍记得我给一位同学的留言:古都同窗共读前人知识,军中挚友合练杀敌本领。遗憾的是,毕业后我没去练领兵打仗的本领,而是干起了写作的差事,没有轰轰烈烈,只有冷清寂寞。还好,这差事和自己喜静不喜交往的脾性也相合,倒是也干得高兴。

离校到今天，转眼已是二十几年过去，每一想起军校的生活，都历历似昨日之事。对西安政院，对西安古城，我也一直心存感激，我是在那儿变得成熟的，我是在那儿明白：人这一生，不要太在意荣辱沉浮，不要为一时的得失过于高兴或痛苦，因为一切都将过去……

# 在奥迪 A4 的家里

在车如流水的北京街头，偶尔能瞥见奥迪 A4 美丽的身影，每次看见她那端庄清雅的容貌，大家闺秀的气质，都令我的心一动。囊中羞涩的我，明白要想把这样的尤物娶到家里，不大可能，养不起呀！可亲近她的念头一直存在心底，得不到，咱到她的身边仔细瞧一瞧总是可以的吧？盛夏 7 月，一个机会飘然而至，《作家》杂志社邀我和一帮文友一起走进了她的老家——一汽大众公司，使我零距离地接近了她，我不仅得以用手触了她那光滑如玉的面颊，还摸了一回她那饱满诱人的胸脯。

她的家可真是气派，那是我见过的面积最大的房子，单是其中的一间，也有一个足球场大。就是在这里，经由公司里的人介绍，我才知道，作为德国名门奥迪家族的后裔，她有过辉煌的过去。她曾在欧洲高档 B 级车市场获得过销量冠军；一来到中国，便在国内高档 B 级车市场居于领导地位。也是在这里，我知道了她的前脸设计，采用的是奥迪家族最新标志性的形状；她的发动机，是新的奥迪 TFSI 涡轮增压汽油直喷发动机，这种发动机在 2005 年被权威杂志评为全球十大发动机第一名，代表了当今世界汽车发动机技术的顶尖水平；她的底盘，是全新设计的动态悬挂底盘系统；她的变速箱，是引领潮流的七速无极/手动一体式；她的驱动系统，采用的是全时四轮驱动技术；她的车身外观，继承了新一代奥迪产品的家族特征——一体式单框格栅。

在这阔大而漂亮的房子里，作为助产士的工人们正在为一辆辆新车的诞生忙碌着。一辆新的奥迪A4，要经过冲压、焊装、油漆和总装四大车间，才能最终下线。站在现代化的生产线前，望着那不停转动的传送带，那些密密麻麻的机器和机件，那些不停工作的机器人和机械手，我不由得为人类的创造力感到惊喜和自豪。这些原本在世上并不存在的东西，都是经由人的脑和手，一件件创造了出来。从第一辆汽车出现到今天的一百多年间，正是由于无数的汽车设计者和制造者不停地创造和创新，才使得像奥迪A4这样精美的轿车得以出现。人，是这个世界上最聪明的存在者，只要有了人，许多造物主忘记去造的东西，都会被创造出来。人类，尽管在其进化过程中犯过许多错误，走过许多弯路，但在整个自然界里，他仍然是能动性最强的最重要的成员。

在这阔大的厂房里，由于生产流程的严谨，工人们被做了最精细的分工，每人一个岗位一份任务，大家紧密协作，共同为一辆辆奥迪A4的下线忙碌着。不容许谁站错位置做错事情，任何人做了错事出了纰漏，都会受到严格的纪律惩处。看着那么多人有条不紊高效率地在生产线上劳作，我这个行伍出身的军人也对这种高水平的组织能力发出了惊叹：这已经近似军队的管理了。我在生产线上看到，下一道工序的工人发现了上一道工序出现了问题，立刻给以标示和记录；质量监督者只要发现了不合格的部件，会立即挑出来扔在一边，即使车身上出现了一道小小的划痕，也要重新进行处理。现代化工业要求现代化的管理，现代化管理的任务，就是用铁的纪律把每个工人都变成战士。这使我突然间明白，近百年间我们中国在和西方国家打仗时之所以总是失败，其中一个原因，就是我们没有大工业管理方式训练出的有素质的人。仅从这个意义上说，一个国家要想强盛，没有工业的现代化发展是不可能的。

站在奥迪 A4 的家里，在机器的轰鸣声中，我忽然想到了农业生产。出身农家的我，知道在广袤的田野上，我的父老兄弟们从事农业生产的方式，和现代化工业的生产方式有太多的不同。农业生产强调天、地、人相谐，节奏舒缓，有忙有闲，人的精神压力相对较小；但它对自然条件的依赖很大，且生产中人与人之间的协作没有一定之规，田间管理随意而没有固定的标准，成本核算简单潦草，获得和付出常常相差太远。与现代化工业的生产方式相比，它在组织和管理上有太多的缺陷。倘若有一天农业生产采用了现代化工业生产的组织和管理方式，那它的生产率必会有极大的提高，生产面貌定会有崭新的变化，从而带动农民的生活方式也发生根本的改变。

　　我和几位文友最后站在了刚下线的一辆奥迪 A4 身边，望着她的俊俏模样，抚摸着她那光滑如缎的肌肤，我们都有些不忍离去。既然如此喜欢，干脆买一辆回去！有人建议。我的心跳得快起来。开着这样的车，就像钻进一位美女的怀里！有人鼓励。我的心有些醉起来。买车就和找女人一样，光看不要，你还是个男的?！有人在使激将法。我的牙一咬，决心下了：借钱也要买！年底下聘礼，春节前娶进家！

　　奥迪 A4，从明年起，你就要陪伴我这个长相和家境都比较一般，可能让你享不上多少福的男人了，你可愿意？

## 遥想文王演周易

小时候就知道《易经》，因为它是五经之首，是历代文人要求后人细读之书。很早就知道阳爻、阴爻和六十四卦，因为母亲在我少时动不动就要请人给我起卦。上中学时就记住了《易经》中的一些精彩句子：像"天行健，君子以自强不息"；像"天尊地卑，乾坤定矣"；像"诬善之人其辞游，失其守者其辞屈"等，说得多么简洁智慧。但却一直不知道《易经》出自河南汤阴，不知道周文王就是在汤阴城北八里地的羑里城里发明了《易经》。

丙戌年五月，当我站在羑里城的门口，站在周文王的那座巨大雕像前，我才明白，对于我们中华民族的众多文化遗存，我其实是多么的孤陋寡闻。对不起，我来得晚了！我对着文王姬昌那张饱经风霜的脸在心里道歉。

大约在公元前十一世纪，殷商的最后一位王位继承者纣王帝辛，上台之后以很快的速度腐败着。其腐败的最明显标志，就是耽于淫乐和动辄杀戮，九侯把女子献于纣王，仅仅因为该女不喜淫欢，就被纣王杀害，纣王还把献女的九侯剁成肉酱。鄂侯对此强进忠言，也被纣王杀死并做成干肉。周文王姬昌闻知此事仅偷偷叹息了一声，被崇侯虎告知纣王，结果，姬昌也被关在了羑里城这座国家监狱。纣王将姬昌投进监狱的本意，是要惩罚他，可纣王没有想到，他的这个残暴举动却催生了一部影响深远可称伟大的经书。

八十二岁的姬昌被关进监狱，其内心的痛苦可想而知，人仅仅因为叹息了一声，就要遭此磨难，世道怎会变成了这样？我猜，他最初入狱的那些天，可能会因气愤难息而在这所高出地面五米的台形监狱里不停地踱步。但最后，他使自己镇静了下来，他明白他必须接受眼下的现实，不管心中多么不满和气恨，他都暂时无法走出这座监狱。既然如此，那就找点事做吧，要不然，怎么度过漫长的白天和夜晚？

在监狱里能做成什么事？有监规在限制着，有武士在监督着！那就思考，没有谁能剥夺得了自己思考的权利。思考什么？八十二岁的姬昌要思考的事情太多，可只有一个问题最紧迫，那就是思考自己的命运，他太想知道自己未来的命运了，太想预测自己还会碰到什么，预测等在自己前边的是什么事情。可怎样预测？用何种办法预测？也许就在这时，他想起了伏羲的八卦，想起了八卦中的乾、坤、震、巽、坎、离、艮、兑，他于是依此琢磨，开始了自己的发现和创造。

他从自然界选取了天、地、雷、风、水、火、山、泽八种自然物，作为万物生成的根源；他把世上千变万化纷纭复杂的事物，抽象为阴阳两个基本范畴；他把刚柔相对、变在其中，作为自己对世事和人生的基本看法；他将八卦演绎成六十四卦和三百八十四爻……正当他全心钻研这前所未有的预测学时，新的打击又来到了，纣王为了进一步污辱姬昌的人格，从精神上彻底把他压垮，竟把他的长子伯邑考杀害，并烹作肉羹强令姬昌喝下。姬昌胸怀灭商大志，为避免遭到"辟尸"残害，只得咽下这揪心裂肺的人肉汤然后再去含泪呕吐。为了对付这残忍的摧残，姬昌能做的就是更深地沉入对"易经"的钻研之中，去总结古人的生活经验，去回想古代的历史故事，把它们作为自己卦辞和爻辞的内容……

整整七年时间。

在两千多个日夜里,文王就用监狱地上长的蓍草作为工具,把六十四卦和三百八十四爻演绎得清清楚楚。这需要怎样的毅力和忍耐力!他这样做的最初动机,可能只是为了预测自己的命运,为了短暂地忘记那难忍的污辱和锥心的苦痛,但他的研究成果,却为预测学埋下了第一块基石,对中国天人合一的哲学思想做了最早的探索,他创立的易经演绎方法,也已被当代科学家借鉴于现代科研中。

苦难成就了一个伟人。

文王拘而演周易的经过,让我们再一次见识了人抵御苦难的能力,见识了人的创造力有时会被苦难激发的奇迹。周文王姬昌的遭遇和作为再一次告诉我们,世界上没有不可以承受的苦痛,人有着抵挡苦难的巨大潜力,当命运给了你意外的灾难后,你要坚信自己不会被压垮,你要迅速找到使自己重新站立起来的办法。

在羑里城这座远古的监狱里,你既可以看到人心的阴暗和人性的丑恶,也可以感受到人的毅力的珍贵和人的灵魂的高贵,还可以让自己的精神得到一次沐浴并获取到在逆境中前行的勇气。

## 揣度孔明

作为智者化身的诸葛亮在我的故乡南阳生活过一段不短的时间,但关于他这段生活的史料却很少留存下来。因此,说起他的这段生活来便只有依靠猜测和揣度。和他相隔一千七百多年的我辈愚生去对他进行揣度,要想准确是不可能的。好在孔明大人一向宽厚仁善,对我的冒犯和非礼之处,想必他会宽恕。

先生你一开始并没想到要来南阳,你只是觉得居住在荆州和襄阳离政治旋涡太近——你非常清楚,一个羽毛未丰的人很容易被政治旋涡卷得无影无踪。所以你决定移步北行,去找一个隐居读书等待羽毛丰满的地方。当你在马上远远地看到南阳城头时,你舒了一口气,你觉得住在南阳还比较合适:这里已经离开了旋涡但又离它不远,离旋涡太远的人也很难施展。

到达南阳后你为居处的选择很费了一番心思。那个时代的人都讲风水,你最后选中卧龙岗作为住处肯定也有风水上的考虑。这条南濒白河、北障紫山的土岗吸引你停下脚步,是因为它状若卧龙,这多少喻示了你当时的境况。你内心一直自认是一条"龙"——你数次对挚友说自己可以和管仲、乐毅相比——眼下这条龙还只是卧着未飞而已。住在这样一条状如卧龙的岗上,很合你当时的心境。此外,你自然知道当年著名的五羖大夫百里奚也曾在这条土岗的北头给人放过羊,百里奚正是由这条土岗为起点走向秦国大夫的高位的。你内心里断定这是一块可以成就人的祥瑞之地,所以你毅然离鞍下马，站在了这条岗脊上。

你请人帮忙在岗上搭了一间简陋的茅庐之后，就开始开荒种地。种地既不是你的特长也不是你的愿望，更不是你的人生目标，你只是把它作为磨砺自己意志的一种办法，当作对自己读书生活的一种调剂。种地是辛苦的，尤其是在这样一个荒草丛生狐狸出没的地方。每当你在炎阳之下拎锄走向田畴时，你的眉头总免不了要皱上一下。你深切地感受到了农人生活的艰辛，也正是因为有了这些切身感触，后来当你有了率兵大权之后你才对你的士兵们严格管束，规定行军时不准践踏农人的田地。在这段艰苦的躬耕岁月里，最让你高兴的是每年的收获季节。当你在小小的麦场上开始把饱硕的麦粒灌进粮袋时，当你在小菜园里摘下大如水桶的冬瓜时，当你在谷地里割下长如棒槌的谷穗时，你的眼角眉梢充满了笑意。

农闲季节，你总是在朝阳还未起身的时候就登上居所东南隅的土台子读书。你把那座土台自名为"澹宁读书台"。那时的书还是分量很重的竹简，你常常弯了腰抱着一抱竹简向澹宁台上登，偶然地一滑还会跌伤你的膝盖。小书童要来帮忙，你总是挥手让他回去忙点别的，你喜欢一个人不受任何干扰地坐在这儿读。坐在澹宁台上可以俯视白河，你每读完一卷书简总喜欢看着缓慢流淌的白水静思一阵。这种静思通常指向三个方向：书简上的话是否真有道理？怎样把书简上的东西用于治理社会的实际？自己读后对人生的规律对社会的治理方则有无新的感悟？你就在这种静思中获得了真正的知识，为此后的《诸葛亮集》的写作做了最初的准备。你那时特别想找到一卷《孙子兵法》来读，你知道在这种诸侯纷争都想称雄的时代，不懂兵法的人很难有大的造就。可那时要在南阳城找到一部人人都知是宝的《孙子兵法》谈何容易？你差不多走遍了南阳城中的所有书铺、刻坊而终无一得。直到你结识了黄员外成为他的女婿之后，你这个愿望才得以实现。

卧龙岗虽然离南阳城区有七里之遥，但飘荡的晚风依然能把城内达官贵人们饮酒作乐猜拳行令笑语喧哗之声送入你的耳朵。人都有对繁华生活的一种向往，那随风而至的柔美歌声和弦乐，自然也把你的心撩拨得悠然而颤，使你时时起一种去结交权贵过世俗繁华生活的冲动。但你咬牙把这种冲动抑制下去，你给自己定下了淡泊与宁静的律条。你知道，人一生应该有一段时间处于一种宁静的环境和心境之中，只有这样才能为实现人生的最终目标做好知识和意志上的准备。人只有通过"宁静"才能到达热闹之境，放弃眼下的小热闹是为了将来的大热闹。十几个世纪过去之后，当时南阳城中在华宴之上在歌舞场里作乐寻欢的达官贵人富商巨贾一个个灰飞烟灭，唯有你还依然端坐在卧龙岗上让人争相去睹你的风采。历史证明只有你想得最远。

你懂得宁静不等于封闭，如果只过种田、读书，读书、种田的刻板生活，不与外界尤其是知识界的精英们交往并发生思想碰撞，自己同样可能变成井底之蛙。因此，你利用一切机会广交知识界的朋友，和颍川石广元、徐庶、汝南孟公威等都有很深的友谊。你常把他们邀入你的草庐，让童儿端来两碟青菜温上一壶黄酒，和他们边饮边聊，谈古论今。你谦虚地倾听着朋友们的高论，充实着自己的识见之库。你明白不向别人学习的人并不是真正的智者，你用青菜、黄酒和友谊，换来了通向成功的新基石。

你在南阳躬耕的那些日子正是你生命力最旺盛的黄金时刻，算起来也才二十多岁。一个二十多岁风华正茂的男人不想女人是不可能的。一些妙龄女子的倩影肯定吸引过你的视线。你在澹宁台读书时看到在白河岸边踏青的城中少女,你在田里荷锄劳作时见到地头走过的乡间姑娘,你的心里肯定起过莫名的骚动和波澜。男人渴望得到美女属人之常情,一些你见过的美女肯定也进入过你的梦境。你一定渴望和她们中的一个有更亲密的接近,甚至向往着和她一块步入洞房。但理智又告诉你,过于漂亮的女人往往会给丈夫惹来麻烦,会使丈夫不能专心致志地去做他爱做的事情;而且漂亮的女人因为有容貌上的仗恃往往不再用心学习知识,常常是才学平平。也因此,你开始用意志去掐灭自己心中对那些美女的思念,转而去寻找一个容貌一般却有才有识的女子做妻。你最后把目光投到了居住在白河岸畔的黄员外家里,看上了黄员外的长女。黄小姐虽然又黑又瘦脸上还有一些麻点,但却饱读诗书尤其喜读兵书,说起演兵布阵治国方略尽管羞怯却是一套一套的。黄小姐的才华吸引了你,使得你三天两头往黄员外家跑,她在你的眼中变得魅力无穷。你郑重地向黄家求婚得到应允之后,高兴得在返回的路上打了一个跟头——这是你唯一的一次有失庄重的举动。你和黄小姐的婚事在当时被传为美谈,通常婚姻缔结的原则是"郎才女貌",唯有你们的婚姻是"男智女才"。举行婚礼那天,花轿抬着新娘,绕着卧龙岗转了三圈,才在你躬耕的茅庐前停下。你的岳父家产万贯,给女儿的陪嫁却只有一个大板箱。你对岳父的吝啬多少有些生气,待进了洞房你揭了黄小姐的红盖头,黄小姐把板箱上的钥匙递给你后你才知道,板箱里装的全是你急需的书简:天文、地理、阴阳八卦、孙子兵法,应有尽有。你当时高兴得随口吟道:躬耕卧龙岗,白水朝我来,不求颜如玉,单为书箱开。黄小姐听罢也羞怯怯地和了四句:志士爹爹爱,嫁女陪书来,钥匙交给你,造就管仲才。你在那个欢乐的新婚之夜,是一手抱着《孙子兵法》,一手挽着新娘走向那个漆成红色的婚床的。新婚的第二天,新娘就画了一张八卦图请你来破,你竟费了月余工夫才把那八卦阵破了。

　　数年的精读细研和对世事的静观透析,使你对如何安定四邦治理天下有了独到的见解,对率兵布阵攻防谋略也都了然于心。这时你迫切希望走下卧龙岗去施展自己的抱负,让社会知道自己的才华。但社会认识一个人并不容易,世事的发展很难尽如人愿,下岗的机会迟迟未来。焦躁中的你常在岗坡上来回疾走,像一匹圈在厩中的马和一只关在笼中的鸟。上天总算有眼,让刘备来到了与宛城只有半天路程的新野县。刘备那时正急于招募人才,司马徽和徐庶在刘备面前举荐了你后,刘备便伙同关羽、张飞二人匆匆来到了卧龙岗。就在你的草庐里,你用你的识见让刘备笑容满面对你刮目相看并恳请你下岗出仕。你认为过于轻易地应允是一种自我贬低,就故意两次拒绝邀请,直到他们第三次来请时你才颔首应许。

　　你离开卧龙岗是在一个阳光灿烂的早晨。那天你早早起床,吃了夫人为你做的一碗黄酒荷包蛋外加一个包有绿豆、红枣、红薯的豆包馍,而后沿着你这些年开垦的田地走了一圈,这才回屋脱下布衣,换穿上了刘备派人送来的官服。簇新的官服把你打扮得威武、干练而气度不凡。刘备派来迎接的人马早已在草庐前站成了两列,你在侍卫们的帮助下极潇洒地上了马车。当马车启动时你探头窗外一边挥手一边看了一眼你亲手建起来的小小草庐,你模糊地预感到此一去差不多就是和这草庐、和卧龙岗、和南阳城永别。再见了草庐,再见了卧龙岗,再见了南阳城!马车的速度越来越快,南阳城被越来越远地抛在了后边。你隔着马车上的布篷缝隙最后回望了一眼南阳城之后,便决然地扭转了头。你开始全心全意地去看前方,你看见了军师中郎将、军师将军、左将军府事、丞相、武公侯、益州牧等一长列官职在前边铺成了一条金光灿灿的路。

当然,那时你还不知道那条路的终点是汉中的定军山,你还不知道你的生命将在离南阳不太远的陕西画上句号……

## 曹操的头颅

公元 2010 年 1 月 30 日,我见到了曹操头颅骨头的照片。尽管只是照片,当我从河南文物考古研究所考古队潘伟斌队长手上接过时,我的手和心还是禁不住同时一颤:这就是曹操的头颅骨头?是当年那个大名鼎鼎、纵横叱咤、不可一世的曹孟德的头颅?我的目光在那白色的颅骨上久久停留。

想当年,除了曹操的女人,谁敢摸一下他的头颅?名医华佗每用针灸治疗曹操的头疼病,总有多名卫士执刀持剑在一旁监视。在公元二世纪和三世纪相交替的那些年里,这是北中国最重要最宝贵守护得也最严密的一颗头颅。没想到一千多年后,这颗头颅竟被抱在了一个普通考古学者潘伟斌的手中。据潘伟斌说,他当初下到位于河南安阳县西高穴村的曹操墓穴时,是在墓穴的前室发现曹操的颅骨。他说他当时抱起这颅骨时颇感意外:怎会放在这儿?

这当然不正常。曹操的颅骨应该在墓穴正室的棺材里。

潘伟斌他们发现,曹操的墓曾被盗过两次,最近的一次是在公元 2008 年 9 月间,盗墓者的目的只在于盗走陪葬器物。而第一次被盗的时间大约是在南北朝时期,盗墓者似不为陪葬的器物而只为泄愤,就是他们把曹操的头颅从棺材中取出,抛在墓穴的前室,而且对面部进行了毁坏。这些盗墓者应该是曹操的仇人,想借毁尸以解心头之恨。谁是第一次潜进曹墓的人,如今已无从查证了。

曹操生前大概不会想到,他的头颅竟会得到这样的对待。

在这颗如今只剩骨头的头颅里,曾装过多少安定天下的希望、抱负和理想？这颗头颅，曾设计过多少战阵、战法和治国的方策和谋略？

公元 174 年，二十岁的曹操头颅里满是要做清流的决心，在任京都洛阳北部尉时，严明治安规矩，敢用五色大棒把公然违禁夜行的宦官蹇硕的叔父打死，让都城的人们看到还有不畏宦官权势的官员，人心为之一振。

公元 184 年，三十岁的曹操头颅里满是镇压黄巾军立下军功的热望，领兵斩杀了数万黄巾军人，因此被晋升为了济南相。

公元 195 年，刚过四十岁的曹操头颅里满是要破吕布的愿望，这年夏天终把吕布打败，被汉献帝任命为了兖州牧。

公元 204 年，五十岁的曹操头颅里满是攻克邺城的期望，这年八月，终把邺城拿到了手中，为魏国的建立打下了最初的基础。

公元 214 年，六十岁的曹操虽然位在诸侯王上，被授予了金玺、赤绂、远游冠，可他头颅里还满是平定天下的计划和雄心，仍要亲率大军南征孙权。

公元 220 年，六十六岁的魏王曹操走到了生命的终点，南征北战，东杀西伐，身经大小五十余次战役的他在洛阳一病不起，头颅里带着未能统一天下的遗憾去了另一个世界。

曹操的头颅里，除了装着治国安邦的人事，还装着一腔豪迈浪漫的诗情。他领兵杀伐三十余年，却雅好诗书文籍，虽在军旅，手不释卷。书则讲武策，夜则思经传，登高必赋，及造新诗，被之管弦，皆成乐章。他的《蒿里行》忧心着民众的疾苦："白骨露于野，千里无鸡鸣。生民百遗一，念之断人肠。"他的《龟虽寿》抒发着自己的壮志豪情："老骥伏枥，志在千里；烈士暮年，壮心不已。"他的《短歌行》对人生发出了苍凉的感叹："对酒当歌，人生几何？

譬如朝露，去日苦多。慨当以慷，忧思难忘。何以解忧？唯有杜康。"他的诗气派雄伟，慷慨悲凉，读之令人心动不已。身为男人，曹操的头颅里，除了装着军国大事和豪迈诗意，还装满了对女人的渴望和柔情。仅从可信的史书上知道，他先后有过丁夫人、卞夫人、尹夫人、刘夫人、杜夫人、秦夫人、王昭仪、李姬、孙姬、周姬、刘姬、赵姬等十几位女人，这些女人为他生过二十多个子女。据说铜雀台里住的都是他的姬妾。传说他还看上了关羽的一个女人，对才女蔡文姬也动过心。曹操虽经常铠甲在身，厮杀战阵，有铁血精神，但也感情细腻，对女人充满柔情。他的发妻丁夫人因养子曹昂的战死迁恨于他，开始对他冷漠，不再热情侍寝，他一怒之下将她赶回娘家，过些日子又起了思念，亲自骑马去请她回来。但丁夫人一身素装坐在家中的织布机前全心织布，连看也不看曹操一眼，随行的人都以为习惯指挥千军万马的曹操会发火，未料曹操只是抚摸着丁夫人的后背轻声问：跟我一起回去好吗？丁夫人充耳不闻，头也不抬，依旧坐在那儿只管织布。此后，曹操又多次派人来劝说她回去，甚至派人来强行把她接回，专门设宴赔礼，可丁夫人终未答应和好。面对丁夫人的决绝态度，曹操到最后也没有生气，只是充满愧疚地再把她送回娘家。

曹操的头颅，其实不是一个十分健康的头颅。据《三国志》记载，早在他起兵平定袁绍的时候，就经常头疼。平定袁绍，挟持汉献帝之后，他掌了实权，大概是内有国事之忧外有叛乱之患的缘故，使他的头疾日趋严重。经常是先大叫一声，而后即双手抱头，觉得疼不可忍，只有在针灸之后，才又慢慢见轻。用今天的医学知识来解释，他大概得的是三叉神经疼，要不就是良性脑肿瘤。曹操一生都没能战胜这个头疼的顽疾，被其间断地折磨着，一直到他死去。装在曹操头颅里的雄才大略是在这个头疼病的伴随下去逐渐实现的。

曹操的头颅，因其宝贵和重要，他的敌人便想用毒药和刀剑将其取走。他经历过几次谋害，好在他高度警惕且武艺高强，使这种图谋不论在平时还是在战时，都未能得逞。也是因此，他的不安全感很强，加上他的宦官家庭出身导致的一种深埋心底的自卑，使得他的人格状态不很协调，性格多变，行为时时反常，经常猜疑别人且有时变得极为残忍。他信奉的"宁我负人，毋人负我"，让我们常人很难理解。由于他异于常人的出身和经历、阅历及抱负，使得他的头颅里还装着许多令我们无法捉摸的东西。

不管曹操的头颅里还装有多少令我们无法理解和容忍的东西，面对他的头颅遗骨，我们都应该保持一份敬意，应该不再打扰他，让他永远安歇。毕竟他是一个统一过北中国的人，毕竟他是一个参加过大小数十次战役的军人，毕竟他是一个写过那么多好诗的文人。南北朝和2008年那些潜进曹墓和盗过曹墓的人，实在应该受到谴责：怎么可以如此对待死者？谁能不死呢？在人死后动手亵渎他的遗骨，抢走他的陪葬品，惊动他的灵魂，这算什么本领？

你们就不怕上天的惩罚吗？

不知道被潘伟斌他们找到的曹操的头颅，最终会放到哪儿，是放进陵墓还是放进博物馆里？我很想提个建议：以后，任何人都别再掘墓了，包括那些合法进行考古的学者。让死者永远地安息吧，人活着时都很累，都很不容易，历经千痛万苦死了，你还忍心去惊扰他们？

看过曹操的颅骨照片，我暗暗为去世后只留下骨灰的当代人庆幸：你们再不用担心别人会动你们的遗骨了。后人再也无法抱着你的遗骨去评说什么了。即使你有仇人，也不用担心他们对失去自卫能力的你动手了。

　　人在处理自己的后事上，越来越聪明了！今天那些连骨灰也撒掉的人，看得更远，他们才会彻底地安息。

　　曹操的在天之灵看到他的颅骨照片被我等传看，会不会发怒？

　　宽恕我们吧，曹孟德先生。

## 想起范仲淹

在宋朝写词作文的人中，我常想起的，是范仲淹。

我所以常想起他，最初是因为他那些写离愁别绪的词句特别能打动我的心："浊酒一杯家万里，燕然未勒归无计"；"明月高楼休独倚，酒入愁肠，化作相思泪"；"愁肠已断无由醉。酒未到，先成泪"。客居异乡的我，每每读了这些词句总能引起心的共振。后来知道他曾在西部边陲守边四年，率兵御西夏，更对他产生了佩服之心，自己身为军人，当然知道戍边的那份辛苦和不易。再后来读史书知道他在朝中做官时，敢于上书直谏，力主改革施行于民有利的新政，更对他生了钦敬之心。再后来晓得了他的家事，知道他两岁丧父，母亲带着他改嫁，幼年生活十分贫苦，长大后发奋读书，昼夜苦学，终于凭自己本领考中了进士，对他便越加敬服了。

令我常常想起他的另一个原因，是因为他在我的故乡邓州曾做过一任知州。他的任期虽短，可给邓州我们这些后人留下了不少值得记住的东西。

我的故乡邓州在做过一回邓国的都城，风光了一些年之后，长时期陷入了默默无闻的境地。直到1046年，范仲淹被贬降到邓州做知州时，邓州的名字才又渐渐响亮起来。

1046年的范仲淹，已是五十七八岁的老人了。而且就在前一年，他在宋仁宗支持下施行的"庆历新政"改革失败，他被罢参知政事职务，逐出京都。若是一般人，此时肯定是牢骚满腹，得过且过，喝喝闷酒，骂骂娘，抑或是像今天的一些做官的，找一个

"小姐"，沉在温柔乡里作罢，再不会去努力做什么了。但范仲淹不，他上任伊始，就四处察访民间疾苦，了解百姓之忧。之后，他就开始做两件事：一件是重农事，督促属下为百姓种粮提供方便，让人们把地种好，有粮食吃；一件是兴学育才，在城东南隅办花洲书院，为邓州长远的繁荣培育人才。

就是他办的这后一件事让邓州的名字在大宋国里又响亮起来。据传，他亲自踏勘书院地址，亲自审视书院的设计。据传，他从远处为书院请来讲学的老师，他还抽暇亲自为书院学生讲学。据传，他在书院倡导有讲有问有辩。花洲书院的名字随着范仲淹的名字开始向四处传扬，一时令远近州县的学子们激动起来，有人步行来书院观览盛景，有人骑马来求留院学习。据说，连北边有名的嵩山书院也派人来问传授学问之法了。

也就在公元1046这一年，范仲淹的好友滕子京在湖南岳州主持修缮城池，当岳州城面向洞庭湖的西城门楼——岳阳楼修复工程告竣时，滕子京写信给范仲淹，并附《洞庭晚秋图》一幅，派人到邓州请范仲淹为重修后的岳阳楼作记。现在已不知道信使抵达邓州时的具体情景了，我猜想，那可能是一个黄昏，就在新修后的花洲书院里，范仲淹接过了信使呈上的老友来信，他边在夕阳里读信边想起了与滕子京在宋真宗大中祥符八年同时考中进士的那种欢欣之状，想起二人曾共同参与修复泰州海堰工程的情景，想起两人当年在润州共论天下事的豪情，想起在西北前线二人一同领兵抗击西夏侵略的往事，想起两人一同遭陷被贬的现状，一时百感交集，遂转身进屋，展纸提笔就写。于是，千百年来一直脍炙人口的散文杰作《岳阳楼记》，便诞生了。

不过是一个时辰的挥笔书写，却给多少代人带来了阅读快感和深思。就在这篇不长的散文里,范仲淹记事、写景、言情、说理,把他"不以物喜,不以己悲。居庙堂之高,则忧其民,处江湖之远,则忧其君"的宽阔胸怀展示了出来,并给我们留下了忧国忧民的千古警句:先天下之忧而忧,后天下之乐而乐。从此,人们只要一说到这个警句,就会想起范仲淹,也跟着会想起《岳阳楼记》和它的诞生地——中原邓州。邓州这个地方因一篇文章而长久地留在了人们的记忆里。

人们直到今天还不断重提"先天下之忧而忧,后天下之乐而乐"这个警句,是因为天下仍有忧有乐,人们尤其是知识者和官场中人,面对忧乐时,取先乐后忧或取只乐不忧的,还大有人在。不是还有人在用公款胡吃海喝?不是还有人贪了国家钱财后潜逃国外游山玩水去享福了?不是还有人拿了老百姓的钱去满足赌兴一掷千金?任何事情的出现都不会是无缘无故,包括一个警句的时兴。

范仲淹用他的文章给天下人也包括给邓州人送去了美的享受和千古警示,人们包括邓州人自然不会忘记他。前不久,邓州人千方百计筹款,重修了他当年修建的花洲书院,使书院再现了当年的盛景。如今,当你在书院的讲堂里、小院中、游廊内和荷池旁踱步时,你会不由得想起那个以天下为己任的被贬知州,会不由得猜测他在哪所房子里写下了《岳阳楼记》,会不由得去猜他来邓州上任时的那份复杂心绪。

范仲淹是在写完《岳阳楼记》的六年后去世的。我估计,在他挥笔书写《岳阳楼记》时,疾病可能已经缠上了他的身子,只是他浑然不觉,仍在为天下忧虑,为百姓和朝政忧思。公元1052年他在徐州与这个世界作别的那一刻,他应该是心神两宁的,因为不论是作为一个官人还是作为一个男人抑或是作为一个文人,他都做了他所能做的，都做得很好，他对他的时代问心无愧。也是因此，他值得我们后人尊敬。我身为一个军人一个文人一个男人，每一想到他就会觉得，他值得我效仿的地方真是很多。每一想到他，我也常会问自己：范仲淹在近千年前做到的，你都能做到吗？

我还会经常想起你，老前辈！

# 游走国外

# 走进耶路撒冷老城

那是 7 月的一个上午。

我踏着厚厚的阳光走进了耶路撒冷老城。

用巨大的石块砌成的城墙,让我立刻感受到了它的威武和悠久,令我想起了早在公元前 1003 年,大卫国王就把耶路撒冷定为王国的首都和犹太人的宗教中心。从那时到今天,已经三千年过去了。

城墙的石块上残留着一些被敲打过的豁口和火烧的伤痕,我猜,那极可能是战争的遗迹。耶路撒冷自建城至今的三千年间,曾发生过无数的战争。公元前 586 年,巴比伦国王尼布甲尼撒征服了耶路撒冷,摧毁了犹太人的圣殿,并流放了犹太人。五十年后,波斯人又征服了巴比伦人。公元前 332 年,亚历山大大帝打败波斯人占领了耶路撒冷,他死后,耶路撒冷相继由埃及的托勒密王朝和叙利亚的塞琉西王朝统治。公元前 164 年,犹太人在犹大·马卡皮的领导下打败塞琉西人,并在哈斯蒙王朝统治下重获独立。这之后,就是庞培把罗马的统治用刀剑强加到了耶路撒冷头上。公元 634 年,穆斯林军队发起进攻,四年后,哈里发奥马尔夺取了耶路撒冷。公元 1099 年,十字军征服了耶路撒冷,对犹太人和穆斯林居民进行了大屠杀。公元 1167 年,耶路撒冷又被库尔德人萨拉丁攻占,结束了十字军的统治。公元 1517 年,奥斯曼帝国的土耳其人征服了耶路撒冷,统治该城四个世纪。1917 年,艾伦比将军率领的英国陆军让自己的军旗在耶路撒冷城头竖起。1948—1949 年,以色列国进行了自己的独立战争……

军人们手中的刀剑在这个石砌的城中一回又一回扬起,战争在这个古老的城池里一场接一场地进行,人类的鲜血在这个西亚古城中一次又一次地泼洒。城中每一个街巷里,大约都曾发生过战斗;被风雨剥蚀的城墙上的石头,大约都曾被溅上过血滴;这里每一幢古老的建筑,大约都聆听过军人们的杀声;脚下的所有土层里,大约都埋有不少折断的刀枪和箭镞……

我在对历史的回想中移步走向西墙。

西墙是犹太教第二圣殿迄今唯一残存的部分,是犹太人十几个世纪以来崇仰和祈祷的焦点。犹太教徒同耶路撒冷之间的纽带从来没有间断。三千年来,耶路撒冷一直是犹太信仰的中心,世世代代一直保持着它的象征价值。我站在西墙前,见到无数的犹太教徒正在西墙前祈祷,墙缝里塞满了写有祈愿的字条儿,扶墙诵读经文的声音风一样在四周盘绕。我也在字条儿上写了两个祈愿并把字条儿塞进了西墙的墙缝。据说所有的祈愿在这里都会被上帝允准。我写的两条祈愿一是保佑我全家平安,二是让战争从此在世界上消失。不知道上帝看了我的祈愿以后是否予以恩准。临离开西墙前我双眼望向墙体的顶端,我期望在那儿能够看见上帝,期望看清他老人家在得知我的祈愿后是一副什么样的神态。可上帝并没有显现出他的真身,我只能在心中再一次恳求:请允准吧,让平安永远跟随我的家人和我们人类,让战争在这个世界上只成为银幕、屏幕和戏剧舞台上的东西……

我在默默祈祷中走上了当年耶稣受难的苦路。对于基督教徒来说,耶路撒冷是耶稣生活、布道、殉难和复活的地方;对于我这个非基督徒来说,《新约全书》上提到的一些关于耶稣在耶路撒冷的业绩和经受磨难的地方，也有强烈的吸引力。我一边沿着苦路上的十四个基督受难处缓步前行，一边想象着当年耶稣被从十字架上放下来，鲜血淋漓地被人抬着从这条路上走的情景，想着他那句有名的话："要爱我们的仇敌。"这句要求人超越现实环境和自我局限而达到至善的劝诫，倘真能为世人所遵守，战争大约就可以消除了。

苦路的终点是圣墓，是安葬耶稣的地方。站在圣墓教堂门前，我望着正午的阳光和远处沐浴在阳光下的奥玛清真寺和阿克沙清真寺的巨大圆顶，我在心里为耶路撒冷惊奇：你这座不大的城池，竟同时是三大宗教的圣地?! 宗教，是人类安妥自己灵魂的发明。只有走进耶路撒冷老城，你才能更加深切地感受到人类对自己灵魂归宿的看重，方能体会到人类为了自己灵魂的安宁，曾经做出了怎样巨大的努力。

但人们的灵魂直到今天，还时时被战争和仇杀中的枪声、炸弹爆炸声所惊扰。当我们穿行在老城的街巷中时，我们时时见到需要持枪者护送的孩子，听到关于发现提包炸弹的惊呼。耶路撒冷城的居民并没有获得肉体和灵魂上的完全安宁。

有一个愿望在我就要走出耶路撒冷老城时出现在我的心里：假若所有的信仰之神能在天空中相遇那该多好，那他们面对人间的厮杀争斗一定会商量出一个平息的办法，那时，人间大概就会获得永久的安宁了。

他们会不会真的有相遇的一天？

我仰望头顶上的天空。

我多么希望能听到一声回答，但是没有，瓦蓝色的耶路撒冷的天空一片寂静。

## 在拿破仑退却的道路上

在俄罗斯卡鲁加州无边无际的森林里,有一条弯弯曲曲的公路。当我们一行访问者乘坐的面包车驶上这条路时,陪同我们的俄罗斯朋友说:这条路就是当年拿破仑由莫斯科退却回法国的路。我的精神顿时一振,急忙向车窗外看去——

一条普普通通的林中大道,一头通往莫斯科,一头消失在西南方的森林里。路两边除了草就是连绵的树林。有一些鸟站在白桦树枝上鸣叫。正在变冷的风掠过树林梢头时,带来低沉的响声。那些身材挺拔的白桦树不知是否目睹了当年那场悲惨的撤退。我在想,1812年那阵,这条路上还不可能铺有沥青。当时路面上铺的,大约只有沙土和风。

就是这条林间土路,见识了拿破仑军队撤退时的狼狈、惊慌和凄惨:士兵们慌不择路,军官们频频回首后方的追兵,战马不时因为饥饿和劳累发出哀鸣,炮车不时被抛到路的两边,冻饿至极的伤兵不时倒在路面上,枪、剑被随意抛掉,呜咽和抽泣不时响在七零八落的队伍里。长长的队伍走过之后,有尸体开始零乱地躺卧在路上,最后,是飘落的雪花把尸体遮盖了起来。

那场闻名世界的退却开始于1812年的10月19日。当时,占领了莫斯科的拿破仑发现,他占领的是俄军主动放弃的一座被烈火燃烧着的空城,全城到处都在冒烟,却找不到任何消防灭火工具。城内所有的食物也都被转移走了。他本人是冒着周围四溅的火星撤离克里姆林宫的,他这时才意识到,他和他的将近十一万人的部队,是没法在莫斯科过冬的。他不得不作出了痛苦的决定:退却。

我估计,他在作出这个决定时,一定会想起五个多月前的那个清晨。

1812年5月9日清晨,拿破仑偕同皇后路易莎离开巴黎踏上对俄罗斯的征途时,曾经是怎样地踌躇满志。他曾诏令他属下的各个王国和公国的君主们,到他设在德累斯顿的皇家队伍大本营,大摆宴席,炫耀权力和武力,宣称对俄罗斯的战争必将胜利。仅仅五个多月以后,他便无奈地下令从莫斯科撤出,开始了这场撼动他皇位的大撤退。他的近五十万大军损失在了俄罗斯境内,他丧失了所有的骑兵和几乎全部的炮兵,这为他后来对反法联盟作战的失败打下了基础。他人生和事业的败象都是在这儿显露出来的。

望着这条弯弯曲曲的林间大道,我在想,拿破仑完全可以不打这一仗。他当时已是欧洲的霸主,属下有了那么多的王国和公国,从个人的人生来说,他已经十分辉煌了;从为国民牟利的角度讲,法国国民的利益已经差不多可以得到完全的保障。尽管和俄国沙皇有各种各样的争执和矛盾,他不必非要通过战争来解决不可。但惯于征战、百战百胜的拿破仑为了他称霸野心的实现,还是按动了战争按钮,一场导致几十万人死亡和无数财产损失的战争最终还是爆发了。

我为那场战争中的战死者们扼腕叹息。那些战死的法军和俄军士兵,你们原本是可以不死的,是可以在自己的国土上平平安安过自己的日子的,但命运让你们遇到了拿破仑这个特别愿意用战争解决问题的皇帝,那就没有办法了,你们的生命就必须就此结束。我曾听说,就在这次撤退中,饥饿和寒冷已使法军整营整营地瓦解,每当一匹军马倒下,士兵们就一齐扑上去抢夺马肉。有一个幸存者后来回忆说，当时如果碰到谁有一块面包，就会要他给一半，甚至把他杀死，将整块夺过来。人，就这样被战争变成了野兽。

我也为拿破仑扼腕叹息。拿破仑，你是一个有作为的人，是一个英勇善战、有指挥天才的大军统帅，是一个精明过人、精力过人，为自己的国家作出过贡献的皇帝，你原本可以长期在皇位上为你的臣民谋福利，可以在历史上留下更好的记录，但你太爱打仗了，太爱征战了，太爱建立自己的功业了，太爱功名了！你不知节制自己的欲望，不知控制自己的野心，最终把自己原本已获得的一切也抛掉了。你应该知道，一个人，不管他是多么伟大的人，都不可能无所不能，造物主不可能把世上的一切好东西都给他一个人！拿破仑，你一生打的仗太多了，从你上台到你下台的二十几年间，你几乎在连着打仗。你只知道士兵们会为你夺来胜利，你忘记了他们也是人，忘记了他们的生命也很珍贵！也正是因此，你没有取消原本可以取消的侵俄之战。

在我们乘坐的那辆车驶离那条林间大道时，我最后看了一眼它那长长的身躯。当年躺在它身边的战死者的尸体，早已变为尘土飘飞了，但拿破仑留在这儿的教训，后人不应该忘记。军事上的教训诸如战略上轻敌冒进、战线长后勤补给困难、强调正面进攻而缺乏迂回机动的配合、大量有生力量被消耗，等等，还不是最重要的；最重要的是人生上的教训：不懂适可而止。拿破仑在侵俄之前，得到的好东西已经很多很多，皇位、属国、权威、尊敬、金钱、美女甚至还有阿谀和献媚，这些都是他通过战争的胜利获得的，他原本可以满足了，至少可以满足一段时期了，但他却不，还要继续去索要新的战争胜利。结果，命运一怒之下，连他过去获得的也一下子收走了。

当那条大道远离了我的视野之后,我还在想,1815 年拿破仑皇帝因最后兵败被俘,被押上"诺森伯伦"号巡洋舰驶离欧洲大陆那刻,他会不会记起侵俄之战?因为那是他走上末路的起点呀!当他在大西洋中的圣赫勒拿岛过长达六年的囚禁日子时,他会不会又想起侵俄之战?因为那是他一生中的重大败绩啊!他 1821 年 5 月 5 日去世时,会不会为侵俄之战作最后的忏悔?

但愿他忏悔了。

只要他忏悔了,我就还会对他怀着敬意,毕竟,他是一个伟大的军人!

# 在苏格拉底被囚处

最初看到那三个铁栅门时我没有在意。我的目光一晃而过，雅典有太多的景致吸引着我这个新到游客的眼睛。待旅居雅典的作家、学者杨少波先生介绍说"这，就是苏格拉底当年被关押的地方"时，我才吃了一惊，才赶紧从近处的橄榄林里收回目光，定睛去看它们。

它们立在一道石壁上，都不是很宽，三扇铁栅门后，是三个石室也就是石洞。

我惊看着那三个石室。原来，我敬佩的古希腊思想家、哲学家和教育家苏格拉底，赴死前就被关押在这里。原来，这道石壁和这些石室，目睹过那个伟大哲人的身影，聆听过他的声音，见识过他的智慧，而且看见过他最后赴死的情景。

这么说，法国著名画家雅克·达维特于1787年创作的油画作品《苏格拉底之死》中，关于关押苏格拉底囚室的描画，是不准确的，是过于理想化了。在那幅画中，囚室很大，石块砌成的墙壁很高，向上还有很多阶梯，明显是正规的房间，而囚室是在房子的底层。画面上苏格拉底坐着服毒自杀的那张床很宽大，而这三个石洞中最大的一个也摆不下那样气派的床。看来，雅克·达维特在创作那幅画前没有来过雅典，没有看过真正囚禁苏格拉底的地方。他把事情向好处想了，他不知道真相比他的想象要严酷得多。

我环顾着四周，想，这三个石室当年应该是位于一座监狱的院内的。因为柏拉图曾说过，他和几个朋友每次来看被囚的苏格拉底

和古希腊剧作家米南德在一起

时，总要在监狱门前等候大门打开。我留意到三个石室前壁上都留有凹孔，这些凹孔表明，石室前过去是有附属建筑的。

我看着石洞囚室里不大的空间，努力去想象苏格拉底当年被囚时的生活情景：他会坐在囚室的小床上去安慰和宽慰妻子桑蒂比及他们的孩子，会在床前狭小的空地上边踱步边默想希腊城邦的未来，会在柏拉图和克利托等学生们来看望他时向他们谈他关于肉体和灵魂的最新思考成果，会席地而坐吃下狱卒们送来的食物，会在去囚室门外放风时远眺雅典城区并伸手抚摸橄榄树上嫩绿的叶子，会在那个较小些的石室里进行最后一次沐浴……

我猜想，当年苏格拉底被关进囚室后，可能会反复回忆，安尼托、梅勒托和吕贡这三个人为何要以不信本邦神灵、企图另立新神和迷惑、毒害青年两个罪名起诉自己？那明明是莫须有的罪名。他可能最终想起来了，那个控告他的主谋安尼托，他其实是得罪过的。有一次他同美诺讨论美德是不是知识的时候，正巧碰见他，于是便拉他过来提问，结果在提问中不仅让安尼托陷入了自相矛盾，还损及了对方崇拜的政治家，致使他失了面子。他拂袖而去时撂下过狠话：我觉得你这个人很容易说别人坏，我奉劝你慎重些！他可能也想起来了，那个梅勒托是诗人和悲剧作家，而他对诗人没有好印象，曾经讽刺过诗人们，对方参与控告很可能是在为诗人们出气。他也许到最后也想不起怎么得罪了无名演说家吕贡，因为吕贡根本就没进入过他的视野。不过他后来可能想明白了，吕贡会因为参与控告他苏格拉底这件事本身，迅速成为雅典的一位名人，这也是人成名的一个法子。

我猜想，苏格拉底被关进囚室后，可能会反复思考，由五百个公民组成的法庭，为什么会判并未犯罪的自己死罪？他对希腊城邦充满感情，没有做过任何有违城邦法律的举动，他只是喜欢用不断提问和谈话的方式追求真理。他知道把权力交给民众的全部好处，他思考过希腊城邦制度的各个方面，他对人性有过深刻研究，可他就是没有想到，民众在某些时刻对精英人物是存在敌视情绪的——这是人性中极其隐秘的一面。真正的思想者有时会搅乱平庸的日常生活，也因此，真正的思想者不仅可能被执掌权力者视作威胁，也可能被怯懦的民众当作破坏其安宁生活的祸首。苏格拉底的一些思想让民众觉得他太反常、太出格，就是这种反感和敌视情绪促成了错误的判决。这种情况不仅在古时的希腊存在，在现代的中国也存在。这当然是精英人物的悲哀。他们思想的目的是为了让民众生活得更好，却恰恰又让民众对其生了敌意。人性是一个隐秘的洞穴，所有的精英人物都应该探身这个洞穴以对其有所了解。

我猜想，苏格拉底在拒绝逃跑决心赴死时，并没有估计到自己被处死这件事的全部影响。我从史料上看到，苏格拉底被判死刑后，有朋友和学生曾劝他逃跑，而且当时他也确有充裕的时间和机会逃跑，但他决然地拒绝了，理由是：既然身为雅典公民，就理应遵守雅典的法律，雅典的法庭判我死刑，我就应该甘愿受死，以维护法律的尊严。若越狱逃走，就是以错对错。我估计，他当时只是想用自己赴死的行动，去感动更多的人遵守雅典的法律，他根本没有估计到，他的死，会成就了他的不朽声名。几乎没有留下任何著作的他，能获得西方哲学史上最重要的地位，很重要的原因是他的从容赴死给他带来了广泛关注。在那个没有报纸、电台、电视和网络的时代，人们在口口相传他被不公正地处死这一事件的同时，开始互相传述他的思想，他的思想便随着他屈死的故事流传开来。

苏格拉底死了，他的死让今天还活着的我们意识到了三个问题：其一，不要因为私心和私利去控告他人，不要利用社会公器去伤害他人，即使你的理由很堂皇，即使你当时得到了广泛支持，即使你获得了完全的胜利，历史都有可能跟你算账，都有可能让你像安尼托那样，在史书上留下一个小丑的形象；其二，不要因为自己是平民，就认为所有的人间悲剧都与己无关，很多悲剧是掌权者制造的，这一点没有异议，但我们这些普普通通的民众，有时也会像当年雅典的那五百位公民一样制造出悲剧；其三，不要以为死就是生命和事件的结束，恰恰相反，像苏格拉底这样的死，正是他哲人生命的另一种开始，是他遭控告事件被追询的开始。

苏格拉底死得太冤了。

苏格拉底又死得太有价值了！

苏格拉底，我来向你致敬了！

## 享受生活

在罗马尼亚访问，最大的一个感受是，这里的人们在创造美好生活的同时，很注意善待自己，会享受生活，能够在享受中去积蓄新的创造活力。

餐桌上的享受是罗马尼亚人很看重的一种享受。在罗马尼亚，人们吃饭不像大多数中国人那样，匆匆忙忙吃完了事，而是把吃饭看作一种享受过程，不慌不忙按照程序进行。先上矿泉水和白酒——开开胃；再上面包和汤——在胃里垫一垫底；接着上主菜——烤鸡、烤鱼或猪排、牛排，这是一餐饭中最主要的部分；再后来是葡萄酒和甜食——帮助消化；最后是咖啡或红茶——爽爽口。看着他们用餐，望着他们进餐时脸上的那副自得和满意，你会不由得在心里生出一股羡慕来——他们活得多么自在。他们不是把进餐看作劳作过程中要做的一件事儿，而是看作劳作之后应该得到的一种报偿和享受。罗马尼亚的男士和女士一般都能喝点酒，他们说，酒是我们自己酿造的，为什么不该喝一点？我非常赞成他们的意见，自己的劳动成果，自己应该享受。在罗马尼亚进餐，你常常会在心里感叹，尽管人生有那么多的劳苦和烦恼，但人活着其实是多么美好。

到大自然中去尽情玩乐，是罗马尼亚人享受生活的一种样式。夏季的黑海岸边，到处都是避暑休息的人们。到了春秋季节，每逢周末，住在城中的那些并不富裕的人家，一般也不在休息日去加班挣钱，也总要开上自己的达契亚轿车，全家人一起到森林边上，到喀尔巴阡山里，到多瑙河畔，去度假玩乐。我们周日驱车在喀尔巴阡山中穿行时，在山溪边、山坡上、树林里，到处都能看见休闲度假的人们，那些男男女女或是悠闲地在河边散步，或是仰躺在那儿晒日光浴，或是在树丛和草丛中采摘着野花，那份自在和舒服太让我们这些经常活在紧张和匆忙中的人生出钦羡之心。罗马尼亚朋友告诉我们，人在城市里、在工作单位里、在人群中，忙碌过一段日子后，应该有放松自己的时候，而大自然是人放松身心，重新积聚精力的最好场所。

不放过任何一个寻求快乐的机会，是罗马尼亚人享受生活的一个诀窍。我们在雅西访问时住在统一旅馆，晚饭时刚好有一个单位搞集体聚会，请来了乐队和几个歌手。当音乐和歌声响起时，在餐厅就餐的其他客人也都加入到了这欢快的队伍里，有的人跟着歌手吟唱，有的人下到舞池跳舞，其中有一个下肢瘫痪坐在轮椅里的男子没法跳舞，便坐在轮椅上高举双手做着跳舞的动作，口中高声为自己打着拍子，那副自得其乐、快活无比的样子让大厅里的所有人都露出了微笑。给我们开车的维尔吉尔先生，年龄虽已过了五十，但听见我们在车上哼开歌之后，也笑着主动提出要为我们唱歌。我至今还记得维尔吉尔在那个黄昏为我们一行唱的那首罗马尼亚民歌：

> 这是一个节日的时光，
> 我感觉到确有一点疲惫，
> 但是和一个姑娘出去散散步，
> 太阳就会出来，
> 因为只有姑娘，

才可能带给我们欢快……

经常发出响亮的笑声是罗马尼亚人享受生命快乐的标志。在公园里，在街边的大排档里，在咖啡馆和小酒店里，我们经常可以看到老年人聚在一起轻松聊天放声大笑的情景。在一些聚会场所，我们可以不时听到朋友间因幽默的话语和相互打趣而发出的响亮笑声。朋友们相聚时，常常是大家轮流讲笑话以获取乐趣。我至今还记得在比斯特里察访问时，陪同我们访问的罗方朋友格兹格旺在饭桌上为我们讲述的那些妙趣横生的故事，其中之一是：一个做了丈夫的男子晚上回家上床睡觉，刚在妻子身边躺下，门外响起了敲门声，他闻声惊得一跳而起，抓起自己的衣服就推开后窗跳了出去。他的妻子十分惊讶，隔了窗问：那是仆人敲门，你干吗吓成那样？那男的气喘吁吁地说：我以为是你丈夫回来了……这故事引发了一阵长长的笑声。饭后，大家都觉得吃这顿饭是一种享受。

人生不过几十年时间，除去幼年和老年这些需要照料的日子，剩下的时间已经不多，加上又要奋斗——完成学业和劳动技能的训练，以及争取到一个好的工作岗位，如果把这段奋斗的时间再扣去，属于人享受生命和生活快乐的日子已是少得可怜了。所以，我们该向罗马尼亚朋友学习，一边工作奋斗为这个世界创造物质财富和精神财富，一边去享受生命和生活带给我们的那份快乐，以便重新积聚起新的精力去继续奋斗和创造。

一边奋斗一边享受，会使我们觉得人生有苦有乐，不会绝望和颓废，活得有滋有味。

# 喜欢雅西

世界上有许多宗教朝拜圣地和旅游胜地,我自己觉得,还有一个写作胜地应该为世人注意,它就是罗马尼亚的文化名城:雅西。

雅西是坐落在罗马尼亚国土东北部的一座小城,与摩尔多瓦相邻,人口只有三十五万。这座小城有着悠久的历史,早在一千三百年前已有人居住,建城也有六百年了。走进这座小城,我最大的一个感受是,作为一个从事文学创作的人,住在这里挺幸福。

这里的居民对诗人和作家极其尊重。大街上到处都有诗人和作家的塑像,一些并不太有名的作家也都会被立雕像纪念。那些活着的作家和诗人,也能到处获得人们的一份特别的敬意。已故诗人埃米列斯库和克里昂格的故居保存得十分完好,而且在他们的故居旁还都建有故居博物馆。我们参观过这两个博物馆,里边保存着作家的用物、手迹和所有的著作版本,还设有举行小型学术会议的房间。更有意思的是,当年埃米列斯库给情人写长诗《孤独的白杨林》时所说的那片白杨林,也还保存得很好,当我们在那片白杨林里留影时,我真为诗人身后受到的礼遇感到高兴。当年埃米列斯库和克里昂格常到一家葡萄酒馆吃饭,这家建于1876年的酒馆也还保存着,如今成为文人们经常聚餐的场所。想一想我们国家在"文化大革命"中对作家批斗、抄家、没收手稿、焚书的情景,我对这座小城居民们的做法更添了几分尊敬。

这里还有最热情的读者和占城市人口比例最大的读者群。这座不大的城市里有八所大学,光大学生就达十几万。这里的大学生们对诗和小说依然十分痴情，对几乎所有新出的作品都有兴趣阅读。市里出版发行的十几种报纸和十几种期刊，差不多都刊登文学作品，而且都有购买者。除去这些大学生，城市的其他居民也都有相当高的文化素养：阅读文学作品成为大部分居民生活的一项重要内容。一个文学创作者在这里写出了作品，不用愁没有读者和回音。这种局面，在世界上的其他许多城市已很难见到了。

这里的居民很有艺术眼光，满城都弥漫着一种浓浓的艺术氛围。且不说他们把房子建得极有艺术品位——每一栋建筑都有自己独特的风格，不说他们把街道设计得十分美妙——都能通向置有雕像的小型广场，不说他们把鲜花、绿树和草坪布置得恰到好处，只说一件小事：秋天的公园里不准打扫落地的黄叶。当我们走进公园时，满地的黄叶使我们好像置身于一个神话世界，那一地金黄的叶片给人一种纯美的感觉，使人的心境宁静而舒畅。看见情侣们在铺满黄叶的林间空地上接吻，看见年轻的母亲和孩子在铺满黄叶的小径上嬉戏，就像在看一部艺术影片。这样的小事，没有艺术眼光的人是想不到去做的。在我们国内的许多城市，不是一到落叶时分，就为了所谓卫生而把落叶扫掉和烧掉？正因为居民们有这种艺术眼光，你在这儿写了好作品，不用发愁人们识别不出来，知音肯定会有。

这里还有许多让作家休息的好场所。城市的郊区有大片的森林，白天写累了，你可以到森林里去远足；城区里有许多教堂，你心神不宁无法写下去时，可以到教堂里去平静一下自己；晚上不想写时，你可以去市内经常上演世界经典名剧的民族大剧院看戏，那有八百个座位、装饰得富丽堂皇的民族大剧院已有一百年历史，坐在那美妙的包厢里看戏真是一种享受，说不定会激发出新的创作灵感。

  如今在罗马尼亚从事文学创作，经济上的收益是不多的。一个写了获奖小说的作家告诉我们，他一本书的收入才有二十五美金。大部分作家的作品要自费出版。但罗马尼亚依然有两千多个作家在写作，雅西这座小城也有上百名作家和诗人。我一开始对这一点有些不理解：既然写作不挣钱，干吗不去做更挣钱的活？在参观了雅西这座城市之后我懂得了，这是一座最适于作家生活和写作的地方，不论哪个作家、诗人住在这里，他都不可能停下笔来。

  雅西，我喜欢你！

## 又见"美丽"

如果把"美丽"比作一个姑娘，那么我刚在北京和她分别，便又在罗马尼亚与她相见了。

罗马尼亚是一个美丽的国家。

她美丽是因为自然界的天赐风韵在这儿很少受损。在罗马尼亚，到处都有大片的树林和森林。在我们由首都东去滨海城市康斯坦萨的路上，几次从车窗外看见森林的倩影，那在秋色里正在变黄的树叶金子一样直铺向遥远的天边，让人看了真是心旷神怡。我当时想，这位于公路边的森林，要在中国，怕是早在1958年就被砍去大炼钢铁了；或者，会被人们砍去烧锅做饭和打制家具了。绿地，在这儿更是到处都有，不论是在城市的街头，还是在农民的庭院，只要有空地，就总有绿草在葳蕤着。就是在喀尔巴阡山的深处，绿草也一直受到很好的保护，所有的山坡都披着绿色的毯子，几乎看不见一点裸露的土地。车在山谷里行进，入眼的不是绿树就是青草，那真像是一个未被触动的原初的世界。再就是到处都有清澈的水，不论是宽阔的多瑙河还是首都市内的登博维察河，水都清澈得可爱，而在我们亚洲的很多河里，已经很难见到清水了。当你在青草绿树中穿行时，耳畔又响着清水的流动声，你当然会有美感产生。

她美丽是因为她的建筑物极具艺术品位。人对自然界的最大改变，是把无数的建筑物添加到她的身上，这种添加，在有些地方，会使自然界更有风韵；在有的地方，则会使自然界变得丑陋无比。

在罗马尼亚，这种添加属于前者。在这个国家的几乎所有城市，其建筑物都异常美丽。在布加勒斯特的老城区，差不多每栋楼都是一件艺术品，其外部造型、墙上雕塑和门窗样式，都各具特色、极有个性，看得出设计者都有一种绝不和别人雷同的决心。站在街头放眼望去，那巴洛克式和拜占庭风格的建筑与哥特式教堂杂陈并立的景象，那一栋栋形态各异的楼房所造成的那种美感，让人像见了一群身着盛装站在T型台上的服装模特一样怦然心动。我们曾走进过属于罗马尼亚作家协会的两栋楼房，楼内的装饰和壁画所造成的那种辉煌感和美感，是那样的让我们吃惊和意外。我们走进雅西民族剧院参观时，那匠心设计的灯饰和巨幅壁画及穹顶画，曾让我疑心是走进了童话世界。还有那些形态各异的教堂，还有新纳亚宏伟的皇宫，都让我们领略了欧式建筑的无尽魅力。

她美丽还因为她有着旖旎的田园风光。罗马尼亚的乡间田野，用一望无际来形容最为恰当，往往驱车走几十公里见不到一个村庄，大片的田野静静地躺在蓝天白云之下。尚未收完的大豆、玉米、甜菜和刚种上的麦子，用苍黄和青绿给秋田以装点。一些农人星散在田野里劳作，远远看去，犹如大幅油画上的一个墨点。田野里少有田埂和水渠，也有大量未开垦的土地，给人的感觉是这里的土地正在轮流歇息，以便更长久地给人类提供吃的东西。终于可以看见村庄了，最先出现在眼中的是乡村教堂的尖顶，接着是多角多窗漆成白色的民居，再后来是草垛，是栅栏，是庭院，是打在路边的水井，是在阳光下忙碌着什么的农妇，是在路边玩耍的孩童，一切都显得那样静谧和美好，坐在汽车上从村庄驶过，就像在看一幅米勒的画。

她美丽更因为她有漂亮的儿女。罗马尼亚的年轻小伙和姑娘们，都长得异常漂亮。小伙子大都高大健壮，姑娘们则丰满靓丽。这儿男女的身材普遍偏高，尤其是姑娘们，一个个都是双腿颀长，仅就身高来说，她们都达到了做服装模特的标准。据说，世界上衡量女性美的一个重要标准是大腿骨的长短，而经测定，罗马尼亚年轻女性的大腿骨是全世界最长的。站在街头看去，到处都是金发碧眼或黑发碧眼、身材颀长、腰身丰满的姑娘，你不能不在心里感叹，这个国家真美！我们曾探询过这个国家的男女何以都长得如此漂亮，有人告诉说，这是因为他们是达契亚人和罗马人的后裔，异族通婚带来了美的基因。

  上帝把人造出来投放到这个美丽的地球上，渐渐养成了人追逐美丽的天性，只有美的事物和美的地方，才能吸引人的注意。罗马尼亚以她的美丽，吸引来了我们这些游人，相信她的美还会引来世上更多的人来一睹她的芳容。

  祝愿罗马尼亚在未来的日子里青春勃发，变得更加美丽！

  也盼望我们生活着的地球能返老还童，再度青春，更加美丽！

## 天下湖多性不同

　　这世界上的湖可是真多。

　　词典上解释说,湖是被陆地围着的大片积水。诗人们说,湖是上帝撒下的珍珠。普通百姓们说,湖是神造的水盆。

　　不管湖是什么,反正这世界因有了湖而变得更加美丽,人们因住在湖畔而得了许多便宜。我虽无缘住在湖畔,可却天南地北地去看了许多湖,每每站在湖畔,我都会感到心旷神怡。也就在这观湖看湖的过程中,我发现湖有性别和性格。

　　我的故乡邓州汲滩地面上的安众湖,一看就像一个脾性温顺娴静的少女。这个水面不大的湖,即使在大风呼啸的时候,也没有大波大浪,从不向人露出恶颜恶色的面孔,更不会凶凶地去吞噬生命。据说,即使有人跳湖自尽,只要不是那种特别想死的人,她都不会接纳。一年中的大部分日子,她全是微波漾漾,安静地面对每一个来到她身边的人。我站在安众湖畔是在一个谷熟鱼肥的秋天,那日秋阳灿烂,只有一条打鱼的小船在湖里犁碎水面,把一些银子样的光斑撒向船的两边,那一刻,她看上去极其娇美可人。

　　开封龙亭前的那个湖一看就觉得他像一个性格刚硬的男人。他的水面虽然也不大,岸边也植着垂柳,却一点也不给人以柔感,他的岸线、他的水色、他的气味、他在风中的响声,都透着一股男性之气。尤其是从湖面上刮过的风,给人一种冷厉干硬的感觉。也许我这种感觉是受了民间传说的影响。还在我很小的时候,我就从大人们嘴里知道,龙亭前的湖被一条甬道一分为二,一边叫杨湖,安放着忠臣杨家将们的魂灵,因此水清;一边叫潘湖,隐藏着奸臣潘仁美的魂灵,故而水浊。我站在湖畔向湖中望去时,不是隐隐看见一个舞刀的男人,就是朦胧看见一个面孔阴冷、手持笏板的男子。

杭州西湖则分明是一个美丽的性格柔和的少妇。你来到她的身边,立刻有一种被吸引被诱惑的感觉。据说,凡在杭州西湖附近定居的男人,绝少再愿迁往他处。一位军人曾对我说过,这西湖和新婚之后的妻子一样,特别撩人缠人,她让你心里非常满足,把你想去别处奋斗的念头一点一点地磨尽;她不哭不闹,就是柔柔地贴在你身上,让你舒服得不再去想别的。你细看西湖,那一池碧水多像是少妇收拾得清清爽爽的身子,那湖上轻飘的荷香多像少妇美妙的体味,那岸边的绿树青草多像少妇裙裾上的花样,那细浪舔岸的响动多像少妇的轻声呢喃。坐在有篷的小船上,边嗑着瓜子边在桨声里看湖水的纹络和水里的山影,你会在心里明白当年的南宋皇帝何以不思北返,直把杭州作汴京,这儿太美了呀,何必再回风大土多的东京城?有朋友说,你要是想彻底放松好好歇息,那你就想办法来西湖身边定居;你要是想继续奋斗想做一番事业,那你最好到西湖身边看看就走,别在这儿长住,否则,你就可能被她缠住,也许会渐渐忘了你的奋斗目标。

青海湖你一见就会感到他是一个粗粝剽悍的壮年男人。他那怪石嶙峋的湖岸、他那无风三尺浪的模样、他在风来时发出的那种巨大吼声、他身上的那股腥藻味道、他把驶进湖里的船掀得忽左忽右的那股力气、他养的那些性情急躁的鱼,都不能不让观者把他看作一个剽悍的男人。我是在一个夏天的正午站在他的岸边的,高原上的风带着尖厉的响声掠过我的面颊,他也就在这风声里弄出骇人的巨浪,用高大的浪头猛烈地撞击着堤岸,我分明在涛声里听到了他那卖弄力气后所发出的傲然的笑声。据说，胆量小的人，在夜晚是不愿走近他的身边的，他发散出的那股力气在夜晚很是吓人，曾发生过他在夜晚掠走岸边戏水人的事情。尤其是女人，到他的身边戏水要特别小心，若是被他看中，那他就有可能想着法子把你掠走。

颐和园的昆明湖则像极了一个贵妇人。你看她身边的那些饰物：金黄色的琉璃瓦、大理石的雕栏、五彩缤纷的漆画、千姿百态的花木。你看她的岸线，全经过了精心的修饰，不是垒砖就是砌石。你看她的景点，全受过仔细的打扮，不是描眉就是搽粉。你看她湖心行走的龙船，船首船尾高翘，一副凌然不可冒犯的模样。游人到她身边，脸上有好奇有轻松有惊异也多少有一点敬畏：这是皇家园林哪！多少次走到昆明湖边，我都觉得她像慈禧那个女人，锦衣缎鞋，珠翠满头，一脸的冷肃，一脸的威严，让人在她面前不敢轻举妄动，不敢行为不检点。

济南的大明湖很像是一个阔公子，一副不愁吃不愁穿的模样。你看，湖水有趵突泉供给更新，不用担心干涸；四周有许多房屋和人家护卫，不用担心大风的侵袭；岸畔有牌坊、有亭阁、有雕梁画栋的祖传屋宇，不用担心无人理会。他一年四季都一脸无所谓地坐在那里，夏天人群拥来看他，他也并不舞风弄浪地显出多么高兴；冬季少人来访，他也很少冰层相叠地表示出不快。不管你是远道来访的客人还是本城的老相识，不管你是女宾还是男客，来到他身边他差不多都是同一副表情神态。

位于美加接壤处的安大略湖，则是一个不加修饰、奶水丰富的乳母。这个一望无际的大湖，水面清澈无比，平日绝少用洪涛去惊扰岸边的子孙们；当然，她也不容许干旱来困扰她的子孙们。她一年中的大部分时候，都在忙忙碌碌地用自己的奶汁哺育生长在湖畔的美国籍和加拿大籍的孩子们。她很少去打扮自己,大部分湖岸都呈天然状态;她对身边的一草一木都很爱惜;她对每一个走到自己身边的人,都露出慈和的面容。你只要站在她的身边,你的心里就会有一种绝不会在这里挨饿的感觉。

  湖南的洞庭湖则更像是一个饱经风霜的老爷爷。他见识过的东西太多了。他见过楚国的兴衰,听过屈原的悲叹,看过鲁肃的下葬。他还听过农人们因丰收而哼起的动听歌谣,看过人们被大水冲毁家园后的惨状。他不仅目睹过人们持冷兵器所进行的搏杀,也聆听过火枪、炮弹、炸弹这些热兵器的响声。他接受过范仲淹等人的礼赞,也听见过灾民们对他的诅咒。他已经处变不惊,永远对人间保持一副漠然之态了。

  和洞庭湖相比,向以色列供水的加利利湖,很像是个宽容慈祥的老奶奶。在亚洲西部这块缺水的土地上,水是那样的金贵,为了水,曾发生过多少争执和争斗。可不管是谁,只要你走到了她的身边,她都会热情地为你解渴。住在戈兰高地附近的她,可是听到过不少次的枪声,闻见过硝烟的味道,看见过不少的战争场景,但对于争战的双方,她总是不偏不倚。她也为此流过眼泪,不过她无法劝止他们不打,她能做的是把这看作孩子们愿玩的游戏。对于参战受伤的人,不管你是巴勒斯坦人、叙利亚人还是以色列人,不管你是犹太教徒还是基督教徒,只要你来到了她的身边,她都会一边叹息一边悉心地给你以照应。

  我看见过的湖还有很多,他们中的每一个都不仅仅是自然界的一件摆设,你若仔细体察,你都可以和他们悄声对话。

  自然界的每一种东西其实都有灵性,包括他们——大大小小的湖。

## 走近佩雷斯

过去，当我无数次地从电视上看到以色列著名政治家西蒙·佩雷斯的身影时，没有想到有一天我还会坐到他身边，当面听他谈对中国文化以及战争与和平的看法。1997年7月的一天，正在以色列访问的我和另外几位中国作家，被告知说西蒙·佩雷斯先生要见我们。我们当然高兴，当面和这位有"中东和平设计师"之称的以色列资深政治家交谈，机会实在难得。

那是一个后晌，斜过头顶的西亚的太阳，依然把灼热洒向特拉维夫市的大街小巷，我们一行四人在以色列外交部伊丽特女士的陪同下，兴致勃勃地来到了西蒙·佩雷斯先生的办公室。佩雷斯先生正在等候我们，他微笑着同我们一一握手。

落座之后，一边开始最初的寒暄，一边仔细打量这位曾担任过以色列外交部部长和总理的犹太人：他的头发几乎全白了，宽阔的额头上刻了两道很长的横纹，嘴角两边的皱纹也很深。我掐算了一下，1923年出生的他，今年已七十四岁，按照中国的标准，他已经是古稀老人了。他精神很好，一双犹太人特有的微陷的大眼里目光炯炯，胖瘦适中的面孔上没有威严，有的只是政治家的庄重和老年人才有的那份平和与蔼然。

他一开口就说：中国是一个伟大的国家，伟大的国家创造了伟大的文化，创造了孔孟之道；中国在经济领域里发生了巨大的变化，但仍旧保持了自己的文化传统；中国生产出了两种世界闻名的东西——丝绸和瓷器，当然不仅仅是这两样东西。他的话使我想起了他在为他的著作《新中东》一书中文版所写的序言中，引用的《孙子兵法》中的名言："见胜不过众人之所知，非善之善者也。战胜而天下曰善，非善之善者也。"佩雷斯的博学和对中国文化的热情，给我留下了深刻印象。

接下来他谈到了文学。他说他对中国文学非常感兴趣："我是中国文学的爱好者，我很高兴中国文学作品有翻译成希伯来文的；在我担任外长和总理期间，我推动了两国文化的交流与合作，我接到过我们的大使送来的翻译成中文的小说和诗歌。"……世界上的政治家很多，但喜爱文学的并不多，愿意在百忙中挤时间和异国作家交谈文学的政治家更少，佩雷斯竟做到了。我注意到他不算宽大的办公室里立着一长溜书柜，里面摆满了书。这是一个很爱读书的政治家，也正是因此，他才能凭借渊博的知识对世界局势做出正确的判断。我心里对他又生了一层敬意。

随后，交谈转到了战争与和平的问题上，这是我特别感兴趣的一个话题。我们对他在推进中东和平进程中所做的积极贡献表示了敬佩，他跟着语气凝重地说：我们要给后人、给我们的儿童带来和平，不应该给他们带来战争灾难。年青一代应该在新的环境中生活得更好，那里没有仇恨，没有战争。当然，要做到这点不容易，还有许多工作需要我们去做，这也是一次长征……在谈到这些时，他面露坚定，但眼底似也闪过一股忧郁。我非常理解他的心情，在中东的和平之路上，每前进一步都不容易。就在我们来见他的路上，我们顺道去了拉宾广场，看了拉宾遇刺的现场。一个和平斗士已经倒在了自己同胞的枪口之下，那声枪响让人们更清楚地看见了实现和平的艰难。佩雷斯从一个坚持"武装保卫以色列"的人转变为"中东和平的设计师"，来源于他对世界局势和中东现实的透彻分析。他在他的《新中东》一书中指出：世界发生了变化，变化的进程迫使我们用符合新的现实的态度去取代已经过时的概念。过去，在战争中处于危险的是军人，但导弹和大规模杀伤武器已使人口众多的居民区成为主要的攻击目标，仅有保卫国家安全的手段已不足以保障个人的安全。在这种情况下，战争已不再可取，因为战争只能激起新的连续不断的战争。适应这种变化的选择是实现和平——不是为了下一次战争进行准备的和平，也不是两国间局部的临时和平，而是能够面对未来挑战的持久的区域和平。中东的贫困和苦难是战争的根源，而战争又反过来加深了贫困和苦难。因此，和平是我们"不容选择的"选择……

谈话结束之后，佩雷斯在我们带去的《新中东》一书上签名，望着他面带笑容地俯身签名的侧影，我能感觉出他为自己的著作走进中国感到由衷的高兴。那里面倾注了他的心血也表达了他和无数犹太人、阿拉伯人渴望和平、安宁、富裕的心愿。

会见结束的时刻到了。在握别的那一刹那，我忽然想起我曾在电视上看到的1994年12月10日佩雷斯从挪威国王手中把诺贝尔和平奖奖章和证书接过之后，他走到了讲台边，以喜悦和深沉的语调说：各个国家过去总把世界分为朋友和敌人，情况已不再如此。现在的世界面对着共同的敌人——贫困、饥饿、宗教激进化、土地沙漠化、吸毒、核武器扩散和生态破坏等。这一切威胁着每一个国家，科学和信息则是每个国家的潜在朋友……

这是一个政治家的真知灼见。

站在全世界和全人类的立场上来考虑问题的政治家不多，西蒙·佩雷斯却是这不多的政治家中的一个。

再见了，佩雷斯，愿你的努力能早日给你的国家、人民和整个中东带来和平!

愿你的努力成为一种榜样!

当奔驰车载着我们驶离西蒙·佩雷斯那座不大的办公楼时,曾经响彻拉宾广场上的《和平之歌》也在我的心中响起:

> 让太阳升起,让清晨充满光明,
> 最圣洁的祈祷也无法使我们复生。
> 生命之火被熄灭的人,
> 血肉之躯被埋入黄土的人,
> 悲痛的泪水无法将他唤醒,
> 也无法使他重获生命。
> 无论什么人,无论是胜利的欢乐,
> 还是光荣的赞歌,
> 都不能使他从黑暗的深渊中,
> 回到世上与我们重逢。
> 所以,请唱一首和平之歌吧,
> 不要小声地祈求神灵。
> 引吭高歌和平之歌,
> 这是我们最应当做的事情。

# 钻进书中

## 读《复活》

那时,"文化大革命"还在"波澜壮阔"地进行。

那时,我还是一个炮兵团里的新兵。

是一个星期日的后晌吧,我去邻排的一个班长那儿串门,发现他正聚精会神地读一本旧书,书既没有封面,也没有封底,书脊也磨损得看不出书名和出版社的名字。我随口问:"啥子破书,值得这么认真地读?"他闻声先是一惊,继而诡秘地笑笑,随后便把书掖在了褥子底下。我本来对那旧书并无兴趣,可他的举动反倒引起了我的好奇,我就坚持着要看看,但他执意不给,只说:"你好好学习'老三篇'吧,别看这些旧书耽误时间!"我凭着本能判断:那一定是一本好看的书,要不,他不会如此金贵。心想,硬要你不给,我就悄悄来偷,我不信我就看不成。

第二天上午趁他外出不在宿舍时,我大摇大摆地到了他的床前,顺利地从褥子底下摸出了那本书。我拿回自己的宿舍开始翻,书的前几页已经被撕了,能看清的第一句话是:"姨母开家小小的洗衣作坊,借此养活儿女,供应落魄的丈夫。"我一开始读得有些漫不经心,但渐渐地,我被书中的故事吸引了,我那天读得差点误了上岗。中午吃饭的时候,那位班长过来神色严肃地问:"是不是你把书拿走了?"我伸伸舌头讨饶地一笑说:"我看完就还!"他捏住我的肩膀郑重地交代:"记住,只许自己看,不准传,不能让干部们发现!……"

此后几天,我便完全被迷在此书里,只要有一点点空,我就摸出了书来读。那时正是强调学习《毛泽东选集》的时候，为了不让别人发现我在看什么，我每次读前，都在桌上摊开一本《毛选》，使别人以为我是在边读毛选边查看什么辅导材料。我虽然不知道这本书的名字，不知道作者是谁，但我的心被这本书震撼了，我记住了玛丝洛娃和聂赫留朵夫这两个书中人物的名字，记住了几乎全部的故事情节，其中喀秋莎·玛丝洛娃在一个风雨之夜赶到小火车站想见聂赫留朵夫而没有见成的那一节描写，像连环画一样深深地印在了我的脑子里，直到今天，我只要一闭眼，还能看见喀秋莎·玛丝洛娃在夜雨中无望地随着火车奔跑的情景。当时年轻的我，对玛丝洛娃的命运生出了无限的惋惜和同情。

读完全书的那天傍晚，我久久地坐在床沿没动。一开始是仍沉浸在书中的故事里，但后来，一个念头像一只小鸭那样从心底里摇晃着走出来了：将来我也要写一本像这样激动人心的书出来！如果有一天我真写出了这样的书，我一定要大笑三天……

我恋恋不舍地把书还给了那位班长，十分遗憾地说："书真好，可惜不知道书名和作者。"班长笑笑，附着我的耳朵轻轻说："书叫《复活》，作者是俄国作家列夫·托尔斯泰。"哦，《复活》！"复活"这两个字便从此留在了我的心里。

还罢书之后的那个晚上，我很久都没有睡着，我心中暗想，总有一天，我要弄到一本崭新的《复活》，我要好好再读一遍。

六年之后，我的这个愿望得以实现，我在济南的一家书店里，买到了一本新版的《复活》。也就是从这时开始，我开始学写小说。我虽然至今也没写出像《复活》那样激动人心的书来，但我明白，书，应该像《复活》那样写！

也就是因了这段经历，我对偶然见到的一些书本，总要认真地翻一翻,我期望在不经意中会像当年遇上《复活》一样,再遇上一位导师。谁敢保证,好书都会让你在正规书店的柜台上发现?

# 卡尔维诺的启示

　　意大利作家伊塔洛·卡尔维诺的作品，我是 1992 年才读到的。当时读的是花城出版社出版的肖天佑先生译的《帕洛马尔》那本书。那本小开本的书中收录了卡尔维诺的一部中篇和四个短篇小说。老实说，因为不懂意大利语，事先对卡尔维诺先生一无所知，也因为这些年读过的翻译过来的外国文学作品太多，知道其中不少并不是精品，所以我那天拿到那本书时本想翻翻即扔的，没想到一开读便被吸引住了。最先吸引我的是短篇小说《糕点店的盗窃案》中的那几个窃贼：德里托、杰苏班比诺和沃拉·沃拉，卡尔维诺把三个窃贼的心理和言行写得极其精彩，几次使我忍不住笑了起来。对这三个人物的描述使我看出了作者的写实功力，我顿时对作者恭敬起来。接下来我读了短篇小说《恐龙》，这篇以恐龙自述的方式写出的小说，对恐龙的命运和灭绝的因由进行了思索，最后得出了形而上的结论：恐龙灭绝得越彻底，他们的统治范围就扩展得越广。这使我知道卡尔维诺的小说有着深刻的思想内核，不由得对他钦佩起来。

　　我真正被卡尔维诺征服是在读了他的中篇小说《帕洛马尔》之后。这部写于 1983 年的小说是他的最后一部小说。因为两年后他患脑溢血在意大利锡耶纳死时，手上的作品《在太阳之下的美洲豹》并没有写完。《帕洛马尔》是由三十九个片段构成的小说，情节并不完整，但它现实主义的描绘极具魅力，对现代人的孤独感和失落感的表现十分准确，是一部现实主义和现代主义相互交融的作品。这部小说也可以说是一部观察和默想的记录,对月亮、星星、海浪、乌龟、乌鸫、壁虎、椋鸟、长颈鹿、白猩猩等的观察细致入微,记录富有情趣明白易懂,表现了作者对大自然的热爱,也使读者读后有一种美的享受;而那些默想则都浸透了哲理,使人读后对人的命运和我们生活的宇宙有了新的认识。小说的最后一节是"学会死",我读后特别受震动。小说的主人公帕洛马尔在这一节里"决定今后他要装作已经死了,看看世界没有他时会是啥样"。帕洛马尔的这个愿望恐怕很多人都有,就是想看看自己对于这个世界的价值。一些自以为了不起的人总认为自己对这个世界做出了巨大贡献,世界没有自己肯定不行。帕洛马尔观察的结果是:"世界完全可以没有他,他也完全可以放心地去死且无须改变自己的习俗。"这个观察结果使帕洛马尔意外也使我这个读者受到震动:原来我们每个人对于这个世界都是可有可无的,有你,这个世界可能会好一些;没你,这个世界也照样存在,谁也没有什么特别的了不起。我们都要以平常心对待自己的存在,改变自己与世界的存在关系,以平和的眼光看待一切。

《帕洛马尔》使我意识到,卡尔维诺的书是我应该尽量多读的。今年初,译林出版社出版了他的《寒冬夜行人》和《命运交叉的城堡》,我得到书后立刻去读。《寒冬夜行人》这本献给丹尼埃勒·蓬奇罗利的小说,最新颖的地方是它的结构方式,这种方式到目前为止还从来没有人用过。小说以《寒冬夜行人》一书的出版发行为开头,但读者买来书一看,发现从第 32 页以后,书的装订有误。于是找到书店要求更换,书店老板解释说,已接到出版社通知,卡尔维诺的《寒冬夜行人》在装订时与波兰作家巴扎克巴尔的《在马尔堡市郊外》弄混了,答应更换。男读者在书店里还遇到了一位女读者柳德米拉，她也是来要求更换装订错了的《寒冬夜行人》的。接下来小说便在两条线索上平行展开叙述：一条是男读者在阅读为寻找《寒冬夜行人》而得到的十篇毫无联系的小说开头的故事；另一条是男读者与女读者交往和恋爱的故事。这种原创性的小说结构让人耳目一新。使我看到了卡尔维诺不断改进和完善自己创作手法所做的巨大努力。

这本小说吸引我的另一个地方，是它对小说创作发表了很多有意思的看法。书中说，看书就是迎着那种将要实现但人们对它尚一无所知的东西前进……书中说，我想看这样一本小说：它能让人感觉到即将到来的历史事件，有关人类命运的历史事件，就像隐隐听到远方的闷雷……书中说，我最想看的小说，是那种只管叙事的小说，一个故事接一个故事地讲，并不想强加给你某种世界观，仅仅让你看到故事展开的曲折过程，就像看到一棵树的生长，看到它的枝叶纵横交错……书中说，我真想写一本小说，它只是一个开头，或者说，它在故事展开的全过程中一直保持着开头时的那种魅力，维持住读者尚无具体内容的期望。这样一本小说在结构上又有什么特点呢？写完第一段后就中止吗？把开场白无休止地拉长吗？或者像《一千零一夜》那样，把一篇故事的开头插到另一篇故事中去呢？……这些看法对我这个写小说的人不无启发。卡尔维诺其实是在教我们怎样写小说。作者在这本书中对小说的内容、语言、形式、印刷和装订都有精彩的议论，差不多可以说是一部关于小说的小说。

《命运交叉的城堡》这本书收录了卡尔维诺的三部作品，即《命运交叉的城堡》《看不见的城市》和《宇宙奇趣》。前两部是后现代派创作风格的小说，后一部是带有浓厚科幻色彩的小说。我读完《宇宙奇趣》之后才知道,我当年所读的短篇小说《恐龙》,原来就是《宇宙奇趣》中的一章。

卡尔维诺一生写了二十多部作品,我只读了他作品中的不多一部分,但就是这个阅读量,也使我看出了他创作上的三大特点:其一是顽强地不停地寻找新的表现手法。他的小说这一篇和那一篇在表现手法上很难找到雷同的地方。他从写现实主义小说开始,在发现现实主义表现手法的局限性之后,开始向寓言和童话世界去寻找新的手法;接着,又转向科幻小说,运用后现代派的写作手法来反映现代人的生活。后来,他将现实主义、超现实主义和后现代派综合于一身,形成了自己的风格。其二是在寻找写作题材时视域极其广阔。地上的草、海里的浪、水里的蛇、树上的鸟,天上的星星、月亮,过去的传说,当下生活中的爱情,都能进入他的小说。消失了的过去和就要开始的未来,自然界的万事万物,人的各种痛苦,都可能成为他的写作题材。和我们一些作家只会写农村生活或只会写市民生活相比,他的视域要广阔得多。其三是他在作品中思考的东西透彻而深刻。在《看不见的城市》这部作品中,他通过书中的人物告诉我们:为了回到你的过去或找寻你的未来而旅行;别的地方是一块反面的镜子,旅行者能看到他自己所拥有的是何等的少,而他所未曾拥有和永远不会拥有的是何等的多。他由马可·波罗的旅行见闻讲起,先思索的是旅行的本质,接下来思索的是人占有的局限以及人生的局限。把人这个在世界上走来走去的生物的可怜境况思考得透彻而深刻。

卡尔维诺用他的创作实践告诉我这个文学上的后来者,你要想成为一个优秀的小说家,你就一刻也不能停止向前寻找,寻找的东西主要是两个:一个是新的表现形式,另一个是新的表现内容。尽管无数的前辈作家已经找了无数年且也已找到了无数的表现形式和表现内容，但总有一些更新的表现形式和内容藏在前边的草丛和密林里，需要经过仔细寻找才能找到。只要你有耐心和肯付出心血，上帝一般不会让你空手而归。

卡尔维诺还用他的成功告诉我，小说家的劳动是为了丰富人类的精神生活，但他的最终追求，却是要把人类对内宇宙和外宇宙尤其是内宇宙的认识再向前推进一步，当然，这种推进是通过艺术手段来完成的。

卡尔维诺还用他的人生经历告诉我，一个人一旦以小说创作为自己的毕生的事业，他因为创新而起的焦虑和写作竞争而经受的煎熬总要比别人多，他的身体就或多或少地要受伤害，他的身子很难如常人那样健康。卡尔维诺是在六十二岁的年纪上辞世的，他走得有点太早了。他如果不干这个行当，也许会活得长久些。

作为一个后来者，我对所有给过我启示和启发的文学前辈都满怀感激之情，卡尔维诺这个意大利人是他们中的一个。

我怀念他。

## 你能拒绝诱惑？

希腊作家尼可斯·卡赞扎基斯我非常陌生，过去没有读过他的书，对他的生平也一无所知。最初拿到他的《基督的最后诱惑》时，我是漫不经心的，我不知道能不能有耐心把它读完。可一旦开读，便再也没有停下来。这本书所以如此吸引我，首先因为它写的对象是基督，在一定意义上可以说是关于基督的一本新传记。基督是我很小就知道的"神"，是我的故乡很多人信奉的"上帝"，在我们南阳天主教堂，钉在十字架上的基督第一次映进我的眼中时，曾给我造成过极大的震撼。作为一个人，他为什么要走上十字架？他是怎样被钉上十字架的？走上十字架的他为什么会被人们赞美和供奉？这一连串的问号很早就在我的心里存着，我极想从这本书里找到答案。这本书吸引我的另一个原因，是它写的故事发生在以色列这块土地上。1997年，我有幸访问了以色列这个国家，书中所写的加利利、死海、耶路撒冷这些地方我都去过，我还在基督受难路上走过一趟，我那时还不知道这些地方早已被卡赞扎基斯写进了他的小说里，如今读着这本书，看着这些熟悉的地名，心里觉得非常亲切，就好像又回到了那些令我魂牵梦萦的地方。

卡赞扎基斯写基督不是一开始就把他作为上帝来写，而是写他作为一个人，怀着成为上帝的渴望，如何战胜人世间各种点缀着鲜花的陷阱，如何牺牲尘世的大小欢乐，如何做出一次又一次牺牲，取得一个又一个胜利，步步升高，一直走到殉道者的顶峰——十字架。基督成为上帝的过程，其实就是一个拒绝各种诱惑的过程，是一个不断选择灵魂归宿的过程,是一个灵魂和肉体不断斗争的过程。基督选择了拯救人类这个伟大的精神目标,但肉体并不主动地向这个目标前进,相反,它偏要世俗的欢乐,它偏想接受世俗的诱惑,于是灵魂和肉体的搏斗开始了,痛苦也就开始了。书中有一节写基督和妓女抹大拉的见面,写得惊心动魄。一开始写他梦见了抹大拉,在梦醒前的那一刻,他清清楚楚看到那一对纠缠在一起的身体倏的一下落到他自己脏腑的幽深之处,他为此立刻开始惩罚自己,用皮带抽打自己的大腿、脊背和脸,直到鲜血涌流,溅满全身。他想变成空灵的精神,但肉体并没有屈服,肉体怀着对女性抹大拉的向往,硬是把他又带到了抹大拉所在的村庄马加丹。他见状恐惧万分,心立刻向后转,往来路狂奔,可他的双足却违反他的意志,一步步继续向前走,毫无后退之意。他听见一个轻柔的声音说:我一定要见见她,一定要看她一眼……他最终走进了抹大拉所住的院子,坐在嫖客的队伍里等待的时候,他几次要走却终于没走。他最后走进了抹大拉的屋子,他很想把她从床上抱起来,带她离开这里,在远处一个村子里开一家木匠作坊,两个人一夫一妻地过日子,生一群孩子,跟所有世人一样既有烦恼也有欢乐,这种诱惑后来被他战胜,他那晚只是和抹大拉分床而睡。第二天他起身要走时,极想走到床边抚摸她一下,不过这种欲望最后也被他赶开,他一步跳到门口,快步穿过院子,打开了街门的门闩……这种细致入微的描写,把基督的灵魂和肉体角斗的情景一下子刻印到了读者的脑子里。

　　基督的经历很自然地让我们想到了自己。基督的处境其实就是我们的处境。基督的一生都是不断战胜诱惑和不断进行选择的一生,那么我们这些普通人呢?我们是不是也每天都面临着诱惑和选择？答案自然是肯定的。身在仕途每天都面临着更高官位的诱惑，为了获得官位，路子很多，兢兢业业创造政绩从而保持自己为官者灵魂的纯净是一条，找关系送贿赂投机钻营是一条，玩权术设陷阱干掉竞争者也是一条，究竟走哪一条路你不能不做出选择。即使不求晋升，你也仍然面临着诱惑，因为权力身上披挂着许多诱人的东西，比如金钱，你可以随意索取别人的贿赂，你可以用各种名目侵占公款，你可以用权力做股份获得分红，你能为自己积累起一笔可观的财富从而去尽情享受。如果你想要灵魂的安宁，你就要拒绝这些诱惑，去过一种廉洁清贫的生活。身在商海每天都面临着获得更多钱财的诱惑，为了获得钱财，办法很多，按照商人的良心做事，正正经经做生意获取商业利润是一法，制造假冒伪劣商品坑害消费者是一法，骗取银行贷款想主意不也还是一法，究竟用哪种办法你也不得不做出选择。身在学界每天都面临着名的诱惑，如果你为了不使自己学者的灵魂受污染，你可以拒绝名的诱惑，忘掉正常人的享受甚至忘掉健康潜心去做学问；当然你也可以想尽办法为自己制造名声，还可以窃取别人的学术研究成果来为自己谋取名声。诱惑每天都在，怎样选择就成为每天都摆在我们面前的问题。卡赞扎基斯为我们树立了一个榜样——基督，作者曾在书的序言中明确说："我们面前有了一个为我们开辟道路并给予我们力量的榜样。"基督为了他选择的精神奋斗目标，拒绝了一切诱惑，包括在十字架上的最后一次诱惑，我们会为自己的灵魂和良心的安宁，坚定地拒绝一切诱惑吗？

会吗？

卡赞扎基斯在发问。

基督也在问我，问你。

## 感谢丹纳

我无缘与法国史学家兼批评家丹纳相识,他的辞世与我的出生之间,横亘着五十九个年头。但我却对他充满了敬意和感激之情,因为他留下了一部我最爱读的书——《艺术哲学》。

我与《艺术哲学》一书的相遇纯属偶然,不是在教授的书桌上,不是在图书馆,而是在泰山脚下的一座军营里边。那是1971年的秋天,苹果将熟的时辰,我奉命来到这座军营。我们的住处与电影队相邻,我去看放映员倒片子时在一个桌子上发现了《艺术哲学》。它的封面已被撕烂,不过能够在版权页上看清,书是人民文学出版社出的,1963年1月第1版。

没有读过大学的十九岁的我,当时并不知道丹纳是谁,促使我把这本不知被谁丢弃的书保存起来的原因有两个:一是书中有一些插页是世界名画;二是我从目录中发现它讲到了文学——文学是我内心里一直渴望亲近的姑娘。

初读《艺术哲学》,我没能读懂,我觉得书写得过于抽象。那时我虽然还在政治经济学和文学两扇门前徘徊,犹豫着不知该去拍响哪个门环,但我模糊地意识到,这本书对我以后有用,也因此我没有像上一个抛弃它的人那样再一次将它扔开。

从此,这本书便进了我一个士兵的白布包袱,伴随着我在几个军营里走动。没事时我常常拿出来翻它,我读懂的东西在逐渐增多,我从中明白了西方艺术发展史的脉络,懂得了艺术的本质及其产生过程,知道了怎样去欣赏意大利文艺复兴时期的绘画和希腊的雕塑。

真正读懂《艺术哲学》是在我从事文学创作之后。丹纳的"文学作品的力量与寿命就是精神地层的力量与寿命","一部书的精彩的程度取决于它所表现的特征的重要程度,就是说取决于那个特征的稳固的程度与接近本质的程度"的思想,让我懂得了不能为了俗利去写那些实用主义的文字,而应该去潜心研究我们民族、时代、环境的本质特征并努力去加以表现。他指出的"有些作家,在一二十部第二流的作品中留下一部第一流的作品"的现象,让我对粗制滥造提高了警惕。他关于"艺术家必须使人物的遭遇与性格配合","所谓线索或情节,正是指一连串的事故和某一类的遭遇,特意安排来暴露性格、搅动心灵,使原来为单调的习惯所掩盖的深藏的本能、素来不知道的机能,一齐浮到面上"的论述,对我的小说创作起着直接的指导作用。他关于"一部书不过是一连串的句子","但句子可以有各种形式,因此可有各种效果","一句句子是许多力量汇合起来的一个总体,诉之于读者的逻辑的本能,音乐的感受,原有的记忆,幻想的活动;句子从神经、感官、习惯各方面激动整个的人"的看法,让我时时去注意提高自己驾驭句子的能力。

由于获益日渐增多,我对这本书和它的作者充满了感激之情。1986年冬天,我在成都参加《昆仑》杂志的一个笔会,适逢人民文学出版社新版的《艺术哲学》一书上市,我见到后又买了一本珍藏。

从我第一次见到《艺术哲学》到今天,已经二十多年过去了,如今再读此书,自然可以看出它的缺陷和缺点,但我每读一遍,仍然会有新的收获。

我会把我挚爱的《艺术哲学》永远珍藏下去。

# 关于《墙上的斑点》

  《墙上的斑点》是英国女小说家弗吉尼亚·伍尔夫(1882—1941)的短篇小说代表作。这是一篇纯正的意识流作品。该作品1919年发表后,几十年来以它独特的艺术风格吸引了许多国家和民族的读者。我也就是由这篇作品才懂得了意识流小说的写法。

  小说中作者抬头看见的墙上的那个斑点——蜗牛,并没有什么意义,它只是作者写人物意识活动的一个借助点。作者在文中真正用心的是在追逐人物的意识活动,在捕捉幻影,在表现人的意识深处的奇异景观。我所以喜欢这篇小说,就是因为作者领我绕过那个斑点,窥见了人们意识飘动的神妙情状。

  我们一般人都有过这种体验:我们的意识常把我们从眼前的一个物件上飞快地带走,跳跃着把我们带到我们过后想起来甚觉离奇的地方。我曾有过这样一段记忆:十六岁那年春天,站在麦田里锄地的我,看着手中铁锄的木把突然想起了这木把的来历;它可能来自一片树林里的一棵大树,那树上栖居着一条大蛇;砍伐者和大蛇展开了搏斗;蛇与人正斗时刚好有一个城里来的打猎的官人从一旁经过,那官人举枪打死了蛇把砍伐者救回了城里;那官人刚好有一个漂亮的女儿;那姑娘和那砍伐者很快相爱;姑娘于是带上他去看电影,电影院里人山人海且起了大火,一条龙从火焰上飘摇而过……这一系列幻想都在极短的时间里完成,最初看到的东西与最后想到的东西风马牛不相及。人的意识这种奇妙的流动曾让我惊讶不已,但我却不知道该怎样去表现它。弗吉尼亚·伍尔夫的《墙上的斑点》完成了这个任务，她把我们每个人都体验过的东西固定在了纸上，从而让我们对自我、对人类精神世界的认识前进了一步。

弗吉尼亚·伍尔夫作为小说家和小说理论家，是个不倦的探索者和革新者，表现了充满活力的文学力量。在她看来，"任何方式，任何实验，甚至最想入非非的实验，也不应禁止"。《墙上的斑点》就是她进行小说创作实验的一个重要成果。这篇小说教给我们的不仅仅是意识流小说应该怎样写，重要的是告诉我们在小说创作中要有探索和革新的勇气。小说自诞生到今天，模样一直在变。今天的小说与过去的小说已有很大不同，未来的小说与今天的小说相比，肯定还有新的变化。我们该从《墙上的斑点》里汲取一点创新的勇气，为未来小说的发展做出自己的贡献。

## 奇妙的《发条橙》

刚翻开安东尼·伯吉斯的《发条橙》时，我感到了恶心。书中那种对青少年在街头作恶的赤裸裸的可怕的描写，让我的胃开始翻腾，一种想呕的感觉控制了我。我还从来没有读过如此直白写"恶"的小说。不过，随着目光在书页上的不断下移，那种恶心的感觉在不断减轻，到我读完全书的时候，不仅不再想呕，胸腹里还有一种奇妙的舒畅感，就像刚吃了一种可口的美味。当我仰靠在沙发上回忆书中的内容时，我不得不在心上承认，安东尼·伯吉斯的确是小说界的一个高人，他的《发条橙》是一本有着奇妙魅力的作品。

把男孩的青春期躁动夸大到极致，把人生这一阶段可能发生的破坏图景一览无余地展现在人们面前，是《发条橙》的奇妙魅力之一。《发条橙》是一部着眼社会问题的幻想小说，因为是幻想小说，在写法上就更少受约束，作者充分利用了这一点，把男孩青春期躁动的极致状态捧到了我们面前：殴打老人，强奸妇女，入室杀人，拦路抢劫，吸食毒品，诱奸幼女，欺骗父母，互相残害……读者在心理遭受刺激引起恶心恐惧的同时，对人生这一阶段的认识也自然会深入几分，同时，新的阅读期待也随之产生：社会将怎样对待这一批就要成人的满身"恶"的少年？

对后现代社会图景进行想象性描述，把后现代社会的可能发展方向呈现出来，是《发条橙》的又一魅力所在。后现代社会对我们这些正向现代化社会迈进的中国读者来说还很陌生，它究竟是一个

在读书

什么样子，会向哪个方向发展，我们很多人还说不清楚。安东尼·伯吉斯在小说中对后现代社会的发展做了想象性的描述：人类已经在"月宫"上建立了定居点；地球上的环球电视转播已经形成了电视文化；政府可以用生物技术来改造罪犯；人们已经不大看报，书本要撕掉；社会要通过招募小流氓当警察来对付小流氓的犯罪；依赖社会施舍的老人们会成为恶势力的帮凶；除了小孩、孕妇、病人，人人都得出去上班；所有监狱必须腾出来关押政治犯；反对党还存在，并举行选举，但当政者总是连选连任……这一幅幅想象的图景让我们对未来充满了忧虑和疑惧，这份忧虑和疑惧又迫使我们想不歇气地把书读下去。

在对男孩寻常成长过程的描述中糅进深刻的哲学思考，把技术社会与人的意志自由的对立表现出来，是《发条橙》的最大魅力所在。这本书表面上讲的是一个生活在未来某时代的英国社会，酷爱贝多芬的少年由十五岁到十九岁的成长经历，讲他怎样残暴嗜血，无恶不作，因此进入监狱；在监狱中经过生物技术洗脑，对暴力产生了条件反射，哪怕想到暴力也会引起痛苦不堪的生理反应，已无从作恶；被放回社会后，只能任人欺负，觉得生不如死，遂跳楼自杀；随着政治风向的转变，自杀未遂的他又被通过生物技术消除了条件反射，恢复了意志自由，他于是又开始了胡作非为；直到有一天他厌恶了暴力，渴望娶妻生子，过平静的生活。但在这个故事背后，作者要思考的却是在技术社会里人怎样保持意志自由的问题。随着科学技术的迅猛发展，社会生活的各个方面都越来越依赖技术，这种依赖的结果，会不会对人的意志自由造成妨害，这是作者通过他所讲述的故事想要提醒我们的问题。一个人如果失去了选择生活道路的自由，成为技术社会制造的受机械规律支配，身不由己行动的发条人,那人的生存还有没有意义?这种关于人的发展和生存意义的思考,必然会以它的哲学思辨魅力吸引住读者。

音乐在小说中的频繁出现,把音乐作为一种原罪的隐喻,是这部小说又一个具有魅力的地方。小说中的主人公听音乐能听出一种胜过"合成丸上帝"——毒品——的痛快,伴随着美好的音乐,他面前出现的是:男男女女,老老少少躺在地上尖叫着乞求开恩,而我开怀大笑,提靴踩踏他们的面孔。还有脱光的姑娘,尖叫着贴墙而站,我的肉棒猛烈冲刺着。当音乐升到最高大塔的塔顶的时候,我双目紧闭,切切实实地爆发喷射了……把音乐作为恶行的诱发剂,我在文学作品中还没有读到过。音乐一向被我们视为美好的东西,在安东尼·伯吉斯这儿却成了一种原罪的隐喻,这种奇特的构思的确令人惊奇。

好的奇妙的小说里总是有别人没写过的东西,有别人没用过的技巧,有让人惊奇的地方,《发条橙》做到了这些,我因此而喜欢它。

# 骨架美了也诱人

我对美国作家迈克尔·坎宁安的作品也很陌生,《丽影萍踪》是我读到的他的第一部小说。但仅凭这一部小说他就赢得了我的尊敬——他为自己的小说搭建了一个精美无比的骨架。

所有写小说的人都受过同一种折磨:怎样用别人从没用过的崭新的结构方式,把自己要写的故事展现在读者眼前。在小说不断发展,无数个精明脑袋在从事小说创作的今天,一个作家要寻找到一个前辈和同辈作家没用过的全新的结构法子谈何容易?不是有许多人都在那里重复,不是重复外国作家的就是重复中国作家的吗?

可迈克尔·坎宁安在写《丽影萍踪》时找到了。

《丽影萍踪》设计了三个人物。三人中的一个是生活中真有的英国著名女作家弗吉尼亚·伍尔夫,另一个是这位女作家正在构思的一部新作品中的女主人公克拉丽莎,再一个是女作家作品出版后的一个怀了孕的女读者劳拉。三个人的身份各不相同却又有着紧密的联系,有了作家才有了她的作品中的人物,作品中的人物写成功了才获得了读者。她们三个人一真两虚,像一号、二号、三号三根柱子,排列成了三角形,一下子把迈克尔·坎宁安创造的那个艺术世界支撑了起来。

《丽影萍踪》让书中的三个女人活动在同一天里却没让她们活动在同一个年代里。三个平行叙述的故事都是一天的故事,可弗吉尼亚·伍尔夫的故事发生在1923年,她所写的小说中的人物克拉丽莎的故事发生在20世纪末,读者劳拉的故事发生在1949年。一个 1923 年的故事,一个 20 世纪末的故事,一个 1949 年的故事,虽然都是在一天之内发生,可中间都相错几十年时间,这三个一天的故事往一起一摆,不用再多说别的,无数的意味便都出来了。1923 年一个女人的生活境况和 1949 年另一个女人的生活境况肯定有许多不同,一个 1923 年的女人想象出的 20 世纪末的女人生活境况,同样能引起人们的兴趣。这三个年头像三根横梁架在了原有的三根柱子上,使全书的支撑结构变得稳固起来。

《丽影萍踪》还让书中的故事发生在两个国家的三个城市里。虚构的克拉丽莎的故事发生在纽约,弗吉尼亚·伍尔夫的故事发生在伦敦郊外,读者劳拉的故事发生在洛杉矶。三个地方各有各的特点,伦敦郊外安静美丽,纽约这个城市有着永无止境的生命活力,洛杉矶喧闹浮躁。三个地方对三个不同的女性的内心发生着不同的影响。1923 年的伦敦发生了博纳·劳首相辞职,斯坦利·鲍德温继任的大事;这一年,英国通过法律允许妻子因丈夫通奸而与之离婚;这一年,英国的约克公爵迎娶了伊丽莎白·鲍斯·里昂小姐;这一年,英国议会有了八名女议员;这一年,英、美之间开播了无线电广播。这些大事混合在一起所造成的那种社会波动都会对人的生活和心理产生影响。同样的,1949 年的洛杉矶和 20 世纪末的纽约也会有影响人的生活和心理的事情发生。这种把三个主人公安排在三个地方的做法给读者增加了吸引力,人们预先就有一种观看不同遭遇的期待,自然增加了阅读的兴趣。这就像在原有的横梁上又架起了檩条和椽子,使全书的支撑结构变得越加细密起来。

有了这样三层骨架支撑,《丽影萍踪》外形变得好看诱人了。我想,凡是拿到这本小说的人,只要翻看一下它的骨架,就会有了阅读它的兴趣。

迈克尔·坎宁安是一个聪明的设计者，他仅凭这一本书就使人们看出，他是一个有着强烈创新精神的作家。他的这次成功也告诉我们，小说的好结构远没有被人全部发现，无数个精妙的结构方式仍藏在密林里等着我们后来者去寻找。如果我们没有找到，只能怪我们自己无能，而不能抱怨世界上已没有了这种资源。

我们应该向密林的更深处走。

## 人生尽头的盘点

几年前读美国畅销小说《廊桥遗梦》时，很为作家罗伯特·詹姆斯·沃勒虚构的那个浪漫爱情故事感动。故事中的罗伯特·金凯和弗朗西丝卡·约翰逊这对中年男女的形象，与那座有百年历史的廊桥一起，留在了我的记忆里。随着时间的推移，他们和他们的故事都渐渐离我远去，就在我将要把他们完全忘却时，忽然有一天一位朋友给我寄来了一叠书稿，说是沃勒又写出了《廊桥遗梦》的续篇《梦系廊桥》，罗伯特·金凯又开着他的装了摄影器材的卡车，由西雅图向衣阿华州麦迪逊县的廊桥开去，要重去看望给过他四天美好爱情生活的弗朗西丝卡·约翰逊了。我顿时精神一振，急忙拿起书稿看了起来。

我阅读时是带了两个担心的。其一，为罗伯特·金凯和弗朗西丝卡·约翰逊担心。两个人在相隔多年之后再见面还能不能找到当年的感觉？要是破坏了当初对对方的美好印象岂不糟糕？其二，是为作家沃勒担心。谁都知道为出了名的作品写续篇是一种愚蠢的行为，不管是别人或是作者自己。沃勒会不会因这续篇坏了自己的名声？

读完《梦系廊桥》的优美译文之后，我的两个担心都已消失了。

罗伯特·金凯和弗朗西丝卡·约翰逊直到书的结尾都还保存着当年留给对方的印象。在弗朗西丝卡的眼里，罗伯特仍是十六年前的那个像豹子一样的男人，浑身都流露着一种强悍和不屈不挠的精神；在罗伯特的眼里，弗朗西丝卡还是那个倚在衣阿华牧场篱笆桩上，穿着一条合体的旧牛仔裤和白色T恤衫，在暖色的晨曦里朝他微笑的让他热血奔涌的美丽女人。之所以会有这种结果，是因为他们两人在这本书里最终没有见面。罗伯特虽然开着那辆名叫哈里的卡车，千里迢迢地去了他魂牵梦萦的廊桥，可他并没去见他日思夜想的弗朗西丝卡，他担心打扰她和她家人的生活，也担心会出现尴尬的结果。这是他的聪明选择。他和弗朗西丝卡就差十几分钟的时间没能在廊桥桥头再见一面。这当然让人感到遗憾，可就是这种遗憾使小说留下了想象空间也充满了魅力，这种带了伤感的不能遂人心愿的爱情更能抓紧人们的心。

这本书也没有坏了作家沃勒的名声。沃勒虽然写的是《廊桥遗梦》的续集，但他的主要用心已不是去续写罗伯特和弗朗西丝卡的爱情故事，不是把一对中年男女的爱情故事再置换成一对老年男女的爱情故事，他的主要用意已经变了，他是想写一个即将走到生命尽头的男人盘点人生收获的情景。罗伯特·金凯一生都在迷恋摄影，在这个领域里，他是一个成功者，虽然他没有获得多少金钱的回报，但他获了多项奖励，他出了名，有了成果。不过这些都没有使他有一种满足感和快慰感，使他感到真正满足和快慰的，是他和那个名叫弗朗西丝卡·约翰逊的女人的爱情，那四天的爱情生活让他觉得他此生没有白活，可以让他刻骨铭心一辈子并带着对它的记忆走向生命的尽头。就在他去那场爱情的发生地——廊桥重温旧梦时，另一个和他有关的故事也开始展开，那也是一场有关爱的故事——他早年和一个名叫维妮·麦克米伦的姑娘的短暂爱情使他有了一个儿子，那位他不认识的儿子如今正在找他。儿子最终找到了他，他也充满内疚地和儿子相认了。这样，六十八岁的罗伯特·金凯发现，他奋斗一生所得的最令他感到安慰和快慰的回报，其实就是两项：一个是与弗朗西丝卡的爱情；一个是与儿子卡莱尔的父子之爱。爱，是他一生的最大获得。

　　畅销书作家沃勒虽然写的是常见的故事，触及的却是一个深刻的命题：人在生命的尽头将会怎样盘点自己的收获？人在死亡将至时会怎样去衡量自己的所有获得？每个人对自己生命终结的时间并不知道，这是上天为了保持人们对他的敬畏而定下的无可更改的规矩，但和罗伯特·金凯一样，绝大多数人是可以凭直觉大致知道最后的终点离自己还有多远的。一到这种时候，人就要自觉不自觉地去回首自己的人生之路，去盘点自己的人生收获，去做一些一般人很难理解的事情。当罗伯特·金凯开着他的卡车不远千里地向廊桥奔去时，肯定会有一些年轻人觉得那是胡闹，既然不和那女人相见不和她做爱还跑去干什么？！罗伯特·金凯就是要用他的举动告诉人们，人在生命的最后阶段衡量事物的标准会发生变化，人只有到这时才会明白，人生最重要的收获不是事业的成功不是金钱不是权力不是名声，而是爱。

　　在你生命力还旺盛的时候，一定要学会去爱！

　　当你得到了爱的时候，一定要珍惜别再把它丢开！

　　我们都不得不从这个世界上消失，可千万不能一无所爱半点爱也未得地两手空空地离开这个世界！

　　我仿佛听见罗伯特·金凯在对我这样说。

## 《没有被征服的女人》的魅力

《没有被征服的女人》是英国作家威廉·萨姆塞特·毛姆晚年的作品。毛姆是我敬重的作家之一，我读过译成汉语的他的大部分作品。《没有被征服的女人》是他小说技艺炉火纯青时的作品，其发散出的魅力令人目眩神迷。我第一次读它是在多年前的一个黄昏，我记得我是一口气把它读完的，读完之后因为心受震撼身子久久未动，直到夜幕全部降临。

毛姆在这部小说中引领我们走进了一场并无硝烟的战争。故事是小说的外壳，外壳的好坏决定着小说能否吸引住人的眼睛。这部小说讲述的故事扣人心弦：第二次世界大战中，占领法国的一个德军士兵汉斯，在外出途中强奸了一个法国农村姑娘安内特，无力自卫的姑娘除了满怀恨意外没有别的办法。那德军士兵在得知姑娘被奸怀孕后，慢慢爱上了她并下决心和她结婚。他利用战时的困难，以送礼的办法说服了那姑娘的父母同意这场婚事，却最终也没能得到那姑娘的允许。他原以为姑娘在生下孩子后会软化自己的决心，未料到那姑娘竟会决绝地把自己生下的婴儿溺死了。这个凄婉的故事不可能拨不动读者内心最柔软的部分。以德法之间的战争为背景可以虚构出很多故事，但你不能不承认毛姆虚构出的这个故事很具匠心。这篇小说给我们这些后来的小说创作者提供的一条启示是：认真地选择可以负载你的思考的故事。

准确地把握并写出人物心理的发展过程，是毛姆在这篇小说中显示出的又一本领。毛姆在这篇小说中，对所有人物的心理发展过程都描述得极其准确,尤其是对那个德军士兵汉斯。故事开始时汉斯是一个凶恶而野蛮的侵略者,他认为自己作为战胜者,在法国应该是想要什么就要什么,对于战败的法国国民,不必拿他们当人看;后来,由于驻地四周的法国人对他和他所在的部队充满了敌意,他心情烦躁而难受,才又想起去看那个被他强奸了的姑娘,他期望从姑娘这儿得到一点人类的友谊,此时,他已经愿意把战败者当作人当作朋友看了;接下来,他在得知那姑娘怀了孕后,精神上受到了震动和感动,开始慢慢地爱上她,把她当情人看待,并愿意和她结婚;到最后,他对那姑娘和姑娘生下的孩子的感情,已经和普通的丈夫与父亲没有两样了,当他得知那姑娘把生下的孩子溺死之后,他的伤心和悲痛不仅是真实的而且差不多能引起读者的同情了。有这样一个心理发展过程,就使得这个人物显得特别真实可信,他和我们通常所说的侵略者是那样的不同,可就是这种不同,使他有了在文学上长存下去的价值。

这部小说在叙述上有一种不动声色的平静。文中的故事情节既有强奸又有溺婴,应该说充满了紧张和血腥,叙述这个故事,当然可以义愤填膺用形容词讲得鲜血淋漓令人惊惧异常。但毛姆没有那么做,他用平常的口气,用平常的文字,平平静静地叙述着。在写强奸过程时,不过是几句话:他用手捂住姑娘的嘴,让她喊不出声,把她拖出屋子。事情就是这样发生的,你也许得承认是她自己招惹的。在叙述溺婴过程时,也是借安内特的口很平常地说:我干了我不得不干的事。我把他送到河里,把他放在水里直到他死去。这种平静的叙述造成的阅读效果首先是带给读者一种意外——这样大的事情怎么就这样发生了?接下来是紧张,是那种心理紧张——它对当事者的伤害会达到什么程度?这种平静的叙述留给读者的想象空间也更大,不仅是关于场景的想象,还有对人物心理状态的想象。毛姆在这篇小说里用他的叙述本领告诉我们,反常叙述是可用的,越是紧张的事情越是用平静的口吻叙述,与越是大事越用无所谓的口气来讲,获得的效果是一样的。

这篇小说的魅力,还在于毛姆虽然对小说中的人物和事件在情感上有倾向性,却没有在作品中直接地对他写的人和事做出判断。在小说的发展史上,有很长一段时间,小说的作者都要把自己对所写的人与事的判断交给读者。这样做当然有好处,但坏处似乎更多:为什么不给读者留下评判的机会?你的判断就一定正确?毛姆在这个问题上是清醒的,不去干出力不讨好的事,我只把我要讲的故事告诉你。在这篇小说的后半部分,安内特的父母已经同意把女儿嫁给汉斯,他们内心里完全把汉斯看作了女婿而不是敌军士兵,女儿的分娩使他们十分高兴。从人的角度看,这是正常的;从对待侵略者的态度上看,这似乎又是没有骨气的表现。究竟应该怎样评判他们,作者没说,留给读者自己去想。再说安内特,她把自己生下的孩子溺死,从厌恶侵略者的角度看,是可以理解的;可从对待生命的角度看,她怎么能够擅自决定让一个神圣的生命消失?她的行为该获得怎样的评价?作者也没有说。还有汉斯,一方面,你强奸了战败国的女人,你怎么还有脸去要这强奸的结果——孩子?另一方面,一个男人既然参与了一个生命的创造,尽管这参与的方式是野蛮的,可别人怎能随便剥夺他当父亲的权利?这些事情,毛姆都留给了他的读者去自己做出判断。一部作品的成色,往往和它提出的问题的判断难度成正比,判断难度越大,作品越有魅力。

毛姆多年前写的这篇小说的成功,为我们战争小说的创作提供了不少值得借鉴的东西,相信大家只要走进他写的那个世界,去结识了汉斯和安内特以及她的父母,就不会空手而回。

# 看《海》

《海》是爱尔兰作家约翰·班维尔获得 2005 年布克奖的小说。这部小说的篇幅不大，译成汉语才十万字。可我读完它却用了一个来月的时间。它基本上没有故事，可读性不强，我读得断断续续，数次都想把它完全放下不读了，但一种想看看获布克奖的小说究竟是什么成色的愿望让我最终坚持读完了。读完全书之后，方觉得这部书还真值得一读，当初没有半途放下的决定是对的。

这部书让我明白，不论是哪个国度、哪个民族的少男们，其心理花园的小径都有奇妙的相通之处。约翰·班维尔这部书的主人公马科斯·默顿，在应付人生的混乱之时，决定回到儿时曾经度假的海边小镇。多年前那个夏天的度假生活重又回到了他的眼前。少时的马科斯·默顿的内心世界随即被作家呈现了出来：……对成人世界的观察，对成年人性生活的好奇关注，对成年女性成熟身体的窥视和兴趣，发现成年男女做爱时的那种恶心欲吐感，发现成年人婚外情的吃惊和不解，接触少女时的惊怯，对少女那种朦胧含混的爱和热情……班维尔写得极其细微、真切和冷静，让人看了只有佩服和惊奇：作家对少年生活的回忆竟能如此清晰，对往事的复述竟能如此动人，对人的内心的袒露竟能如此大胆，他真的能够看透人们的内心？

班维尔的这部书还把人的少时生活对人生影响的深刻程度，清晰地展露了出来，这对我也颇有震动。书中那个先叫露丝后叫翡妃苏的小姐，她和格雷斯的关系，她在那对双胞胎少年死亡时的表现，让书中的主人公对女性产生了极其微妙的看法，这种对女性的看法影响了马科斯·默顿以后长长的人生，甚至影响到他处理与妻子和女儿的关系。作家对这种影响的洞察力和表现能力令我惊叹。我过去对这种影响虽有感觉，但从没有达到如此深刻的程度，更别说将其形象地表现出来。

依思绪的跳跃而展开叙述，在班维尔之前很多作家都玩过，但我觉得，班维尔在这部书中把这种叙述方式玩得最为纯熟最为精到最有魅力。一会儿是当下的生活场景，一会儿是回忆中的生动场面，一会儿是冥想，一会儿是梦境，作家完全打破了时空的限制，完全根据心绪的变化来展开叙述。不需要过渡，不预先交代，文字随手拿来，对话随时展开，但又是那么自然，那么顺畅，那么容易让人接受。他确实是一个完全掌控了叙述技艺的艺术家。

班维尔这部小说还让我感受到了表现日常的无戏剧情节的生活，其实也充满魅力；让我感受到了当作家心中一团乱麻时，完全不必将其理清，只需将这团乱麻表现出来即可；让我体会到了作家在写作中应懂得停顿的审美效果，不急于把想讲的都讲出来。总之，这部书花点时间去读，确实值得。我愿喜欢小说的朋友们，也能找来一读。

# 摆脱飘荡状况的努力

## ——读长篇小说《毕司沃斯先生的房子》

V. S. 奈保尔写于 1961 年的长篇小说《毕司沃斯先生的房子》，对世界上移民人群的生存状况进行了生动的表现，对他们企图通过拥有自己的房子以建立和脚下土地的联系，从而摆脱无限的飘荡状态进行了精妙的描绘。这是对人类生存图景的又一次展示，是作家对人与土地关系的又一次深层挖掘。

人与脚下土地的关系，是人世上最重要的一种关系，是关系到人的生存质量和命运的一种关系。这种关系细究起来无非有三种形式：一种是血脉相连，人们世世代代就生活在脚下的土地上，其肤色其语言其声音其身个其习惯都由这块土地所决定，这部分人被称为原著民；另一种是短暂客居，人们到这块土地上只是为了做客和游览观光，他们知道自己的归期，他们有一种新奇感却无任何焦虑，他们被称为游客；再一种就是长久移住，人们为了躲避什么或向往什么而离开自己的原住地，移住到脚下这块对他们来说十分陌生的土地上，他们被称为移民。这部分人很难将身心融入脚下的土地，总是生活在一种临时性之中，有一种在空中飘荡的惶然不安之感。奈保尔的《毕司沃斯先生的房子》这部小说，关注的就是这第三种关系形式，也就是把由印度移住到特立尼达的移民的生存境况，作为自己的表现对象。作者以自己父亲的经历为素材，以父亲为原型，塑造了毕司沃斯这个人物，这个人物一生都在为拥有一所房子努力，他想通过一所房子，把自己与脚下土地的关系稳定和固定下来，使自己获得一种家的感觉，获得一种独立的有身份的感觉。房子在这部书里成了一个象征物，它象征着一个铆钉，移民们通过这个铆钉，把自己与所移居的土地的关系固定了下来。从来没有一个人像奈保尔这样，赋予房子如此的含义。当你读完全书去思索毕司沃斯那所房子的象征意味时，你心里会充满辛酸和悲凉，你会对移民人群的处境顿生感叹，会对人与土地的复杂关系生出惊愕之心。

奈保尔是一个移民的儿子，他对普通移民的平凡生活和内心痛苦有深切的体验，对他们的追求和希望有深刻的理解。也正因为这样，他才能笔到意到，把书写得如此动人。此前，世界上已经有不少作家写到过房子，可像奈保尔这样写房子的还没有过，没有人像他写得这样充满无奈和深情，写得如此悲喜交加，写得这样深刻和震撼人心。奈保尔的成功再一次告诉我们从事小说创作的人，只有深切体验过的东西，你才能深刻地表现它。这部书译介到我国的意义是双重的：其一，它为我们研究人类处境提供了一所"房子"；其二，它在我们那些靠采访写作的小说家脚前画了一道白线。

奈保尔在这部书里描写日常生活的本领特别让我钦佩。这部书中没有大起大落惊心动魄的故事情节，有的只是琐碎的日常生活：做工、挣钱、吃饭、娶妻、吵架、生子、家庭矛盾、孩子上学，等等，全是下层人的庸常日子内容，可奈保尔把它们写得妙趣横生，吸引得人不能不看下去。他总是能找到那些特别传神和有意味的细节，并用追求与奋斗这条线将其串联好拎到你的面前，把人物内心的景致一幅一幅呈现在你的眼里，使你读书如赏景，逐渐迷进他的艺术世界里。

因为读的是译文，我们不可能尽赏这部小说的语言魅力，但我们从译文里也可以获得一种行云流水的感觉，这应该感谢余君珉同志，他的译笔很美。翻译其实是一种改写，这种改写的水平高低，直接影响到人们对一本非母语书的阅读兴趣。《毕司沃斯先生的房子》中译本能获得很多读者，证明了它是成功的。

这本书的编校质量也很好，封面和版式设计让人看了心里很舒服，文字上的错漏几乎没有，封底上的介绍简单明了有吸引力。整本书看上去高雅秀美，单是外观也让人生了购买和收藏的兴趣。

## "人世"定义

中国的女作家萧红，曾用她的作品把人世定义为"生死场"。仔细一想，这定义十分准确，人世不就是一个生生死死的场所嘛。你来我去，每个人几十年光景，对那些特别的人，上帝也就恩准他们活到一百来岁。每个人最后把白骨一留，便无影无踪了。

美国的男作家冯内古特根据他的人生体验，通过他的长篇小说《五号屠场》(译林出版社1998年版)，把人世定义为"屠场"。我觉得这也十分准确，我们回首历史，会发现没有一年人类不在打仗。不是你打我，就是我打你；不是在这儿打，就是在那儿打；不是你杀我的人，就是我杀你的人。这不像屠场像什么？

1998年7月20日，美国《纽约时报》公布了他们选择的20世纪最好的一百部英语小说，《五号屠场》名列第十八位。这似乎说明，冯内古特对人世的看法得到了不少人的认同。

《五号屠场》写的是第二次世界大战期间发生在德累斯顿一家屠宰场里的故事。被德国俘去的一些美国军人就关押在这个屠宰场里。战俘们使用的蜡烛和肥皂是用人体的脂肪制成的，杀人在这里和屠宰猪、牛、羊一样轻而易举。书中人物之一毕利在这儿看到过许多被热水烫过的尸体。但作者在谴责德国法西斯的残暴的同时，还着重写了美军对德累斯顿的大轰炸，这次轰炸造成了13.5万人的死亡。这次轰炸按官方的说法是为了瘫痪纳粹德国的抵抗能力，是早日结束战争的正义之举，可在作者的眼里，同样是一场野蛮行为，是再一次把德累斯顿变成了屠宰场地。作者这样描写德累斯顿被炸时和被炸后的情景：德累斯顿成了一朵巨大的火花了，一切有机物，一切能燃烧的东西都被火吞没了；德累斯顿这时仿佛是一个月亮，除了矿物质外空空如也，石头滚烫，周围的人全见上帝去了。在20世纪50年代那些描写第二次世界大战的美国小说里，美军的行为包括这场战争都是被肯定的，可在冯内古特笔下，这一切则成了嘲笑和质疑的对象。作者在书中公开说：在任何情况下不能参加大屠杀，听到屠杀敌人不应当感到得意和高兴。他比他的前辈作家前进了一步，这一步很重要，这一步为把我们人世变成乐园而不是屠场奠定了一点新的基础。

我喜欢读《五号屠场》的另一个原因，是它的叙述方法新颖独特。在这本书里，作者发明了一颗541号大众星，书中的人物被一架飞碟绑架到541号大众星上，从而获得了观看人类世界的新的视角。从这里可以看见地球上的人类在进行愚蠢的杀戮，作者也借这里的生物之口，对人类进行了无情的嘲弄。有趣的是，这个被绑架到541号大众星上的人物毕利，可以看见不同的时间，可以见到他感兴趣的任何时间。在541号大众星上的生物看来，过去、现在、将来——所有的时间一直存在，而且永远存在。接受了这种观点的毕利，挣脱了时间的羁绊，他就寝的时候是个衰老的鳏夫，醒来时却正举行婚礼。他从1955年的门进去，却从另一个门1941年出来。他再从这个门回去，却发现自己在1963年。正因为小说中的人物有了这种本领，所以小说的叙述便获得了极大的方便，可以随意转进到不同的时空，人物老年、幼年、新婚、少年、病中、中年的故事随意穿插，使我们读起来觉得妙趣横生，快感无穷。

《五号屠场》中有一句话："就这么回事。"使用达几十次之多。这句话是书中人物毕利从541号大众星上学来的，每读到一次，我都忍不住要苦笑一次。

——纽约州埃廉市的理发师在狩猎逐鹿时被一位朋友开枪打死啦。就这么回事。

——炮兵队的人除韦锐外全部报销。就这么回事。

——一具具死尸啦,他们的脚板又青又白。就这么回事。

——他现在已经死了。就这么回事。

从我随便在书中找出的这几句话里,我们已经能够感受出"就这么回事"这几个字的力量,能够体会出其中蕴含着的那份无奈、心酸、讥嘲、幽默。我想,仅仅因为冯内古特对这句话的使用,就应该把他划入黑色幽默流派。

今天的世界上,各种各样的屠杀仍然没有间断。以美国为首的北约对南斯拉夫持续许多天的轰炸,难道不是一种屠杀?在战乱不断的非洲,不是不断传来有成批人被杀的消息吗?"五号屠场"不存在了,"六号屠场""七号屠场""八号屠场"也不应该存在。我们应该记住作家冯内古特在他这本小说中的呼吁:使地球上的全体居民学会和平的生活。我们不应该再允许把地球变成屠场的行为发生。

作家和平民一样,无力也无权阻止一些屠杀事件的发生,但他可以呼吁,呼吁停止屠杀。如果连呼吁也不发出,那还要作家干啥?

# 难忘陀氏《罪与罚》

1979年秋,经过南部边境战争的部队官兵们相继把目光由战地收回,重新置身于和平环境里。安静地阅读和静静地思考再次成为军营生活的内容之一,也就是在这时,我由朋友处借到了韦丛芜先生译的俄罗斯作家陀思妥耶夫斯基的《罪与罚》,开始了我与陀氏的第一次神交。

我是带着放松身心的愿望打开书的,但没读多久,心就又被揪紧了。我未料到这本书也是在写"战争",只不过不是写炮声隆隆两军对垒的战争,而是写一场心理"战争",写一个名叫拉思科里涅珂夫的大学生,因为被穷困的生活所迫,萌生了杀死一个放高利贷的老太婆以抢劫钱财的念头,他先是在做还是不做这件事上犹豫徘徊,终于下决心做完之后,又在自首不自首这事上痛苦斗争。我被那种紧张的心理争斗和挣扎的情景完全吸引住了。我差不多是在一周之内把全书读完的,这一周里,我的心和书中的主人公一样,沉浸在一种压抑、郁闷和迷离狂乱中。书中笼罩的那种阴沉抑郁氛围,也将我全笼罩其中了。

我清楚地记得,读完全书之后,我长久地坐在我的宿舍里一动不动。我感到我的心受到了强烈的震撼。那种震撼感首先来自陀氏所发现的那种苦难。陀氏对底层社会苦难的熟知,以及表现这种苦难的细致和大胆,令我惊奇不已。特别是拉思科里涅珂夫一家和妓女索菲亚一家所经受的苦难是那样让人感到无助和痛心。原来苦难可以这样呈现,原来作家可以这样写社会,我在心里感叹:这才是人民的作家，这才是社会的良心。那种震撼感还来自陀氏描写人物心理活动的奇特能力。此前读过的作家，当然也有描写心理活动的高手，但像陀氏这样，差不多一部长篇都在写一个人的心理活动，写得又是那样活灵活现入情入理，让人读时既感到透不过气来可又不忍放下，我还没有遇见过。作家的一个重要任务，就是探察人在各种情境和环境中的内心世界的奥秘，陀氏能把一个年轻男人在犯罪与受罚时的心理奥秘如此生动清晰地呈现在读者面前，这的确是一种天才。那种震撼感也来自陀氏对灵魂得救方式的思考。陀氏先是让他的人物自己去寻找灵魂得救的办法，让他的主人公发明一种理论：藐视事物最多的人往往会在社会中成为立法者，最大胆的人最对。当这种理论最终不能救其灵魂时，陀氏把基督教的教义通过一个妓女展现在了他的主人公面前，把赎罪自救之法告诉了他的人物。作家的最终任务，其实就是通过自己的作品，去影响和提纯人们的灵魂，陀氏在这本书里，把这个任务完成得很好。

在我的阅读史上，这是一次重要的阅读经历。这次阅读让我明白，一个作家必须具有三种能力：其一，要有敏锐的感知社会苦难的能力。当别人没有发现苦难或发现了苦难却给予漠视时，你却能发现并敢于大胆地给予展示。其二，要有撬开所写人物内心隐秘之门的能力。任何人的内心世界多数时候都是呈封闭状态的，你要想法进去并将其中的东西展示出来。其三，要有抚慰人的灵魂的能力。世界上多数人的灵魂，因为各种各样的外部和内部原因，总是处在一种惊悸不安和难言的阴凄寂寞状态中，作家应该像牧师一样，想法给这些灵魂以抚慰。

这次阅读虽然已经过去了很久，但记忆至今依旧清晰，可见，读一本好书是多么重要，它能长久滋养你的心灵并给你留下美好的回忆。

《罪与罚》是陀思妥耶夫斯基发表于 1862 年的作品,到现在已差不多快一百五十年了,可它依然保有着浓郁的艺术魅力,仍旧吸引着全世界无数的读者去看。这部表现都市生活的作品,用它的巨大成功告诉我们这些后世作家,你要想写好作品,必须沉下去,沉到社会的最底层,沉到人物的内心里,只有在那儿,你才能发现闪光的东西,才能发现使你的文字变得不朽的物质。

我庆幸我在 1979 年看到了《罪与罚》,它给了我太多的东西。我为此永远对陀思妥耶夫斯基心存感激。

# 站在欧亚两洲的连接处

## ——读帕慕克的《我的名字叫红》

《我的名字叫红》是我读的第一部土耳其小说。在此之前,我对土耳其和土耳其文学的了解仅限于教科书上的一点介绍。读完了这部小说我才知道,身处欧亚两洲连接处的土耳其,不仅在绘画艺术上有过辉煌的过去,而且在文学创作上也已经达到了很高的水平。老实说,当我刚拿到书的时候,我对阅读的收益还不是很有把握,因为我已经读过太多盛名之下,其实难副的作品。不过在我开读之后不久,欢喜之情就溢满了我的心中。

帕慕克多视角叙述故事的本领令我大开眼界。小说其实就是叙述故事,同一个故事用不同的视角去叙述,给读者的阅读感觉会有很大不同。我过去读过用死者的、婴儿的、成人的、上帝的等等视角去叙述故事的作品;但我还从未读过用颜色,用金币,用死亡,用画上的狗、树和马作为叙述者的作品,帕慕克让我看到了。他在他的《我的名字叫红》这部小说里多次转换叙述角度,让各种各样的人和各种各样的物都充当叙述者,这让我着实惊奇和意外。给非人的物品赋予生命并让它们讲述故事发表见解,那种新鲜和陌生的感觉实在有趣。那枚二十二克的奥斯曼苏丹假金币,它自述的人间经历是那样真实、可信又让人忍俊不禁。人们把它藏在乳房间、屁眼里和枕头下的举动,人们围绕金币展开的争夺、欺骗和残杀让我们真切地看见了人心的贪婪和人世的荒诞。没有人像帕慕克这样在一部小说里如此频繁地变换叙述视角,也没有人像帕慕克这样在一

在伊斯坦布尔

部小说里推出如此多的叙述者。这是他在小说叙述技术上的一种创造。

帕慕克对不同文化之间发生融合和冲突的关注，令我心生敬意。这部小说展现的是几个世纪前细密画师们的生活，细密画这门穆斯林艺术，曾经是表现人类智慧最美的艺术之一，但它却在新的西方绘画艺术的影响下渐渐式微。我们从帕慕克的笔下看到，这门艺术的死亡过程，在细密画师们的心中掀起了巨大的波澜，一部分细密画师主张放弃对西方绘画艺术影响的抵抗，另一部分恪尽职守的画师们则因艺术观的坍塌而企望用暴力自卫，争斗到最后出现了鲜红鲜红的血。帕慕克用红色的血让我们看到了不同文化在融合和影响过程中的真实图景。帕慕克站在欧亚两洲的连接处，对不同文化间的影响和冲突感觉尤深。他不仅感觉到了，而且用小说给予了表现。今天，我们很多中国作家也在关注现实，但更多的是关注衣食住行生老病死这种人生第一层面的东西，对我们整个民族在文化层面上面临的各种问题还很少去思考。帕慕克用他的作品给了我们一个提醒。在这个全球化的网络时代，各种文化的相互影响、融合和冲突每天都在发生，人们心中因此而产生的矛盾、不安和苦痛也时时存在，我们作家没有理由不去给以关注。

帕慕克笔下的爱情也令我感到新奇。我特别欣赏他在这部小说里所写的谢库瑞这个女人，这位有两个孩子的土耳其少妇，外表美丽内心炽热，对爱情的追求异常大胆。由于是第一人称的叙述，我们很容易就看到了爱情在她内心世界里占了多么重要的地位，看到了她为获得爱情使用了多少心计。由于地理的阻隔和宗教信仰的不同，我们对土耳其人的日常生活比较陌生，可透过这部小说，我们知道了尽管中土两国人民的情爱观念不同，婚姻的戒律不同，但对情爱纯度的追求十分相同，美好爱情在人们生活中的重量也都相同。帕慕克的小说让我们再次相信：爱，是所有民族和整个人类得以繁衍发展的保证。

帕慕克有幸，他居住的地方刚好是欧亚两洲的连接处，他站在那个地方，既可以看到西方，也可以看到东方；既可以感受到西边的来风，也可以感受到东边的来风。所以，他手中的笔就格外灵动，他笔下的文字就饱含了东西方两种文明的汁液。

我们为他高兴。

## 最好的安慰

这几年，随着年龄不断增大，我一直在想人的心灵安慰问题。我们都知道，人在现实世界的生活终有一天是要结束的，什么时候结束，以怎样的方式结束，结束以后的诸事安排，一般年龄过了五十岁的人，都或多或少地要去想这些事情。人们在想这些事情的时候，免不了会产生心理焦虑，心灵会陷入一种不安定的状况之中。就是因此，我开始去读这方面的书，去想如何使处于人生后期的人获得心灵安慰的问题。牛津大学历史神学教授阿利斯特·E.麦格拉斯所著的《天堂简史——天堂概念与西方文化之探究》，就是我近期所读的这批书中的一部。

麦格拉斯在这部书中，对"天堂"这个概念是如何来的，是怎样变化的，又是怎样塑造西方文化的，进行了认真的研究和梳理。他带领我们将西方文化、文学史游历了一遍，向我们介绍了不同历史时期人们对于天堂概念的不同诠释和表达方式。他告诉我们，人类具有一种独特的能力就是想象，"天堂"这一概念就是来自人类的想象。天堂也是人类对历史发端一种迷蒙的记忆，是对遥远盼望的一个许诺，它满足了人类想超越今生的渴望。他告诉我们，"想象中的天堂"不是指天堂是一个虚幻的概念，是不顾现实世界的残酷而故意虚构的，它是运用上帝所赐予人类的特定能力对神圣的现实进行塑造，并且是以人类的心灵图景来进行表述的，人类在想象天堂的过程中，有三个形象是至关重要的，即王国、圣城和乐园。天堂是天上之城，是一个没有边境的王国，是一个最令人开心的花园，里面满是令人愉悦和欢欣的东西——树木、苹果、花、流动的水，以及各种鸟的鸣叫声……他告诉我们，天堂并不是随便就可以进入的，"升华的爱"是最终通往天堂的请柬。他还告诉我们，人类想象出来的天堂可以激发人的兴趣，抚慰那些在忧愁和痛苦重压下的心灵，天堂就是我们的故里，天堂里众多亲人都在翘首盼望着我们的到来……

　　我在读这部书的过程中，方明白人类其实很早就开始关注心灵抚慰这个问题了。"天堂"这个概念的创造，西方的文学家、神学家、艺术家都有参与，它被创造的目的，就是安慰和抚慰人的心灵。"天堂"这个概念，和我们中国人所说的"西天极乐世界"这个概念有相同的地方，我们只要理解"西天极乐世界"这个概念，就差不多了解了"天堂"这个概念的内涵和外延。

　　人是自然界最精妙的造物，是肉体和心灵共存的统一体。人们对肉体必将消失所引发的心灵上的焦虑和恐惧，是人类必须解决的重大精神问题。西方人对天堂的想象，东方人对西天极乐世界的想象，都是想解决这个问题，这是对人的终极关怀。我们应该感谢前人在这方面所做的努力，有了这些想象，我们大多数人面对肉体消失可以做到平静对之。今天，不管我们个人离人生终点还有多远，只要一想到有天堂和极乐世界在等着我们，一想到天堂和极乐世界里有衣有食，有花有鸟，有山有水，有田有园；一想到天堂和极乐世界里充满了安宁和稳妥，不再有疾病和债务，不再有不公和欺侮；一想到在天堂和极乐世界里我们和自己所爱的人永远同在而不必分离，我们就会感到极大的安慰，就不会惊慌恐惧，就会在衰老和病重之后，从容和现实世界告别，就会使自己的心灵永远处在安宁平静之中。

今天，对于天堂和极乐世界的想象其实并没有终结，我们依然可以充分张扬自己的想象力，去想象那里的美好和欢乐，给那里增添更多赏心悦目的东西，从而使自己从中获得更大的心理满足。

# 奇妙的想象

## ——读汤姆·克兰西的《彩虹六号》

美国通俗军事题材作家汤姆·克兰西的想象力经常让我们称奇,他的小说所设计的故事一向精彩。他的反恐惊悚小说《彩虹六号》,依靠其想象力所设计的故事和人物,再次让我大开眼界并觉新鲜无比。

在这部小说里,有三处地方把汤姆·克兰西的奇妙想象力呈现了出来:其一是,他想象出了一个可怕的剧烈致死病毒"湿婆"。书中,一帮想要拯救地球和大自然的狂人科学家,以"埃博拉"病毒为基础,进行了一系列的研究和人体实验,找到了一种可以迅速传染致人死命的病毒,被命名为"湿婆",并企图在悉尼奥运会的闭幕式上散布给来自五大洲的运动员,以加速全球传染来杀死地球上的绝大多数人。这个"湿婆"不是一般人的脑子所能想象出的,它需要对科学家们异常焦虑大自然被毁坏的状况有所了解,对病毒的研制和传播过程有所了解,对学者的精神变异情况有所了解。汤姆·克兰西作为一个作家,他的这种想象既让我惊疑也让我安心不少:毕竟有人在对科学疯子保持着警惕。在这个科学飞速发展的时代,并不是所有实验室的研究都有益于人类的生存和进步,我们在对科学家和科学研究保持敬畏的同时,还要保持一份警惕,对于所有反人性反人道反人伦的研究项目,必须给予取缔和打击。

其二是,他想象出了一个利欲熏心但人性尚存的前俄罗斯特工波波夫。一个在情报部门缩编中遭退役处理的特工波波夫,是这部书中的关键人物。他在不知真相的情况下被美国那帮狂人科学家雇用，他们想利用他对恐怖组织的熟悉来最终实现他们毁灭人类的目的。起初，波波夫按照他们的要求去做事，他激活那些恐怖组织，让他们从事一场又一场恐怖活动，在这个过程中，将他的冷血、无情和贪婪表现得淋漓尽致，但当他一旦发现他们的真实目的后，他在无比震惊的同时，又有了一份责任感，他最终和美国反恐部队合作，迅速挫败了这一阴谋。汤姆·克兰西能想象出波波夫这个人物并把他写得如此生动可信，没有对人性的深度洞悉和对国际情报界运作情况的把握是不可能的。这个人物的成功足以证明汤姆·克兰西的想象力之强。

其三是，他想象出了一支多国联合反恐部队。在恐怖分子的流动范围日渐变大，恐怖活动常在不同国境发生的今天，国际上的反恐活动也确实需要合作。除了情报交换之外，能不能建立一支多国联合反恐部队，对国际恐怖活动给予快速反应处置，一直是人们议论的一个话题。汤姆·克兰西用他的想象力，已将这支部队建立了起来，而且用多次跨国跨境作战的成功，让我们看到了这种做法的可行。汤姆·克兰西不仅想象出了这支部队，还想象出了这支部队的训练方法、战术编成和战斗动作，他对反恐战斗行动细节的描写，尤其令人称道，那差不多可做反恐部队的教程了。

汤姆·克兰西奇妙的想象力，使这部书走进了无数对军队反恐行动有兴趣的读者心中。

人类喜欢和平，但从战争之河蹚过来的人类知道，和平必须靠军队的战斗行动来维护。也是因此，人类从来都没有放弃对军队的关注和对军事行动的兴趣，这就为军事题材的文学创作提供了前提。汤姆·克兰西明白这点，所以他让他的笔一直对准军事题材领域。

　　军事题材的通俗小说，在我们中国还很少。汤姆·克兰西用他的成功告诉我们，世界上有一个很大的读者群愿意阅读这类小说，这类小说在图书市场上拥有一个广大的空间。中国的作家们不必都往纯文学一条路上挤，而应该根据自己的情况，为那些喜欢军事题材通俗小说的读者写作。

## 情爱新品种

——读《朗读者》

世界上有无数的小说家在写情爱，也已经写出了无数优秀的情爱小说，以至于在情爱小说这个领域，谁要想再前进一步都不容易。最初翻开德国作家本哈德·施林克的《朗读者》时，我几乎没抱看到新东西的希望，这年头，太多平庸的情爱小说已经坏了我的胃口毁了我的阅读信心。我是漫不经心开读的，没想到，它竟然很快就紧紧抓住了我的心。

这部小说讲的是情爱中的一个新品种：一个十五岁的少年和一个三十六岁的成年女人的情爱。与列夫·托尔斯泰的《安娜·卡列尼娜》，与玛格丽特·杜拉斯的《情人》，与纳博科夫的《洛丽塔》里的情爱都不一样。本哈德·施林克的人物一出场就给人耳目一新的感觉。十五岁的少年对成年女人产生情爱和享受性欢愉时的内心图景究竟是什么样子？作者进行了精彩的描述。他的胆怯，他的渴望，他的主动与迟疑，他隐瞒真相的机灵，他设计幽会的聪明，他受到打击时的那份沮丧，他为了解了女性身体而生出的骄傲，他以为自己已成人的那份欢喜，这种内心世界的奇妙波动，是我迄今为止还没有从别的作品中读到过的。作家能把一个少年的内心世界写得如此逼真丰富如此波翻浪涌令我顿生敬佩，也让我对这种奇特的情爱发展有了浓厚兴趣。

小说让人意外的是，少年所爱的成年女人有一个奇怪的嗜好：喜欢听他朗读。他们的幽会常常是从对文学作品的朗读开始的，很多次做爱前,都要先行朗读,朗读带给了成年女人一种极大的快乐。成年女人这种少见的嗜好,也给读者带来了惊奇:她为何喜欢听少年朗读?于是,朗读这种优雅的举动和一场另类的情爱结合在一起,把美和感动还有想弄清真相的急切送到了我们读者心中。

更让人吃惊的是,小说中的少年所爱的成年女人,原来是一个罪犯——是一个当年在纳粹集中营当过看守的罪犯,是一个要对一批被关押女囚的死亡负责任的罪犯。这个真相一旦被少年知道后,在少年心里所激起的波浪的高度是可想而知的,他不能不对自己的感情重新审视,不能不对自己的情爱对象进行新的打量,不能不对上一代人的所作所为作新的判断。作品的思想力量就在这时显现了,它让我们读者也开始了思考:我们该怎样对待前辈人的错误和罪责?

最让人震惊的是,少年所爱的成年女人其实是个文盲,她在法庭上原本可以用不识字来为自己辩护以求轻判的,但她没有那样做,她没有那样做的目的是不想让别人知道她是文盲。虚荣和虚假自尊的力量如此强大,以至于可以让她用自己的自由来换取。美貌的她不想让别人因为她是文盲而另眼看她。这让我们不能不感到震惊:原来我们对人性奥秘的认识还远没有完成。

本哈德·施林克在情爱故事里选择了一个新品种,又用了高明的技巧来讲述,让一个又一个的意外造成了一波三折的效果,使我们读完书后心里久久不能平静下来。

# 阿里萨之爱

## ——我读《霍乱时期的爱情》

我从小就爱看别人举行婚礼,爱看婚礼上的那份热闹,爱听人们讲有关爱情的故事。这么些年来,看过的婚礼无数,听到的爱情故事也无数,但我还从没有听说过一个男人用五十多年的时间去追一个女人的故事。不过,最近听说了。这个男人叫阿里萨。

给我讲述这个故事的人是哥伦比亚作家加西亚·马尔克斯,阿里萨是他创作的长篇小说《霍乱时期的爱情》中的男主角,他的全名叫弗洛伦蒂诺·阿里萨。

这部书我也是一口气读完的。

阿里萨的爱情故事让我惊奇不已。他是在十七岁的时候看见十三岁的少女费尔明娜的。对少女偶然的一瞥成了这场爱情的源头,抓走了他的心。从此,他陷入了一场长达五十多年的爱情中。但长大后的费尔明娜却嫁给了一个门户相当的医生,找到了自己的爱情之路。阿里萨虽然四处拈花惹草,可始终不娶,一直把妻子的位置留给费尔明娜。他坚信,他会死在费尔明娜的丈夫之后,届时,他再去争取,一定要让费尔明娜成为自己的女人。

生活果然按照他的期望发展,费尔明娜七十二岁时,她的丈夫去世,此后,七十六岁的阿里萨重新开始了自己的追求,并最终如愿以偿,两个七十多岁的老人在一艘客船上最后结合在了一起。为了不受打扰,已是内河航运公司总裁的阿里萨下令,在船上挂上有霍乱病人的黄旗,不接受任何旅客上船,就在河里上上下下地走……

《霍乱时期的爱情》是马尔克斯写的可读性很强的小说，也是他获得诺贝尔文学奖后出版的第一部小说。他写这部书时已经五十八岁。他曾说过：有两部书写完后使人像整个儿被掏空了一般：一是《百年孤独》，一是《霍乱时期的爱情》。他还曾说过：《霍乱时期的爱情》是我最好的作品，是我发自内心的创作。《纽约时报》曾评价说："这部光芒闪耀、令人心碎的小说是世界上最伟大的爱情故事之一。"这部书的首印量是《百年孤独》的一百五十倍。而且被美国拍成了电影。

这部书在我看来，有三个特点：其一，写作手法发生了变化，作者不再使用魔幻手法，使用的是19世纪欧洲艳情小说的传统写法，书中一些地方具有欧洲一百多年前艳情小说的浓烈情调。其二，把主角之爱和配角之爱写得都很精彩，将一部小说写成了一部爱情教科书。作者在写阿里萨和费尔明娜的爱情主线的同时，还顺带写了很多其他种类的爱情，有隐蔽半生的爱情，有朝露之情，有羞涩之爱，有无肉体接触之爱等等，使我们看到了爱情的种种形态。其三，作者把他对人生的认识和思考全部糅进了作品中，读这部书会让我们明白许多人生哲理。比如，书中说：我对死亡感到的唯一的痛苦，是没能为爱而死。又如，书中说：社会生活的症结在于学会控制胆怯，夫妻生活的症结在于控制反感。还如，书中说：一个人最初和父亲相像之日，也就是他开始衰老之时。读这样的句子，我们会有一种茅塞顿开的感觉。

今天，我们很多年轻人已不再相信爱情。听说最近有人在一群年轻人中做了一次调查，问的问题是：你相信这个世界上有爱情吗？回答相信的有百分之十几，回答不知道的有百分之十几，剩下的都回答不相信。我不知道我听到的这件事是不是真的。不管你相不相信爱情存在，我都希望你能读读马尔克斯的这本书。马尔克斯告诉我们，在他生活的南美洲那个地方，爱情是有的，是存在的，而且很绚丽，很温暖人。其实我们仔细想想，包括情爱、亲情之爱、朋友之爱、同胞之爱等人与人之间的爱，才是我们人生中最可宝贵的财富，是我们在临终之时唯一可以带走的东西。

加西亚·马尔克斯是哥伦比亚的骄傲，他当过电影编剧和新闻记者，之后才开始写小说。他是 20 世纪全球最重要的作家之一，是影响世界小说走向的文学巨匠。他 1927 年出生于哥伦比亚的一个滨海小镇阿拉卡塔卡。父亲是邮局电报员，家境贫困。他小时候在外祖父家生活，外祖父当过上校军官，思想激进；外祖母见多识广，善讲神话和鬼怪故事，对其日后的文学创作产生了重要影响。他 1999 年夏天被确诊患了淋巴癌，接受了化疗，之后文学产量开始减少。2006 年 1 月宣布封笔。听说，他现在因家族遗传和癌症化疗的影响，已得了老年痴呆症，我希望自己听到的这个消息是假的，像他那样为文学劳碌了几乎一生的人，上帝不应该这样回报他。

愿智慧和健康都能回到马尔克斯的身上！

# 认识娜塔莎

## ——我读《战争与和平》

1978年秋天,我在美丽的山东青岛,在靠海边的一个不大的名叫金口路招待所的房间里,认识了一位名叫娜塔莎的俄罗斯姑娘,而且很快知道了她的人生经历。她十五岁的时候,向她哥哥宣称:我永远不嫁任何人,只要做一个舞蹈家。她当时说完这话,弯着两臂,照舞蹈家的样子提起裙子,向后跑几步,转过身,向上一跳,把她的两只小脚陡然并起来,然后跷着脚走上几步。她十八岁时,当她意识到一位王爵爱上了她而她也爱上了对方时,她流出欢喜而兴奋的眼泪,搂抱着她的妈妈说:好妈妈,我多么快活呀!在婚礼被延宕后,一个已婚的浪荡公子企图诱拐她,向她发起了魅力攻势,未历世事的她竟也动了心,差一点就步入险境……当遭她背叛的未婚夫在战争中受重伤,意外地和她家一起逃难时,她满怀羞愧地跪在他面前恳求:饶恕我吧!然后,以一腔的爱和热情不分昼夜地看护着他,直到他死……

这位姑娘的天真、纯洁、善良让我难忘。

认识她让我兴奋不已。

可惜,她不是现实生活中的人,她只是俄罗斯作家列夫·托尔斯泰创作的长篇小说《战争与和平》中的一个人物。

《战争与和平》是我读的列夫·托尔斯泰的第二部小说。其时,我在济南军区宣传部工作,我随机关一个工作组去青岛出差时,带上了这部小说。就在青岛那个金口路小招待所里，我如饥似渴地将这部书读完。读完之后，我的心久久不能平静。这部书让我第一次见识了史诗性长河小说的面目，全书厚厚的四册共十五卷加上两个总结，让我认识了近千个各种各样的人物：从拿破仑到俄国皇帝亚历山大一世，从俄军统帅库图佐夫到普通士兵，从伯爵、王爵到平民，从男人到女性；让我了解了俄国1805至1820年的历史，了解了俄罗斯人民在国家危亡面前的作为；让我看到了俄法战争的残酷场面，特别是法军撤退时大批士兵冻饿而死的惨状；让我感受到了和平生活的可贵。当时我才二十多岁，这部书对我的内心造成了极大的震撼。

特别是托尔斯泰塑造的娜塔莎这个人物，在艺术上给了我三点启示：其一，一部书只要把主要的女性角色写好了，这部书就有了黏合剂，就能使书的各个部分紧紧地黏合起来，使书具有了引人阅读的魅力。其二，作家写人物，一定要注意写他的成长过程，每个人都是逐渐成熟的，他的性格、胸怀、气质，都有一个形成过程，过程写好了，人物就栩栩如生了。其三，写人物，一定要写出一种命运感来，这样才能征服读者。这些启示对我尔后的写作产生了很大的帮助。我的很多作品的主人公是女性，像《香魂塘畔的香油坊》里的二嫂，像《湖光山色》里的暖暖，像《银饰》中的碧兰等，可能就是受其影响的结果。

《战争与和平》是托尔斯泰的代表作之一。是他在1863年至1869年写成的书。书一出版，就因其恢宏的构思和卓越的艺术描写震惊世界文坛。英国作家毛姆和诺贝尔文学奖得主罗曼·罗兰称赞它是"有史以来最伟大的两部小说之一"，"是我们时代最伟大的史诗，是近代的伊利亚特"。这部书迄今已五次被改编为电影，有1947年的日本电影，有1956年的美国电影，有1968年的苏联电影，有1972年的英国电影，有2007年俄、意、英、法、波、西六国联合拍摄的电影。该书写的虽然是19世纪的生活，但因其着笔于人的生命和命运，着笔于爱和善，与今天的我们毫无隔阂，读起来依然能让我们的心激动起来。

列夫·托尔斯泰是我非常尊敬的作家。他一生写过许多作品，代表作有三部，除了《战争与和平》之外，还有《安娜·卡列尼娜》和《复活》。有人说他是唯一能挑战荷马、但丁和莎士比亚的伟大作家。他1928年出生，1851—1854年在高加索军队中服役并开始写作，这为他以后写《战争与和平》的战争场面打下了基础。他三十四岁时与年仅十七岁的索菲亚结婚，他们前后育有十三个孩子。他于1910年去世，活了八十二岁。他主张爱一切人，包括曾经的敌人。他的思想对我有很大影响。他后来因家庭矛盾，一气之下离家出走，躲在一个三等火车车厢里，最后病死在一个小火车站的站长室里。如今，他虽然静静地躺在俄罗斯的一个被森林围着的墓穴里，但依旧在对活着的人们产生着影响。

托尔斯泰爱这个世界上的人，世界上的人也爱他。

愿没读过《战争与和平》的年轻朋友们，抽时间找来读读这部书。

# 爱琴海边的相识

## ——读希腊作家玛琳娜的《诺言》

认识玛琳娜·拉斯西奥塔基有点偶然。

2012年11月初,我应邀去雅典参加希腊著名作家尼可斯·卡赞扎基斯的纪念研讨会。那是我第一次去爱琴海边,也是一次时间很短的旅行,不懂任何外语独自出行的我一路惶恐,只想着平安抵达和返回就行了,根本不敢想还有其他的收获。停留雅典期间,在雅典大学攻读博士学位的作家、学者杨少波先生告诉我:雅典有一名女作家玛琳娜,和你的遭遇一样,也失去了自己的儿子,你愿不愿见见她?我一听有这样的事,急忙点头说:当然,如果对方也愿见面,就请安排吧。最后定下的见面时间,是在我启程返京的那天上午,我去机场时先去她所在的一所语言学校,见完后就直接去机场。

前一天晚上雅典下大雨,雨势很猛,这使我入睡前有点担心次日的天气影响与玛琳娜的见面。还好,第二天上午天晴了,少波驾车带我和著名翻译家李成贵先生去往玛琳娜所在的语言学校。在车上,我一边看着陌生的街景,一边在脑子里极力搜索能给她安慰的话——我知道失去儿子的全部痛楚,何况她还是一位母亲。

我们先被领进她的办公室,后到一个小会议室坐下。玛琳娜热情地请我们品尝咖啡和点心。我和她虽然语言不通,但我能从她的表情和动作里感受到她的善良。她是一个身材娇小的人,仔细观察能发现她脸上仍留着经历过重大灾难的痕迹。简单的寒暄过后,玛琳娜先开了口,她说,她听说我写了《安魂》这本书,知道我失去了儿子,她和我有相似的经历,她有个儿子叫瓦尼斯,也因为患病,在多国求医无果后离开了她,走时才十八岁。她简要介绍了瓦尼斯的病和治疗的经过,并说,她也因此写了一本书,书名叫《诺言》……她述说时声音低沉而平静,我知道她在极力控制着自己的感情。李成贵老师的翻译让我准确理解了她的话意和心境。轮到我说了,我那一刻突然意识到,我原来准备对她说的安慰话此时说出来并不恰当,我只好也介绍我儿子的病和治疗经过,可没说几句,对往事的回忆和对方那种理解的注视让我对泪水一下子失去了控制……

分别时,我对她说,我希望能早日看到《诺言》的中文版……

感谢七十多岁的翻译家李成贵先生,在短短几个月的时间里就把《诺言》翻译了出来,感谢杨少波先生对这本书进行了认真的校对。我有幸最早得到了译文的电子文本,能够先读到这本玛琳娜饱蘸着泪水写成的书。

这部非虚构著作最先引起我注意的,是它的结构形态。

这部书在章节的命名上,有时间的,如"十月""春天"等;有地点的,如"美国""雅典"等;有人物名字的,如"安吉罗斯""安东尼斯"等;也有用一句名言的,如"应给予你们因你们祈求"等;还有用肉体感觉的,如"疼痛""屈辱"等。猛看上去,非常随意,颇不一致。但这种随意和不一致恰恰符合一个失去爱子的母亲的心理,与一个被痛苦折磨的女性的心境相符。想起哪一段时间就说哪一段时间,想到哪个地点就说哪个地点,想起谁就说谁,想起哪句话就说哪句话,想起哪一种感觉就说哪一种感觉。

读者翻开这部书,可以从头看,也可以从你翻到的任何一节开始看,都可以看明白,都可以有所获得。这种看似随意和不一致的结构方式,倒是别具匠心。

这部书可被归类为一部长篇散文,但其中有不少诗篇,把诗和散文杂在一起,也很精彩。凡是不好用散文语言描述和表现的地方,就用诗句来完成,这也产生了一种别样的美感。

这部非虚构著作中最打动我的内容,是作者描述儿子与疾病抗争的情景。

当一次没有效力的治疗开始时,儿子这样问母亲——

我什么时候能出院?

不知道,我的心肝。会告诉我们的。

那学校怎么办?我要上学。

你会去的,我的宝贝。我们还要耐心等等……

这几句对话让我们明白,瓦尼斯从来就没准备在癌魔面前认输,他心里想的是病愈之后去上学,去开始正常的生活。

在午夜来临的病房里,当另一个病友病危被抢救时,儿子默默敲击着笔记本电脑的键盘——

我们这一代没有经历过崩溃的年代,没有经历过战争……我们最大的崩溃就是生命……我们进行的战争只能在精神层面……

这个场景让我们看到,瓦尼斯清醒地意识到,他和疾病的斗争是一场精神层面的战争,他此时的身份是战士,他不会后退。

在另一次治疗中,儿子受到败血症的威胁,整整搏斗了两个昼夜,高烧四十二度。他开始说胡话。寒冷,发抖,全身通红,像被火烧似的,全部指甲发蓝。在短暂的清醒时刻,他对妈妈说——

妈妈，求求圣母玛利亚！

好的，你也求求她！……

这个场景让我们强烈感受到，为了战胜癌魔，瓦尼斯在无助时多么急切地想寻找到精神武器。

有一次瓦尼斯在雅典"健康医院"进行放射治疗，正好赶上他所在的中学进行考试，他坚持要参加，妈妈只好在他治疗结束后，用汽车直接把他送进了考场。他极度疲劳，却尽量集中精力，回忆忘掉的课程，他对妈妈说：别着急，我们会通过的……

瓦尼斯的这个举动让我们真切地看到了他的顽强和勇敢，他在精神上一直企望着战胜癌魔。

当剧烈的疼痛向瓦尼斯袭来时，无论他采取什么坐姿，都不能避免疼痛。晚上躺在床上，没有一个位置能减轻他的痛苦。很多次，他不能挺直头部。但是，他一句抱怨的话也没有，只是问——

妈妈，我们还能做什么？

祈祷，我的宝贝，祈祷。

做哪个祈祷？

你想做哪个就做哪个，或者你就简单地说：主啊，阿门。或者，主啊，怜悯我……

读着这样的描述，我的心都碎了，这是一个多么可爱的孩子，一个多么顽强的生命呀！他一直在想着重返学校，重返人群，重返正常的生活，面对疯狂的癌魔，他一直在抵抗，尽管在败退，却至死不愿向对方低头。瓦尼斯的表现让我不由得想起了我的儿子周宁，想起了周宁当初抵抗癌魔的情景，两个年轻人的成长背景不同，生活经历相异，但他们在人生灾难降临时的表现却很相像。

玛琳娜用一个母亲的观察力和一个作家的表现力，让我们看到了一个生命的不屈和尊贵。

这部非虚构著作最吸引我最让我难忘的，是它强烈的思辨性和哲学意味，是它对生命和死亡的思考。

一打开书就能知道，书中思辨性的文字很多，字里行间思辨的味儿极浓，书里到处都在提出疑问和追问，书中也充满了解析与论证。思辨性强是这本书最突出的一个特点。我们知道，希腊那块神奇的土地，是最滋养思想家的地方，苏格拉底、柏拉图、亚里士多德这三位对后世产生重大影响的大思想家都出生在这块土地上。穷究事理，善于追问，是这里的文化传统之一。玛琳娜这部书的写作承继了这种传统，她在书中追问和辩说了很多与我们的人生紧密相关的问题。

人怎样承受死亡之痛？这是玛琳娜问出的第一个问题。

她说，死亡之痛是最可怕的痛苦，会使活着的人感到彻底的绝望从而使灵魂产生剧烈震荡。对这种痛苦，弗洛伊德建议用"哭丧"的方式去承受，心理治疗师建议用"现代安慰技术"去疗治，医生建议使用镇静药物去慢慢消除，但这都不能提供真正的帮助。她以她自己的经历告诉我们，唯有祈祷和爱，可以使这种痛苦稍稍变轻变得勉强可以承受，可以使你不被击碎，不去想到以自杀来毁灭自己。

既然每个人都要死亡，那我们为何还要生存？我们的存在究竟有何意义？这是玛琳娜问出的又一个重要问题。

她说，加缪把生命看作荒谬的东西；萨特认为生命是失败，创造是失败，人的努力都是枉然，无论你努力做什么，都是枉然，都无意义。她在反复的论证之后认为，我们存在的目的是为了用爱，用尊重去创造有形的和无形的世界。这也就是我们活完短暂一生的意义。

人死亡以后会怎样,一切都结束了吗?

我们存在这世界上是偶然的吗?

上帝造人的目的是为了把人当玩物吗?

我们活着能按自己的意愿任意行事吗?

怎样把自由和爱结合在一起?

怎样把自我和集体结合在一起?

玛琳娜在书中提出了一个又一个问题,然后又一一论证,得出自己的结论。这其实是一本思想录,是一个女性在遭遇了巨大的人生痛苦后,沉入思考的一本笔记。读这本书,等于是在读一本生动的人生哲学教材。

读完全书,我的感觉是:玛琳娜固然是一个失去爱子的不幸母亲,但上帝其实也给了她回报,那就是让她更清醒地活着,让她代表世上千千万万个母亲,去追寻生育孩子和繁育生命的真正意义。

无论作为一名作家还是作为一位父亲,抑或是作为一个男人,我读这本书都有收获,为此,我要向玛琳娜表示深切的谢意和敬意!

祈愿瓦尼斯和周宁能在天国的享域相遇,并成为好朋友!

癸巳年仲春